Jair Vitória

ENTRE LINHAS SOCIEDADE

O outro apaixonado por Marília de Dirceu

Ilustrações: Caco Bressane

1ª edição

Conforme a nova ortografia

Atual Editora

Série Entre Linhas

Gerente editorial executivo • Rogério Carlos Gastaldo de Oliveira
Editora • Kandy Saraiva
Assistentes editoriais • Laura Vecchioli, Flavia Zambon, Andréa Der Bedrosian
Produtor editorial • Elcyr Oliveira
Auxiliar editorial • Patrícia Pellison
Coordenação e produção editorial • Estúdio Kiwi
Preparação de texto e revisão • Agência Página Três
Projeto gráfico (miolo e capa) • Homem de Melo & Troia Design
Suplemento de leitura e projeto de trabalho interdisciplinar • Fabiana Camargo Pellegrini
Produtora gráfica • Liliane Cristina Gomes
Impressão e acabamento • Log&Print Gráfica, Dados Variáveis e Logística S.A.
OP: 286297

Dados Internacionais de Catalogação na Publicação (CIP)
Bibliotecária responsável: Aline Graziele Benitez CBR8/145

V828j
1.ed. Vitória, Jair
O outro apaixonado por Marília de Dirceu / Jair Vitória; ilustração de Caco Bressane. 1.ed. – São Paulo: Atual, 2015.
224 p. il.; (Coleção Entrelinhas; sociedade)

ISBN: 978-85-357-2000-6

1. Literatura brasileira. 2. Ficção. I. Bressane, Caco. II. Título. III. Série.

CDD 869.93

Índices para catálogo sistemático:
1. Literatura brasileira: ficção 869.93

4ª tiragem, 2025

Saraiva Educação Ltda.

Rua Henrique Schaumann, 270
CEP 05413-010 — Pinheiros — São Paulo-SP

SAC | 0800-0117875
De 2ª a 6ª, das 8h30 às 19h30
www.editorasaraiva.com.br/contato

820656.001.001

Aos meus filhos:
Lucilene, Larissa e Juliano,
e esposa: Maria Anunciada

Sumário

1

Sementes de uma paixão

Quando o doutor Tomás Antônio Gonzaga, o futuro Dirceu, chegou a Vila Rica, em 1782, o moço Pedro Sião Alcantil, o Pedroco, já andava com os olhos e o sentimento encantados de amor por Maria Doroteia Joaquina de Seixas Brandão, a futura Marília de Dirceu. Namorava aquela menina a certa distância. Às vezes, de longe. Preparava o momento. Sabia o nome dela, mas a impressão de moço apaixonado em silêncio queria chamá-la somente por Doroteia. Já ouvira seus irmãos menores chamando a menina de Téia[1], mas achou infantil. Quando ela se tornasse sua amada de mãos seguras, de abraços e beijos, haveria de chamá-la somente por Doroteia, ou mesmo Dora, ou então Doroti. Téia? Talvez, até. Agora, as coisas andavam baralhadas, subindo do coração para a cabeça.

No belo cavalo castanho, o Chamusco, ou na besta Cigana, Pedroco entrava na Vila Rica[2], de muitos escravos, igrejas, corrupção e do problema do ouro cada vez mais escasso. Sempre queria passar em frente à casa onde Doroteia morava com o tio Silva Ferrão. O pai dela era um miliciano, capitão João Mayrink, e passava a maior parte do tempo ausente, combatendo o contrabando de minério nas estradas para o litoral, principalmente para o Rio de Janeiro.

Dia de sol no cocuruto dos montes, despejando luz nos vales. Doroteia, a irmã Ana Ricarda e duas escravas descendo para a

1. Conforme o acordo ortográfico da língua portuguesa de 1990, a palavra "Téia" não deveria ser acentuada. Mas por uma questão de homofonia, a fim de diferenciar o apelido da personagem da palavra "teia", o acento foi mantido.
2. Atual cidade de Ouro Preto, em Minas Gerais.

bica. Pedroco no cavalo predileto, suado pelo trote da fazenda até a cidade.

– Vamos passar por ela – sussurrou para o cavalo ouvir. Ao se aproximar das mulheres, viu que Doroteia enchia a bilha com a água que caía da bica. O moço queria dizer alguma coisa, algum galanteio, mas, naquele instante, sentiu-se entalado no esforço do amor platônico. Tocou o animal até lá na frente e voltou. Passou pelas mulheres, que já subiam de volta para casa. Preparou uma frase para oferecer um favor. Queria dizer "Doroteia", não conseguiu:

– ...., posso levar a bilha?

Ana Ricarda foi quem agradeceu:

– Obrigada, não precisa.

Pedroco olhava para Maria Doroteia, que o fitou de volta sem firmeza nos olhos. Talvez tivesse gostado mais do cavalo que do moço? O rapaz sentiu-se nervoso. Era mais bela que qualquer encantamento que existisse no mundo. Pensou em tocar o animal num galope, mesmo morro acima, mas acabou por seguir num passo nada rápido. Queria olhar para trás e encontrar os olhos dela nos dele, mas não teve coragem.

– É meio menina ainda, Chamusco? – interrogou ao cavalo.

– Não, não é. Já tem olhos que pensam no amor – respondeu para si.

Tocou de volta para a fazenda, a alguns quilômetros de Vila Rica. Assobiando e depois cantarolando. Morava com os pais na fazenda Cascata. Ao olhar para a porteira da entrada, disse para si em voz alta:

– Essa fazenda vai se chamar Cascata Bela, por causa da Doroteia. Mais bela não deve existir nem em Portugal.

Entretanto, ninguém precisava saber o porquê do acréscimo de Bela ao nome da fazenda Cascata. Só contaria depois de se casar com Doroteia. E primeiro para ela. Podia até mesmo pedir ao Aleijadinho para escrever o nome da fazenda numa placa de pedra-sabão para colocar na entrada. Ah, não, ora, por que perturbar o mestre Lisboa, que tinha tanto serviço, tantas estátuas para cinzelar e, além disso, andava com aquele mal que roía seus dedos? Ele mesmo podia arrumar uma tábua e escrever com um ferro quente. Depois, quando se casasse com Maria Doroteia, mudaria o nome para fazenda Cascata Doroteia. E foi chegando em casa, com a cabeça fantasiando essa esperança. Um sentimento que pulsava a felicidade que o amor futuro devia trazer. Pulou do cavalo, tirou a tralha do animal, puxou-o para o cocho, descascou cinco espigas de milho e perguntou:

– Será que vai dar certo mesmo, Chamusco?

Ao ouvir o nome, o cavalo deu uma olhadinha de lado. E, naquele instante, a mula Cigana ia caminhando para o cocho. Também queria milho. A besta, com pelo de rato escuro, tinha as orelhas esticadas, os olhos vivos. Ameaçou soltar um relincho, mas só disparou um meio riso. Pedroco sacudiu a cabeça negativamente. Empurrou as espigas do cavalo para uma extremidade do cocho, descascou somente quatro para a mula e ficou de pé entre os dois animais, que mordiam as espigas e mastigavam com calma. Maria Doroteia passeava em seus pensamentos, que inventavam lembranças sentimentais atiradas para o futuro.

"Ela haveria de gostar de morar naquela fazenda, um pouco afastada da agitação de Vila Rica, mas, se não quisesse, poderiam viver na cidade. Vila Rica de tantos pecados, de tantos crimes, de tanta ganância, de tantos escravos assassinados. Era um lugar de muitas atrações, mas também de horrores. As igrejas não conseguiam impedir as barbaridades."

– Quer mais uma espiga, Cigana? Então, lhe dou.

Conversou com a mula como se falasse com um ser humano e se afastou, pensando na tábua onde devia escrever o nome da fazenda com a inspiração que vinha de Maria Doroteia. Chamou o negro Janoto e pediu que ele arranjasse uma tábua de peroba branca assim-assim.

– Arrumo logo, Ioiô.

Janoto, espertalhão, eficiente. Não era um escravo propriamente dito. Naquela fazenda não havia escravos no sentido político daquela época. Eram negros bem tratados que trabalhavam e produziam. Plantavam roças. Criavam galinhas e alguns porcos. Não tinham salários, mas gostavam de viver daquele jeito. Pelos arredores, os escravos eram tratados com crueldade, humilhados e machucados, muitas vezes mortos. Os negros dali, se quisessem, podiam sair à procura de uma vida melhor, mas não ousavam deixar a fazenda. Sabiam que lá fora o mundo era pior e não havia lei para a proteção dos negros, considerados animais sem alma, nascidos para o trabalho de servidão ao branco.

O negro não demorou a aparecer com a tábua, um pouco longa, mas de boa largura. Pedroco serrou um pedaço. No dia seguinte, escreveria o nome da fazenda com a palavra Bela, que simbolicamente representava Maria Doroteia. Alimentava um sentimento de superstição de que se alguém soubesse o porquê daquele nome não iria conseguir se casar com aquela menina-moça. E foi dormir viajando para Vila Rica no voo dos pensamentos. Subindo e descendo ladeiras. Maria Doroteia com o cabelo preto sedoso, brilhando ao sol. O rosto com pele de veludo. Os olhos de luz viva como astros desconhecidos. A voz, que ele ouvira poucas vezes, falando alto com irmãos, irmãs, ou com as escravas. Voz feita com um timbre de sedução. Por que não conversar com o tio dela? Confessar que desejava se casar com aquela menina... E depois conversar com o pai, quando o encontrasse em Vila Rica. Ou poderia ir onde ele estivesse trabalhando, na estrada para o Rio de Janeiro, onde passava a maior parte do tempo.

Oh, mas não era uma besteira conversar com os responsáveis por ela antes de cativar seu sentimento feminino? Acreditou estar colocando a carroça na frente do cavalo. Agora, era só pensar nela. A noite é o teatro para os pensamentos fortes; a atmosfera, propícia para desabrochar as flores dos desejos mais marcantes e exalar os perfumes mais inspiradores. Maria Doroteia num sonho. O rosto dela se aproximando do seu. Os lábios femininos se aproximando da sua face direita. Perfume de menina-moça. O sorriso dos olhos. O despertar frustrado do moço, suado, o coração em disparada. Levantou-se. Parecia não estar se sentindo bem. Meio sufocado. Saiu da casa e foi olhar não sabia o quê nos esconderijos da noite nada clara. Amar era igual a voar por cima dos montes de Vila Rica. Decidiu que precisava desenvolver em si a coragem dos homens dotados de ousadia para as grandes realizações. Conseguir Maria Doroteia para o seu amor era a realização maior da sua vida. Sentiu esta pulsação no espírito.

Amanheceu um dia de sol. Pedroco pegou um ferro de marcar gado, fez fogo e o colocou para esquentar. Apanhou a tábua e, com um pedaço de carvão, escreveu:

FAZENDA CASCATA BELA

E era como se Maria Doroteia Joaquina de Seixas Brandão, a futura Marília de Dirceu, estivesse começando a se materializar naquelas letras, principalmente na palavra "Bela". Com o ferro em brasa, começou a queimar as letras. A mãe se aproximou e perguntou o porquê daquele serviço. Num tom de quase desusada alegria, ele disse:

– O nome da nossa fazenda, dona Jovência.

– Dona Jovência?!

– Oh, mãe, até pensei que a senhora fosse outra mulher.

E também se aproximaram as três irmãs para ver o serviço do irmão. A mais brincalhona disse que ele estava querendo ser um novo Aleijadinho. Janoto riu e disse:

– Pra ser um novo Aleijadinho é preciso arrancar pedra-sabão e cinzelar fazendo estátuas.

– E ver os dedos caindo com doença. Ouvi falar que o Aleijadinho é capaz de ficar sem os dedos e até sem as mãos – emendou Mariana, brincalhona.

A mãe interrogou:

– E como é que ele vai continuar esculpindo?

– Amarra as ferramentas nos braços, Janoto disse.

Serviço pronto. Pedroco admirou as letras com carinho sentimental, só porque a palavra "Bela" levava a lembrança para Maria Doroteia. Foi para a porteira da entrada da estrada que vinha de Vila Rica. Janoto caminhando com ele, levando uns pregos e um martelo. O negro queria subir na árvore que ficava do lado direito da porteira de quem vinha de Vila Rica, mas o rapaz exigia que ele fizesse o serviço. Esperança para trazer sorte. Superstição. Subiu e pregou a tábua.

– Dá pra ler bem, Janoto?

– O ioiô sabe que eu só vejo garrancho preto.

– Aqui, nesta tábua, está escrito: fazenda Cascata Bela. "Bela" por causa dela...

– Nhô?

– O nome não fica mais bonito, Janoto?

– Fica, sim.

Mais tarde, voltando de Vila Rica a cavalo, o pai observou a placa. Gostou.

Pedroco sabia ler bem. Estudara com os padres, mas não quisera seguir a vida eclesiástica porque não era de viver ligado em igrejas, santos e rezas. Preferia o mundo dos animais e das plantações. O pai até queria que ele fosse estudar em Portugal, na escola de Coimbra, e virasse um doutor da lei, mas o filho não sentiu motivação para atravessar o mar a fim de estudar e respirar os ares da Europa.

– Mande o Pedroco pra estudar em Portugal, Aristarco. Por que não? – a mãe chegou a pedir.

– Já falei com ele. Prefere ficar por aqui, olhando a fazenda.

– Acho uma falta de tino.

As três filhas também tiveram algum estudo com os padres e sabiam escrever e ler. Às vezes, até iam à Casa do Teatro em Vila Rica ver aquelas pecinhas que faziam rir.

Aristarco não queria mexer com ouro, nem com diamante. Na certa, guardava dentro de si aquele trauma provocado pela morte do pai, Ramiro Sião Alcantil, que fora pego levando minérios para o Rio de Janeiro em 1741. Contrabando. O pai foi enforcado numa árvore à beira da estrada. Era um tempo de ambição louca. Um homem ficava rico de manhã e morria à tarde. O avô do Pedroco já tinha adquirido aquelas terras quando morreu enforcado. Terras sem lavras de ouro. Entretanto, naquele chão, escondera um pote com pepitas e barras de ouro, e diamantes. Um dia chamou o filho, cavou o chão, mostrou o tesouro e disse:

– Ari – era assim que chamava o filho –, aqui está o nosso tesouro em ouro e diamante. Se eu morrer, você já sabe onde está o seu futuro e o dos seus filhos. Um dia esse ouro vai acabar ou diminuir muito por aí. Um dia, o Brasil vai virar um país livre de Portugal. Uma nação com o seu rei. Enquanto isso, vou negociando. Nasci pra fazer negócio. Um dia, você pode mostrar isso ao seu filho mais ajuizado, se tiver mais de um. Alguém tem sempre de saber desse tesouro. Lá no futuro, na certa, vai ser fácil negociar esse ouro e os diamantes. Mas não conte nada à sua mulher. Só conte à filha mais ajuizada, se você não tiver um filho. Um homem. Sei que muita gente enterra ouro por aí. E o pessoal do governo de Portugal sempre com olhos de desconfiança e de investigação. É preciso cuidado, mesmo não tendo catas em nossa fazenda.

Aristarco ainda era um adolescente quando o pai lhe mostrou aquele tesouro e pediu segredo. Começou também a alimentar a ambição para conseguir mais ouro. Era uma espécie de febre que contaminava aqueles homens atrás do metal amarelo, uma ambição que não tinha limites, que ferroava a inquietação da ganância, como se fosse aumentando cada vez mais a felicidade de viver. Muitas vezes, tentavam fugir com algum contrabando do minério num saquinho de couro e, de repente, todo o apego virava nada. A vida perdia a serenidade harmoniosa, de quem é capaz de observar o tempo transitório do homem no mundo e, no exagero do desequilíbrio que a ganância provoca, muitos se perdiam sem a paz de espírito que somente a sabedoria da alma é capaz de suscitar. O avô do Pedroco foi um daqueles estouvados na busca dos passageiros bens materiais. E Aristarco estava ainda jovem quando chegou a notícia de que Ramiro Sião Alcanti fora pego contrabandeando ouro e diamante, morrendo enforcado na beira da estrada. Seu corpo ficou dependurado por um dia como exemplo do que ocorria com aqueles que não obedeciam às severas leis de Portugal. Aristarco viu a mãe chorando e chorou também, pensando no tesouro enterrado no chão da fazenda, com galhos secos disfarçando o esconderijo. Naquele instante, jurou:

– Nunca vou mexer com ouro e nem diamante. Só com roças e animais.

Virou homem e casou com Jovência. Entretanto, não deixou aquele tesouro intacto. Abriu a cova, tirou algum ouro e dois diamantes, e viajou para Taubaté com o contrabando oculto nas orelhas do cavalo. Viajava como um simples comprador de cavalos, sempre dizendo que não gostava de mexer com nenhum tipo de minério, que seu negócio eram animais e cereais. Conseguiu vender o pouco ouro e os diamantes a um espanhol que, naquela mesma noite, partiu rumo ao mar. No dia seguinte, o pessoal da milícia apareceu para uma investigação minuciosa na pensão onde Aristarco estava instalado. Escapara por pouco. Olharam dentro das orelhas do cavalo, examinaram a crina, o rabo e até a região do saco escrotal do animal. A estrada para o Rio de Janeiro era mais vigiada, mas, para onde quer que fosse, a polícia do rei de Portugal podia estar presente, pronta para tomar tudo e matar em nome do reino. Aristarco ordenou para si mesmo:

"Faço mais isso, não. Vou esperar o sinal dos tempos mudar o rumo das coisas".

Por não ter sido pego e morto, fez um voto para tratar os negros como gente que merecia respeito. Já não tratava os escravos com crueldade e, ao retornar daquela viagem, mostrou uma brandura humanista mais acentuada. Entre os aparentemente escravos, de quem mais gostava era da vovó Sabina, que o povo, aos poucos, foi chamando de vovó Sabença.

Vovó Sabença, que conseguia curar muitas doenças, fazia as mais variadas benzeduras e, na língua do povo, conversava com os mortos. Era chamada de Sabença porque sabia de tanta coisa que os moradores dos arredores ficavam abismados. Negócio de conversar com as almas, receber informações de acontecimentos futuros... Adivinhava? Escutava mesmo almas do invisível, do outro mundo? Coisa muito perigosa. A Igreja tinha autoridade para prender, julgar e matar quem mexia com tais coisas. Até queimar em praça pública. Bruxaria: assim as autoridades religiosas julgavam. Prática proibida. Era por isso que vovó Sabença sempre desmentia, dizia que não conversava com alma de nenhum morto. Era ajudada por Jesus e Nossa Senhora. Só fazia o bem.

Vovó Sabença chegara a Vila Rica no ano de 1720. Não sabia que ano era aquele, mas ficou em sua cabeça como o ano que mataram Felipe dos Santos. Estava lá quando aquele rebelde foi amarrado em quatro cavalos e os animais, açoitados. Exemplo para ninguém se revoltar contra o rei de Portugal. Felipe dos Santos teve morte pavorosa. Vovó Sabença viu o espetáculo cruel. Mocinha ainda, comprada no Rio de Janeiro e levada para Vila Rica. Chegara de Angola ainda menina. Separada dos pais, que foram para uma fazenda às margens do rio Paraíba, Sabina ficou trabalhando para uma família que morava próximo do porto. Chorou lágrimas africanas ao ver os pais indo embora.

Um dia, a família da qual era propriedade, fascinada pelo ouro de Vila Rica, pegou a estrada das minas famosas e foi tentar achar a riqueza, como tanta gente. O proprietário de Sabina se envolveu com o contrabando de ouro e foi morto com um tiro de bacamarte. A viúva resolveu voltar para o Rio. Vendeu Sabina ao Ramiro Sião, que a levou para o Arraial do Tejuco[3], onde garimpava diamante. Quando Aristarco nasceu, Sabina estava amamentando um filho que concebera de um escravo. Então, queria também amamentar a criança branca, mas a mãe do pai do Pedroco não sentiu necessidade. Tinha muito leite e queria amamentar seu filho. Sabina, que ainda não era vovó Sabença, era uma negra prendada no lar e mesmo no garimpo. Pegou alguns diamantes que Ramiro Sião guardou no seu saquinho de couro, fez fortuna e comprou, ou adquiriu quase de graça, aquelas terras perto de Vila Rica, onde tinha de procurar ouro sob as leis de Portugal. Não encontrou minério que valesse a pena. Não tinha muita vocação para a agricultura, mas colocou os escravos naquele trabalho e continuou negociando ouro e diamante. Um dia, a escrava Sabina deu-lhe um conselho:

– Nhonhô Ramiro, era bom o senhor esconder ouro e diamante debaixo do chão. O futuro é tempo incerto. Pode trazer tempestade de dificuldade. O mundo vai mudando. Essa Vila Rica vai virando um mundo louco. O ouro vai diminuir. Vejo até um futuro difícil.

– Vê o futuro, Sabina?

– Assim, mais ou menos.

– Quem te mostra o futuro?

– Assim-assim. Até escuto fala...

– Será que você anda escutando o diabo, Sabina?

– Não. Só gente boa de Deus. Até vejo.

– Pare com essa conversa por aí, ouviu? Se a Igreja souber, dá uma batida por aqui.

– Falo não, pra ninguém. Mas é bom o senhor esconder ouro e diamante.

– Sei não.

Ramiro Sião tinha orgulho de homem branco que achava não ter de escutar conselho de uma negra, sua propriedade, mas ficou pensativo. Acabou por esconder o tesouro num pote, como até mesmo negro fugido fazia, mas não contou à escrava que seguira o conselho.

3. Atual cidade de Diamantina, em Minas Gerais.

E Sabina foi ficando na fazenda Cascata. Trabalhando no que podia. Só não amansava cavalo xucro e bois para o carro. Trabalhava também nas roças, mas a patroa a preferia em casa. Seu tempero era de fazer o cheiro salivar o apetite. Seu único filho era beberrão. Quando bebia, queria brigar, até que morreu esfaqueado por outro escravo.

– Deus dá e Deus leva – disse Sabina. – Mas o João Quinca foi antes da hora. Forçou a volta. Tem gente que volta mais cedo porque caça. Aí sofre mais. Nhonhô Ramiro também... Se tivesse obedecido à lei do rei, ainda andava por aí. O povo dessa Vila Rica endoidou por causa de ouro. Acha que só isso vale a vida. Eu acho de mais valor é o arroz, é o feijão, o milho, o porco gordo, o gado, o leite, as galinhas. Gosto mais de um cachorro amigo que desse tal de ouro. Tanta gente já morreu feito boba correndo atrás de brilho de metal. Choro por causa da morte do João Quinca, mas ele também ficou bobo por causa de bebida. Dei conselho até não acabar mais. Adiantou nada.

Jovência, ali perto, ouvindo o palavrório da benzedeira. Achava que Sabina tinha razão. Gostava daquela negra como alguém que habitava a estima do seu sentimento.

Sabina foi criando fama de saber benzer e curar. Benzeduras contra mau-olhado, espinhela caída, ventre virado, quebranto, desmaios frequentes e outros males. Um dia benzeu a picada de uma cascavel na perna de um homem branco e ministrou um chá com um tipo de folha. Contavam que o homem, negociante de minérios, conforme as leis, não sofreu nada e depois tentou comprar a negra:

– Quero levar essa escrava pro Rio de Janeiro pra cuidar da minha casa. Compro pelo preço que valer.

– A Sabina não é escrava e nem está à venda. É quase dona dessas terras – explicou Aristarco.

– Ah, ela tem sabedoria. Já vi mesmo uns escravos que têm uma sabedoria oculta que o homem branco não tem. Será que alguns conversam mesmo com as almas dos mortos, senhor Aristarco?

– Isso eu não sei.

– Não sabe se a dona Sabina conversa?

– Não. Isso não. Só com as almas dos vivos, mesmo.

– Se ela conversasse, eu queria até que ela olhasse a minha sorte.

A benzedeira, envelhecendo, foi virando vovó Sabina. Que sabia e fazia coisas do arco da velha. Certa vez, uma senhora de Vila Rica, que levou uma menina para ser benzida, disse:

– Eu trouxe minha filha pra ser benzida pela vovó *Sabença*. Ela não quer parar de chorar e me falaram que aqui nesta fazenda essa escrava pode benzer qualquer mal e curar.

O pessoal da casa riu: *vovó Sabença*. Dona Jovência esclareceu que vovó Sabina era uma negra, mas não uma escrava. E a mulher não conseguiu esconder o seu orgulho de senhora branca transportada por coche puxado por dois cavalos. Dois escravos caminhando, um na frente e outro de lado, e uma escrava sentada ao lado dela na carruagem.

– Sabe como é. Na igreja, o padre Manoel Salviano benzeu, mas a criança continua com o mal. Sabe como é, negro... escravo... Dizem que essa gente é feiticeira e mexe com coisa do diabo. Mas eu ouvi que essa vovó Sabença de vocês só trabalha com Deus, Jesus Cristo e Nossa Senhora. E aí, minha filha de 3 anos, sabe como é... Eu queria uma benzeção dela.

Jovência levou a senhora à choupana da curandeira e, aproximando-se da espelunca, chamou por vovó Sabença.

Jovência explicou que a benzedeira morava ali sozinha porque gostava. Podia viver na casa grande da fazenda, mas não queria. Preferia o seu mundo, as suas coisas, as suas galinhas, fumar seu cachimbo e *"conversar com almas do outro mundo"*.

– Credo em cruz! Isso também? – assustou-se a senhora.

– Estou brincando. Ela só conversa com os passarinhos.

– Se for mesmo, eu fico com medo e sabe como é...

– Não precisa ter medo. Vovó Sabença tem a bondade de Jesus.

A senhora, vestida no estilo de gente da sociedade vilariquense, não se sentiu à vontade ao entrar naquela cabana, mas teve de passar para o quarto da benzedeira, que logo apresentou o diagnóstico:

– Sua menina é muito bonita. Puseram olho gordo nela. Quebranto. Gente que quer ter uma menina de boniteza assim e não consegue. Até quebranto que a pessoa nem queria tacar na sua filha. Mas tem olho forte demais. Faço a benzeção e esse ar negativo some.

Vovó Sabina benzeu a menina, que foi mostrando um rostinho sereno. A senhora quis pagar, mas a benzedeira recusou:

– Isso é trabalho de Jesus e Maria, mãe dele. Não posso cobrar nada, não. Jesus só pede pra senhora fazer caridade com os seus escravos e não maltratar os coitados. E ajudar os pobres. Caridade é que apaga pecado.

A criança se livrou da sua agonia e, daquele dia em diante, vovó Sabina foi virando vovó Sabença. Uma mistura das duas. Sua fama foi andando pelas ruas de Vila Rica, e ela estava sempre consciente de que o melhor era rejeitar o boato de que conversava com almas do outro mundo. "Era pura invenção dos linguarudos", dizia.

Em criança, Pedroco chamava a benzedeira de vovó Sá. Depois adotou vovó Sabença e lhe pedia a bênção. Quando menino, achava que a negra sempre existira daquele jeito, desde o sem-fim do passado. Devia ter a sabedoria das coisas ocultas dos homens normais. O tempo foi desfolhando os meses e anos nas folhinhas dos calendários. Quantas vezes sentara no colo de vovó Sabença para ouvir histórias que a mãe não sabia contar?

– Nasci aqui não, Pedroquinho – recordava vovó Sabença – Nasci do lado de lá do mar. Na África. Angola era o nome do meu lugar. Deve ser ainda o mesmo nome. E foi que pegaram a minha gente. Prenderam. Amarraram. Puseram a gente num navio tumbeiro. E o marzão que batia estalando que nem o chicote de um homem que mandava a gente bulir pra não morrer parada. Tempão no mar que parecia sem fim. No Rio de Janeiro, meu pai e minha mãe foram não sei pra onde. Mas, quando eu morrer, vou encontrar com eles...

– Ê, vó...

– Sei que vou. Você é um menininho. Não entende nada. Deus

nunca desampara quem vive no bem-fazer. Só sei que um dia seu avô Ramiro me comprou. Foi andança de cansaço até no Arraial do Tejuco. Mas seu avô foi que nem pai pra mim. Seu pai também. E você, vai ser que nem um pai pra mim, Pedroco?

– Eu, vó!? Vou ser.

– Se eu não morrer antes de você crescer, né?

– Eu acho que a senhora não vai morrer nunca.

– A gente morre é aqui no mundo, mas vai pra Deus...

Pedroco, quando criança, ouvia sem entender o sentido mais profundo que a benzedeira queria dar a sua história.

Mas agora Pedroco era um homem moço. A paixão por Maria Doroteia em fervura no sentimento. O coração feito um vulcão querendo explodir. Aquela inquietação por dentro. Tocou para Vila Rica montado na besta Cigana. Ver Maria Doroteia era sentir encantamento nos olhos. Às vezes ela saía de casa e ia com uma das escravas e a irmã Ana Ricarda pegar água no chafariz da praça.

Pedroco encontrava amigos, conhecidos, bebia algum conhaque ou mesmo uma dose de aguardente. Naquele dia, ficou esperando. Quando o sol abrandou, a menina-moça saiu de casa com duas escravas e os irmãos mais novos. Uma borboleta meio regateira.

– Você não é mais tão menina pra ficar correndo assim, Téia. Vai derrubar a bilha e quebrar – disse uma das escravas.

Pedroco caminhou para passar perto do chafariz. Aquela tonturinha provocada pela aguardente lhe dava mais coragem.

– Posso ajudar a carregar a água. A botija.

A menina-moça olhou para ele com uma carinha de quem achou esquisita aquela oferta de favor. Uma das escravas disse:

– Ninguém precisa disso aqui não, moço.

Pedroco deixou escapar um riso forte, e a escrava observou:

– Ele deve ter é bebido. Pra casa, gente.

Não ouvira a voz da menina-moça, mas se contentou com o seu olhar. Uma hora iria parar na sua frente, desengasgar tudo o que desejava dizer e sair com ares triunfantes. Maria Doroteia já devia estar pensando no amor, sentimento que sem aviso e sem preparo vai se formando no coração de todas elas. E que vai produzindo pensamentos, floreando ilusões, fantasiando sonhos. Aquela filha do João Mayrink podia começar a sentir um despertar de querer bem de amor por ele. Julgava que sim. Que ela o observasse passar montado no cavalo Chamusco, na besta Cigana ou noutro animal. E também o visse na igreja Pilar dos Nobres ou noutra igreja. A sorte estava lançada pelas mãos da esperança. Um dia aquela menina-moça teria de gostar de ir à fazenda Cascata Bela. E saberia o que significava Bela naquele nome. Ficaria encantada com a cascata que se despencava sobre as pedras, urrando, e o ribeirão rolando com suas águas puras. Os pássaros espiando os dois num enleio de amor realizado. Quando os ipês, encarapitados nos ombros dos montes e na bacia dos vales, se vestissem de flores, em agosto ou setembro, a vida haveria de ter mais beleza. De repente despertou e sussurrou para dentro de si:

"Sei lá. Penso cada coisa que até fico besta".

Na praça, a menina-moça já não estava. Será que em casa se lembrava dele? Sentiu como se o tempo para a aproximação daquela menina ainda estivesse a caminho. Vinha chegando. Temia que, se falasse com o pai dela, poderia ouvir:

"A Maria Doroteia ainda é uma menina".

Ao se aproximar da entrada da fazenda, tocou o cavalo num galope. Esbarrou o animal. Puxou uma garrucha de um embornal dependurado na cabeça do arreio, que sempre carregava do lado direito. Meio zonzo. Apontou para a placa. Desviou a mira e atirou na copa do pé de cedro. Os chumbos cortaram algumas folhas. Depois do estampido, um grito:

– Teteia!

Em casa colocou cinco espigas de milho para o Chamusco, como sempre fazia. Era uma espécie de ritual de agradecimento. A besta Cigana não apareceu. Estava longe, no pastinho feito de cerca com lascas e troncos deitados, uns sobre os outros. E um trecho com cerca de pedra. Assobiou. Jurou para si que Maria Doroteia olhara para ele com olhos mais luminosos que o normal. Cantarolou uns versos que ouvira os negros cantando:

Quando acabar esse ouro
das minas de Vila Rica,
toda essa gente orgulhosa
quero ver como é que fica.

Foi tomar banho na cascata que dera nome à fazenda e que ele queria que fosse de Maria Doroteia. Depois sentou numa pedra. Os bicudos pretos gorjeando nos galhos folhudos. Uma saracura esticando o pescoço e olhando para ele com desconfiança. Borboletas esvoaçando sobre o capim. Quando menino, não tinha tempo de ficar sentindo uma inquietação de amor daquele jeito. Contentava-se muito bem com as histórias da vovó Sabença.

– Conte uma história, vovó Sá. Como nasceu o ouro? Quem fez o ouro?

– Quem fez o ouro foi Deus. Deus foi quem fez tudo.

– E Deus mora onde?

– Mora no céu, mas anda por aí em toda parte. Sabe quem foi a primeira pessoa que achou ouro aqui em Vila Rica?

– Nem sei. Foi o vovô Ramiro, que eu nunca vi?

– Foi não, Pedroquinho. Foi um escravo. Um negrinho moço. Contavam que o nome dele era Tengegê. Ele até conversava com gente do outro mundo. Falavam. O povo sempre fala demais. Tengegê era um escravo. Andava com o dono no sem-fim do sertão. Gente nenhuma nem morava por aqui. O dono do Tengegê parou nesse mundo e o escravo moço zanzou por esses vales e montes. Viu pepitas de ouro brilhando dentro da água de um córrego. Água limpinha correndo. O sol fazia o ouro brilhar dentro da água rasa. Contam, se é verdade eu não sei, mas Tengegê acabou por ganhar a liberdade por ter achado o ouro. Voltou pra Angola. Livre que nem homem branco. Mas eu não volto mais. Meu mundo agora é aqui. Ou você quer que eu vá embora daqui, Pedroquinho?

– De jeito nenhum que não, vó. Eu não deixo. Conta de novo a história daquele macaco que a senhora chama de Traquina, vó.

– Eu não chamo. Escutei foi da língua do povo. Era uma vez um tal de João Peralta. Homem tão danado que o povo dizia que ele tinha parte com o diabo. Ele garimpou muito diamante no Tejuco. Mas, e pra sair com os diamantes e vender no Rio de Janeiro, na Bahia ou em outros pontos do mar? A milícia do rei de Portugal sempre cercando nas estradas. Ordem pra matar qualquer um que tentasse levar ouro ou diamante pra vender lá no mar. Sempre gente comprando. Gente da Espanha, França, Inglaterra, Portugal mesmo. E foi que João Peralta ensinou um macaco bugio a passar contrabando nas barreiras. Sei lá se é verdade. Um macaco de nome Traquina. Viajava pro Rio de Janeiro com o macaco. Chegou a viajar duas vezes. Antes da barreira da fiscalização, ele dava o embornal com o contrabando pro macaco e dizia: "Agora vai pelo mato, Traquina. Te espero lá na frente. Vamos tapear o pessoal do governo". Traquina pegava o contrabando, entrava no mato e ficava esperando o dono lá na frente. João Peralta tinha a carga revistada e seguia livre. Qualquer desconfiança de gente chegando perto, entregava o embornal para o Traquina, que já sabia o que devia fazer. João Peralta já estava rico, mas queria mais. Negócio de querer ficar cada vez mais rico em serviço perigoso, quando nem precisa mais, pode é perder tudo. E foi que numa barreira de fiscalização, os milicianos sabiam que contrabandistas andavam passando pelo mato. Aí uns vigias ficavam no mato. E foi que um deles viu o Traquina passando pelo mato com um embornal, levando ouro contrabandeado, parecendo um homem. E logo ali na frente entregando o embornal ao dono. O miliciano apontou um bacamarte para o peito do João Peralta, já pertinho, e disse: "O senhor está preso em nome do rei de Portugal". E o Peralta: "Conterrâneo, eu divido o ouro com você e ninguém precisa ficar sabendo. Também sou português". E o miliciano: "É um português traidor. O senhor e o macaco estão presos. Sou português de brio. Não aceito suborno. Marchando os dois para o posto fiscal". João Peralta ainda quis conversar, mas, ao sentir o cano do bacamarte nas costas, caminhou em silêncio, puxando o macaco Traquina pela mão. O povo aumenta história que é um exagero, mas contavam que João Peralta e o macaco Traquina foram levados para Portugal para julgamento. O homem foi mandado para Angola, num desterro. De lá nunca mais podia sair. Se voltasse ao Brasil, podia ser enforcado ou morto com tiros. O macaco Traquina foi perdoado. Sabido quase que nem gente. Passou foi a viver com o rei no palácio. Aprendeu até a buscar água pro rei e viajava com ele na carruagem e na garupa do cavalo. Todo mundo gostava dele no palácio. Virou o xodó do pessoal. Levavam banana da África e do Brasil pra ele. Fizeram até roupa de seda para o tal. Quando morreu, todo mundo chorou.

– E o que aconteceu com o João Peralta, vó?

– Dizem que morreu lá na África. Pobre e desvalido.

– Eu não gostei do rei ter tomado o macaco dele, não.

– A lei do mais forte é que manda.

Pedroco, rapaz forte. Domador de animais de sela. Cavaleiro famoso. Também gostava de ensinar bois no trabalho de puxar o carro. Nutria certa ojeriza pelo ouro por saber que o avô Ramiro fora morto por causa do valioso metal amarelo. A melhor vida era lidar com a fazenda. Nas roças, não trabalhava. Havia os negros, meio escravos, meio livres, bem tratados. Trabalhadores fiéis. Produziam para eles e para a fazenda. Vendiam cereais em Vila Rica. Pedroco ajudava o pai na administração da fazenda. Tinham uma casa boa em Vila Rica. Às vezes ficavam lá, principalmente nos dias de festas religiosas. A mãe dizia não gostar da cidade. Havia uma bisbilhotice danada. Uma dama da sociedade querendo ser mais chique do que a outra. O orgulho do branco entrava também nas igrejas com o apoio dos padres, onde os negros não podiam entrar. Tinham apenas a obrigação de construir os templos que foram se espalhando pela cidade. Um nada longe de outro nada.

O desejo de amor florido na cabeça do Pedroco. Esperança de dar frutos. Se tiver de acontecer, tudo tem o seu tempo. A semente da vontade germina. Cresce com o verde das folhas. Floresce sob as chuvas da esperança. Frutifica para a colheita concreta. Daí aquela impressão de um dia colher a felicidade. O moço da Fazenda Cascata Bela andava com uma sementinha na roça do coração. Observava o tempo com olhos de esperança. "Uma menina-moça. Mas quase moça. Acho que já é moça."

Naquele sábado, ia cavalgando para Vila Rica no lombo da besta Cigana, enquanto o resto da família também rumava para a cidade. Queriam assistir a uma pecinha na Casa do Teatro naquele dia. Uma comediazinha ingênua. E música. "Quero ver é a Doroteia no teatro. Tenho certeza que ela vai", pensou Pedroco, atiçando chamas de amor no desejo. Sabia que Maria Doroteia gostava de ir ao teatro, tocava cravo e cantava. Um dia haveria de tocar e cantar para ele: só para ele. Sentia até uma ferroada de emoção ao pensar nisso.

Vila Rica em sábado de sol. Pedroco entre amigos. A mãe pedia que ele não bebesse além de uma dosinha de conhaque, rum ou aguardente. Mas, às vezes, passava disso. Pensando em Doroteia, uma vontade de extrapolar fazia o sangue ferver. A cidade ganhava uns ares diferentes. Um pulsar que fazia estremecer a paixão. A pecinha seria apresentada antes do anoitecer. Um movimento de gente bem-vestida acontecendo. O governador e sua gente. Ele dizendo alto:

– Eu gosto é de peça de Gil Vicente...

E a mulher:

– A gente vai ver é uma coisinha bestinha de brasileiro. Mas vai haver música no cravo, na sanfoninha, no órgão e no canto.

– É um motivo pra se sair de casa e se alegrar um pouco.

Pedroco ouvindo as autoridades na entrada do teatro. O poeta Cláudio Manoel da Costa com seu jeito. Um dos amigos dizendo:

– Aquele doutor Cláudio Manoel da Costa jamais casou na igreja, mas tem uma cambulha de filhos por aí. É com branca, com negra e, decerto, com índia também.

Um outro emendou a crítica.

– Ele é amigo do padre Rolim, que tem filho por aí até com índia também. Com escrava, então...

– E padre, assim nessa vida, ganha a salvação?

– Sei lá. O que você acha, Pedroco?

– Heim? O quê?

– O Pedroco está com a cabeça lá por cima do Monte Itacolomi – disse o primeiro a começar as críticas.

Pedroco estava mesmo era com a atenção ligada à chegada de Maria Doroteia. Será que ela poderia não aparecer? Sem ela por perto, qualquer apresentação teatral perderia a graça. Mas a futura Marília de Dirceu brilhou aos olhos do apaixonado. Com toda a sua turma. Mulheres elegantes se derretendo de esnobismo e orgulho naquelas cadeirinhas, carregadas por escravos musculosos proibidos de entrar no teatro. Às vezes nem moravam longe, mas o exibicionismo fazia parte da vida. O moço, apaixonado, com olhos só para Maria Doroteia, e ela nem ao menos retribuía com um olhar para o lado dele. Um dos rapazes que era contra a escravidão expressou:

– Ser negro escravo deve ser um castigo do diabo.

Pedroco continuou:

– Também acho. Mas lá na fazenda a nossa negrada é livre, bem dizer.

– Eu sei disso.

Onde Maria Doroteia estava sentada? Lá estava sua família, mas ela, não. Que mistério de desaparecimento era aquele? Será que os olhos do moço não conseguiam enxergá-la? Entretanto, ninguém precisava saber de sua aflição. Foi sentar perto do pessoal da amada, encabulado com o desaparecimento da menina-moça.

O responsável pelos trabalhos apareceu no palco e disse que antes da peça haveria música instrumental e canto. A primeira apresentação foi de um negro com uma sanfoninha. Muita gente virou a cara ao ver aquele homem, apresentado como o "tocador Flausino, um negro livre, sanfoneiro dos bons, do Rio de Janeiro".

– Isso aqui hoje está fedendo negro. Se eu soubesse, nem... – disse uma senhora sentada próxima a Pedroco.

– Mas decerto ele sabe tocar bem – respondeu outra.

– Negro só serve pra ser escravo. Acho que vão acabar deixando negro entrar aqui com a gente pra sentar na plateia. E daí eu não venho mais ao teatro.

– Isso não vai acontecer, não.

– Sei lá. Muita gente branca por aí a favor da libertação dessa raça. Se isso acontecer, até lá já estarei no céu. Só o cheiro dessa gente me deixa tonta. Só chego perto pra dar ordem de trabalho. Quando preciso.

Negro Flausino ouviu poucas palmas, entretanto executou seu instrumento com maestria. Todo mundo ouvindo em silêncio. Tocou quatro números e, quando terminou, muita gente se levantou para aplaudir. A senhora contrariada com a apresentação não se levantou:

– Vou bater palmas pra um negro? Coisa nenhuma.

– Mas ele tocou muito bonito. Até fiquei arrepiada.

– Nem por isso.

– Até o governador levantou e bateu palmas.

– Aquele é um grande fingidor. Só quer saber de sugar o Brasil.

Pedroco continuava encabulado: onde podia estar Maria Doroteia? Não podia ter sentido mal e voltado para casa. Estranha preocupação parecia fazer inchar sua cabeça. O que mais desejava naquele teatro era ficar namorando aquela menina-moça. Ficar olhando para seus cabelos negros como estava olhando para os cabelos da irmã dela, Ana Ricarda. Se não visse a menina-moça, pelo menos, mais uma vez naquela noite, seria um desastre. Um despeito calado. Mais uma atração que não o atraía. Alguém tocando viola no palco. Podia ser bonito, como era, mas, sem aquela menina, o espetáculo ficava chué, sem graça. Um bonito pintado de feio. Música de melodia machucando a audição. Poesia como que batendo ferramenta nas minas de ouro. Uma ansiedade brotando da alma do moço. Um suor quente que gelava. Maravilhoso no mundo era amar. Espetáculo mais colossal não podia existir na vida. Onde estaria a menina dos seus olhos? Mais uma atração. Alguém tocando um órgão. Música religiosa. Som bem chulo para os ouvidos do moço da fazenda Cascata Bela. Aplausos. Algum silêncio pesado.

E, enfim, um anúncio surpreendente: "Agora, tocando cravo, Maria Doroteia Joaquina de Seixas Brandão".

A futura Marília de Dirceu surgiu, graciosa como uma rolinha fogo-apagou. Um sorriso de adorno nos lábios. Pedroco se embasbacou. Boquiaberto. Os amigos não notaram sua estupefação. Estavam olhando para a filha do João Mayrink. E o som do instrumento se espalhou pelo ambiente. Pedroco suspenso. Era como se não sentisse o corpo. Maria Doroteia já era uma moça. Sim-sim. Deslumbrado, o moço não viu o tempo passar. E a menina-moça cantou uma canção:

Quando os pássaros cantores
Retornarem no verão,
Espero que tu retornes
E venhas me dar a mão.

Me leves pelas montanhas,
Pelos vales do sertão,
Com um amor que não tem fim
Transbordando o coração.

Pedroco, feito um bestalhão. Agora o espetáculo irradiava uma beleza de arrepiar. Maria Doroteia, uma artista? E se ela fosse embora de Vila Rica? Fosse para o Rio de Janeiro, para Portugal? Que Deus o livrasse da possibilidade de um acontecimento com esse castigo.

De repente, começaram umas cenas de teatro. Uma gozação com os índios e com os negros. O apresentador anunciou:

– Numa região do Brasil aconteceu uma grande seca e os índios daquele lugar tiveram de sair procurando água. Os córregos tinham secado. Foram sair no mar, que viram pela primeira vez, quando viram também, pela primeira vez, uma caravela. E agora, os índios!

– Atores brancos entraram representando os índios. Penachos na cabeça. Carregando arcos, flechas e bordunas, falando:

– Um rião! Um rião! Que rião é aquele? Uma loucura de louco! Está enfezado que ferve.

– Por Tupã, será que ele vem engolir a gente?

– Eu posso morrer, mas não de sede. Vou beber água.

O mais corajoso chegou a um lugar onde a água não batia muito e pegou um pouco com as mãos:

– Por Tupã, essa água tem veneno. Dá é mais sede.

Naquele instante, um dos índios escorregou e caiu no mar.

– Me acodem! Me acodem! Esse rião está me engolindo.

A plateia riu pela apresentação espalhafatosa do ator, batendo os braços, pulando e gritando.

O índio conseguiu sair do mar sem a ajuda dos companheiros,

que estavam apavorados. E naquele instante uma caravela se aproximava da costa. Foi outro susto:

– Por Tupã! Por Tupã! Olhem aquele bicho saindo do mar! É um monstro de asas!

– Um monstro do outro mundo.

– Está vindo pegar os índios pra comer.

– Vai devorar todos nós.

– Vamos deitar e pedir ajuda a Tupã.

Os índios caíram por terra e um tiro de arcabuz explodiu lá na caravela:

– Vamos embora. Vamos fugir. O monstro está vindo pegar os índios pra devorar. Até já limpou a goela com um estrondo.

Os atores se ergueram e correram para os fundos. A plateia ficou rindo.

Outra gozação foi com um negro representando a sua raça e os índios de novo. A voz do dirigente da pecinha explicando:

– Uma vez um escravo cometeu a travessura de beber uma cuia de aguardente de um bandeirante e recebeu o castigo de ficar sentado numa pedra o dia inteiro, debaixo do sol quente, pelado. Aí no sertãozão longe.

Um negro apareceu sentado sobre uma pedra no palco. Mas não totalmente nu; usava uma espécie de fralda. Os índios foram aparecendo. Nunca tinham visto um negro:

– Olhem, um homem de pedra bem preta.

– Credo, será que não é o diabo que virou uma pedra?

– Quem tem coragem de chegar perto daquele bicho?

– Tupã me livre disso.

– Pode ser também filho de macaco que virou pedra.

– Olhem, olhem, ele se mexeu. Não é pedra.

– Quem tem a coragem de pegar um marimbondo pra dar uma ferroada nele?

– Tupã me livre de uma tolice dessa.

O escravo, quieto, cumprindo o castigo, com medo dos índios se aproximando, resolveu não se mexer.

– É um homem queimado, índios.

– É mesmo. O cabelo dele retorceu, esturricou, mas não acabou.

– E vai virando pedra de verdade.

– Pode ser um castigo que Tupã deu pra algum estranho invadindo a nossa floresta.

– Pode ser isso mesmo.

Os índios foram se aproximando do escravo, duro como pedra. E então veio a ordem do chefe:

– Nhangambá, cutuca a costela dele com a lança, pra ver se é pedra mesmo ou bicho do outro mundo.

Nhangambá cutucou a costela do lado direito do escravo, que caiu da pedra gritando:

– Vai pro inferno, raça de selvagem fedida, atrasada.

E os índios fugiram gritando:

– É o capeta, é o capeta.

O escravo chegou a levantar para fugir, mas como viu os índios correndo, sentou-se na pedra, novamente, para cumprir o castigo.

Pedroco não riu quase nada, principalmente da cena com o negro. Sentiu foi certa piedade. Além de maltratar dos negros, abusavam deles. Era humilhação de todo jeito. Além disso, estava tão encantado com Maria Doroteia que parecia continuar prestando atenção na imagem que ficara dela no palco. Um sentimento abestalhado pelo exagero do encantamento. Voltou para a fazenda pensando em falar com o pai dela. Não, talvez melhor fosse falar primeiro com o tio, senhor Ferrão, com o qual ela vivia em Vila Rica. O pai, capitão de cavalos, passava mais tempo longe.

Bom também era quando via Maria Doroteia na igreja do Pilar dos Nobres. Domingo de sol espalhando luz dourada sobre os montes de Vila Rica. Pedroco à procura da menina-moça. Ela com duas escravas, Ana Ricarda, Vina (apelido carinhoso da prima Levínia) e mais duas moças indo para a igreja. Do lado de fora, as escravas cumprindo a exigência dos brancos. A futura Marília de Dirceu resmungou:

– Não gosto não de não deixar escravo entrar nessa igreja. Pra mim escravo é gente e tem alma.

– Ouvi dizer é que nem padre sabe muita coisa. Disseram

que antigamente falavam que mulher também não tinha alma – Levínia respondeu.

– Então ainda pode chegar o tempo que vão dizer que negro tem alma, sim.

Uma das amigas interrogou:

– E alma, o que é mesmo?

E a outra amiga:

– Falam que é o que sobra da gente e vai pro céu, pro purgatório ou pro inferno, depois da morte.

– Eu tenho é desconfiança de tudo isso. Mas acredito em Deus – retrucou Maria Doroteia.

E Levínia:

– Eu tenho é medo de falar em morte. Sei é desse mundo, às vezes triste, às vezes, bonito.

Pedroco foi chegando mais perto, querendo ser notado por Maria Doroteia, com vontade de ouvir aquela conversa. Só Levínia lançou um olhar de rabisco para ele. As jovens foram entrando na igreja e as escravas, voltando para casa. Retornariam para buscar as meninas ao final da missa. Escravos musculosos transportando senhoras religiosamente orgulhosas nas cadeirinhas. Lá fora ficavam os negros. Não precisavam nem rezar para a salvação. Não tinham alma. Quando morressem, evaporariam-se no tempo. Não teriam nenhuma recompensa depois da morte, nem mesmo tendo cumprido a sua tarefa de trabalhador resignado no cumprimento do seu dever. Deus era impiedoso. Criara o negro só para o trabalho da escravidão. Um animal negro com semelhança de gente. Era o nível de sabedoria espiritual da maioria da gente branca daquele tempo. Assim como a mocinha Maria Doroteia, Pedroco tinha a mesma crença. Negro também devia ser filho de Deus e ter alma como o branco. A humanidade parecia muito atrasada do entendimento das coisas espirituais. Ou então Deus era preconceituoso e parcial. Criara um tipo de gente para receber certas benesses e outro tipo para ser humilhado, animalizado no serviço e, depois da morte, o nada. A vida lhe parecia um mistério em que nem o pessoal da igreja conseguia realmente penetrar no seu verdadeiro entendimento. Não era possível que chamassem de Pai de infinita bondade o Criador, e ao mesmo tempo falassem Dele como um ser que apoiava a crueldade de muitos seres humanos que iriam para o céu depois da morte, pela determinação da Igreja. Foi envolvido nesses embaraços que Pedroco entrou no templo, mas, ao observar Maria Doroteia sentada lá na frente, libertou-se daquela atmosfera e se encantou. Se havia a feiura cruel da escravidão naquela Vila Rica de muitos horrores e injustiças, havia, com muito mais poder emocional, a beleza do seu encantamento por aquela mocinha. Um órgão espalhando melodia, santificando a Igreja. Uma voz forte de mulher espalhando notas musicais. O sermão do padre falando sobre o perdão. Quantas vezes o cristão deve perdoar o próximo? Sete vezes, não, mas setenta vezes sete. Será que era por isso que a Igreja perdoava os matadores de escravos? E também por que os negros não tinham alma? Não eram criaturas de Deus? Besteira ficar pensando nessas coisas quando estava ali para ficar namorando pelo menos o cabelo de Maria Doroteia, sentada lá na frente.

"Vou casar com ela nessa igreja. Isso é o que peço a Deus."

Pedroco sentiu-se flutuando. Devaneando. Desenhando o futuro com a imaginação. Inventando cenas. Podia morar com Maria Doroteia em Vila Rica, se ela não quisesse morar na fazenda. Mas ela haveria de gostar da paz bucólica. Da Cascata Bela.

Fim da missa. A menina-moça de pé, caminhando, conversando com as colegas, sorrindo. Para o seu lado deixou escapar um olhar num descuido. Estaria olhando para ele? Estremeceu. Ficou observando se ela ia olhar de novo. Quem olhou foi Vina, a prima. Também um olhar descuidado. E lá fora da igreja estavam as escravas esperando. Na certa com almas feitas de pureza mais branca. Cuidadosas com as meninas. E o moço acompanhando com o olhar. Uma hora perderia o controle. Uma hora iria se aproximar da pequena e declarar, sem timidez: "Maria Doroteia, sou apaixonado por você. Quero casar com você".

Seria um sacrifício, mas haveria de valer a pena. Sua paixão de amor era mais elevada que os montes de Vila Rica. Brilhava mais que todo o ouro tirado de todas as minas, mas estava ainda oculta na mina do seu sentimento. A menina-moça haveria de descobri-lo. E foi que envolvido por uma poesia de encantamento montou na mula Cigana. Tocou e passou na frente da casa do senhor Ferrão. Escutou uma escrava dizendo:

– Sinhazinha Doroteia, cria modo de gente.

– Foi só um beliscãozinho, Mumu.

A mocinha estava brincando com as escravas. Era amiga delas. O rapaz tocou a mula devagar. Queria ficar na cidade, mas não queria. Não conseguia entender o baralhamento do coração. Pensou confessar seu caso a vovó Sá. Ela, sim, tinha poder para resolver certas coisas. Talvez pudesse fazer Maria Doroteia abrir o sentimento de amor para ele. Era uma decisão a ser tomada.

2

Emoções

Foi na frente da igreja do Pilar dos Nobres que Pedroco viu o doutor Tomás Antônio Gonzaga pela primeira vez.

– Aquele é o doutor Tomás – disse um amigo. – O novo ouvidor de Vila Rica. Na certa veio pra ajudar o rei de Portugal a roubar mais do povo daqui.

Pedroco ajudou na crítica:

– Principalmente agora, Abílio, que o ouro diminuiu muito e Portugal quer o mesmo ouro do passado. Imposto e mais imposto que o povo não tem condição de pagar.

– Andam falando na tal derrama, que é a cobrança de todo o imposto que o povo deve.

– E quem não puder pagar, vai pra forca, Abílio?

– Só quero ver o Deus nos acuda, Pedroco.

Tomás Antônio Gonzaga ao lado de Cláudio Manoel da Costa. Nenhum dos dois era lá muito religioso. Pareciam estar observando as pessoas. Entraram no templo e se sentaram lado a lado. Agora vinha Maria Doroteia com sua turminha. Esta cena é que valia a atenção. Pedroco botava ares de encantamento nos olhos. No rosto, um desenho luminoso, o sentimento maravilhado. Rezar, só se fosse para pedir a Deus, Jesus e Nossa Senhora para que lhe dessem Maria Doroteia. Depois da missa aconteceu de ficar frente a frente com o doutor Gonzaga. Sofreu um choque. Estremeceu num susto. Medo, decepção ou ojeriza? Não gostou um milímetro sequer de se deparar com aquele homem. Virou o rosto para o lado esquerdo. Para o mesmo lado dirigiu os passos. Mais interessante era observar Maria Doroteia com sua turma.

De volta à fazenda Cascata Bela, sentiu a solidão da vida. Uma desconfiança inquietou o coração. Talvez fosse aconselhável conversar com vovó Sabença. Não caminhou sozinho porque um cachorro o acompanhou:

– Vai pra onde, Pajé?

O cão rusgou choramingos amigos, como se dissesse que só queria acompanhá-lo.

– Bênção, vó.

– Deus te abençoe.

E disse que ele estava chegando na hora para rapar o tacho, costume praticado desde menino. Vovó atirou um olhar profundo para o moço. Comunicou que ele andava com um sentimento bonito demais. Mas perigoso porque, muitas vezes, o coração inventa de escravizar o ser humano.

– O coitado cristão perde as rédeas, fiinho.

– Por que está falando isso, vó?

Disse que podia sentir nele certas marcas do tempo de moço. Podia ver. Uma pulsação que podia ser perigosa e provocar dor no sentimento. O moço bebeu mais desconfiança naquele palavreado não muito claro. Vovó Sabença parecia estar falando do seu encantamento por Maria Doroteia. Era ótimo que ela falasse no assunto sem que precisasse pedir, mas, em seguida, vovó mudou de assunto. Pegou uma colher e lhe entregou.

– Pra raspar o tacho, que nem sempre.

– Que coisa do sentimento, vovó? – Pedroco se viu obrigado a puxar o assunto de volta.

– Que você tem de entender...

– Mas acho que não entendo.

– O tempo pode ser melhor professor que um padre...

– Então fale mais do sentimento.

– Agora, não... Será que o Pajé vai querer um pedaço de doce?

– O Pajé nunca comeu doce, não, vovó.

– Então só vai ficar olhando. Ah, vou dar um pedacinho de carne de porco pra ele.

O moço queria que vovó Sabença continuasse aquele assunto. Mostrava jeito de saber o que estava escondido na gruta do seu sentimento, mas não queria falar com mais clareza. Ele queria que ela até o incentivasse a ir falar com Maria Doroteia, com o tio e com o pai dela. Outra hora iria confessar à vovó seu segredo sentimental. Talvez fosse a primeira pessoa a ouvir seu caso, mesmo antes da moça. E pedisse ajuda e conselho. Vovó Sabença tinha aquele poder misterioso. Será que via mesmo almas do outro mundo? E ouvia a fala delas? E conversava? Engoliu um pouco de doce e interrogou sobre o assunto:

– A senhora tem mesmo o poder de ver a alma de quem já morreu, conversar com ela e entender, e receber ajuda pra ajudar os outros aqui no mundo, vovó?

Vovó Sabença negou, como sempre. Só sabia fazer rezas de Deus, de Jesus e de Santa Maria. Se acontecia a cura, era pelo poder da fé da pessoa. Nada de mexer com alma de morto. Nunca. Dava a sua ajuda espiritual a quem fosse buscar, mas tudo devia ficar no silêncio. Não ficava: as pessoas tagarelavam coisas. Por tal razão é que vovó Sabença falava em Jesus toda vez que fazia um trabalho, uma benzedura.

Pedroco ouviu as irmãs e a mãe se aproximando, falando alto. Uma das irmãs:

– Já terminou o doce, vó?

– Já terminei, mas o Pedroco comeu tudo, Margarida.

– Então ele vai apanhar do papai, que está esperando um pouco de doce.

Toda vez que Pedroco se lembrava do doutor Gonzaga, sentia uma pontada de antipatia inexplicável. E aquela antipatia aumentou quando, numa conversa com os amigos Abílio Cedrim e Bartileu Ramalho, ouviu do primeiro:

– Sabiam que o doutor Gonzaga, o ouvidor, está num caso de namoro com a Maria Doroteia, a sobrinha do senhor Ferrão?

Pedroco levou um susto. Sentiu uma bambeza dolorida nas pernas e achou que perdera a voz naquele instante. Bartileu expressou num tom de ironia:

– Tem idade pra ser o pai dela.

– Mas é doutor da lei, menino. Tem salário bom e residência e tudo.

– Mas não é rico. O que acha disso, Pedroco?

– Hã? Heim?

– Está pensando na fazenda ou nalguma caçada? Você está aqui em Vila Rica.

– Oi?

– O namoro do ouvidor doutor Gonzaga com a Maria Doroteia?

– Sei não. Sei lá...

A voz saiu machucando as cordas vocais. Queria sair daquele colóquio imediatamente. Fugir para buscar recursos onde não sabia. Talvez com vovó Sabença. Só sentia não querer ouvir mais nada. Não falar coisa alguma sobre aquele assunto. Perdera Maria Doroteia para aquele doutor? Demorara demais para ter coragem de chegar e contar tudo à menina? Fora um covarde? Sentiu-se ferido na sua falta de ousadia, culpado por não ter se aproximado da mocinha, confessado tudo o que sentia. Depois que as tempestades sentimentais devastassem sua vida, nada mais importava. Já teria cumprido o dever que o coração mandava. Agora estava ali, abobalhado como uma estátua humana.

– E será que ela vai casar com ele? – Bartileu interrogou.

Se Pedroco estava mudo, Abílio não estava:

– E pode levar a menina pra Portugal. Funcionário do rei fica algum tempo num lugar e depois normalmente vai pra outro. É a tal transferência.

Pedroco desembuchou. Informou que precisava ir embora. Os amigos se desapontaram. Queriam que bebesse alguma coisa com eles. Não, tinha serviço dos negros para acompanhar. Afastou-se com passos trôpegos. Antes de montar no cavalo, cochichou:

"Mato. Eu mato esse homem".

Montou no Chamusco. Destino confuso que a vida lhe preparava. Tocou o animal. Passou na frente da casa do senhor Ferrão. Queria ver Maria Doroteia. Investigar no rosto dela sinais do tal namoro com o doutor Gonzaga. Não viu senão um cachorro de pé na rua, na frente da casa. Na certa todo o pessoal estava lá nos fundos. Tocou para a fazenda. Ao olhar para a placa que colocara naquele pé de cedro, puxou a garrucha para disparar um tiro contra ela. Um tiro de desapontamento.

"Mato. Eu mato aquele homem. Veio me trazer a infelicidade. Por isso que não gostei dele..."

Apontou para a placa, mas não disparou tiro nenhum. Guardou a arma na cabeça do arreio. Em casa não queria conversar com ninguém da família. Na certa, só com vovó Sabença. A mãe observou se ele não bebera. Estava com um jeito triste, calado. Alguma coisa parecia machucá-lo.

– Tudo bem na vila, Pedroco?

– Sei lá, mãe. Parece...

– Que jeito é esse de falar?

– Ah, tudo bem.

– Eu só fico com medo de você beber quando vai pra lá e encontra com aqueles moços.

Afastou-se e foi observar o negro Chiquito fazendo um monjolo. O trabalhador dizendo que a gamela do monjolo velho estava rachada, vazando água. A mão do pilão estava boa. Ia usar a mesma. O pilão também estava bom. Zumaiê, a mulher do

Chiquito, apareceu com uma xícara de chá e um pedaço de bolo para o marido.

– Ioiô Pedroco, trouxe café e bolo só pro Chiquito. Não sabia que o sinhozinho estava aqui.

Chiquito interveio:

– Dá o café e o bolo pra ele, Zuma.

– Não quero nada. Hoje ando enfarado que Deus me livre.

Zumaiê com um papagaio empoleirado no ombro direito. Chamavam aquela ave domesticada de Mulata. Pedroco pensou que um dia poderia arrumar um papagaio para Maria Doroteia. E que ela poderia ensiná-lo a falar e cantar. Zumaiê com sua fala observadora:

– O sinhozinho anda tristinho? Causa de quê?

– Triste nada não, Zuma.

Pedroco era daquele jeito. Às vezes gostava de conversar com os negros. Ouvir suas histórias. Alguns contavam coisas do Rio de Janeiro, da África, do mar. Dos castigos de antigos donos. Mas a prosa mais interessante de ouvir era da vovó Sabença. Histórias e mais histórias, como aquela do negro Conguilo:

– Negro Conguilo era moço forte, Pedroquinho. Foi preso em Angola. Foi vendido pelo rei do lugar por três litros de vinho e um pedaço de pano. Trazido para o Brasil no porão de um tumbeiro. Viajou triste que era uma melancolia. Mas o pessoal do navio descuidou chegando já no Rio de Janeiro. E naquele descuido do feitor com o chicote, Conguilo escapou e pulou no mar. Deram tiros nele, mas não acertaram nem um chumbo. E o negro sagaz nadou e atarracou noutro navio com piratas. Foi recolhido. Foi bem tratado. E virou o pirata negro daquela embarcação. E virou o chefe. Ficou rico roubando ouro que ia pra Europa. E comprou escravos no Rio de Janeiro e Salvador pra levar de volta pra África. Tinha negociante branco pra comprar os negros. Mandava dizer que eram escravos pras minas de Vila Rica. Ficou conhecido como o Pirata Negro. Depois voltou pra África e foi ser rei lá num pedaço de terra de Angola. E lá nesse recanto, branco nenhum caçava negro pra trazer como escravo para o Brasil. Conguilo tinha armas de fogo também. Foi o negro mais valente que o mar viu na sua largueza.

– Será que a história do Pirata Negro, o Conguilo, é verdade, Chiquito?

– A vovó Sabença é quem conta. Sei não.

Pedroco tentava desviar a lembrança do caso doutor Gonzaga/ Maria Doroteia para as histórias da vovó. Tempo de menino floreado de casos.

– Vou contar o caso do papagaio ensinado. Falava que nem gente. Papagaio de um branco dono de muitos escravos. Malvado que nem escorpião quando ferroa a gente com raiva. O homem ensinou o papagaio a caçar escravo fugido. Negro fugia para o mato e o homem ia atrás com o papagaio. Dava ordem pra caçar um negro que fugiu e andava escondido no mato. O Tagarela ia, encontrava o negro fugido e voltava pra contar pro dono onde o negro estava amoitado. O homem ia com os cachorros, prendia o escravo e fazia crueldade com o fugido. Foi assim até que um dia um negro feiticeiro conversou com o papagaio quando foi achado no escondido. A conversa foi assim:

– Tagarela, você não tem piedade de um negro fugido, quase morto de fome e sede? Seu dono vai me pegar e me matar? Você não tem Deus no coração para sentir um pouco de bondade?

– Mas eu trabalho pra ele.

– Antes de trabalhar pra ele, você trabalha pra Deus. Todo mundo trabalha pra Deus.

– Então eu devo voltar e dizer que não consegui encontrar você, Jomão?

– Você devia é ir embora comigo. Nós podemos ir pra banda que o sol nasce. Ouvi dizer que tem um lugar chamado Bahia nesse rumo. Uma cidade grande chamada São Salvador. Se você acredita em Deus, podemos chegar lá. Aí você vai cantar na frente das igrejas e na beira do mar e vamos ganhar dinheiro.

O papagaio aceitou a proposta do negro Jomão e foi embora com ele. O negro fugido mudou o nome da ave pra Salvador, ensinou o danado a cantar que nem gente e ganhou dinheiro com ele e virou negro livre.

Tempo feliz de ouvir histórias dos negros, principalmente da vovó Sabença. Menino irrequieto, correndo pelos vales, subindo nos ombros dos montes, aprendendo a fazer arapuca com os negros. O aprisionamento de aves. Companheiros dos negrinhos nas peraltices. Nos mergulhos no poço da cascata. Agora crescido, mas sem orgulho de renegar os negros. Moço crescido e aquela invenção de desejar o amor de Maria Doroteia. Tempo de homem amadurecido. O coração tal qual uma manga madura se desprendendo do talinho. Hora chegante para tudo, se tiver de acontecer. Daí foi que aconteceu aquele encantamento de amor no amadurecimento do coração. E a extravagância de ouvir a notícia de que o doutor Gonzaga estava namorando aquela mocinha.

Aquela primeira noite depois de ouvir sobre o caso do ouvidor com Maria Doroteia foi doída. Uma inquietação de sustos e atravancos. Um culpar-se espinhoso pelo atraso de não ter se declarado à menina. Uma insônia de suar. "Também, fui um molenga. Mas aquele homem não casa com a Doroteia. Mato."

Parecia um bobo louco naquela primeira noite. E se pôs a imaginar como poderia matar o ouvidor sem ser descoberto. Porque, se fosse preso depois do assassinato, na certa seria enforcado. A imaginação colhendo inventivas. "Pegar o doutor sozinho numa noite escura. Enfiar um punhal no coração dele. Fugir sem ser visto." Entretanto, podia nem ser verdade a informação dos amigos. Naquela Vila Rica de tantas bisbilhotices, podia apenas ser mais uma das línguas desatadas. Ainda assim, não sentiu o refrigério da calma e só dormiu um pouco pelo amanhecer. Levantou-se com uma cara desolada.

– Que cara enfranjada de feiura, Pedro! – observou uma de suas irmãs.

Com certeza exibia uma cara bem amarrotada, pois ela nem o chamara pelo apelido, como sempre fazia.

– É a minha cara, Maria Rita – respondeu, tentando ser natural.

– Parece que nem dormiu direito – outra irmã observou.

– Perdi o sono, Margarida.

A terceira irmã fez uma observação meio irônica:

– Será que ele se apaixonou por alguma escrava?

– Que escrava, Mariana? Sou só amigo das escravas.

Montou no cavalo Chamusco e tocou para Vila Rica. Às vezes abria a casa que possuíam na cidade e até ficava por lá. Às vezes só conversava e bebia com os amigos e voltava para a fazenda. Dia nublado. Viu o doutor Gonzaga caminhando ao lado do doutor Cláudio. Conversando. Carregando papéis. Achou o ouvidor muito velho para Maria Doroteia. Será que ela podia mesmo querer aquele homem? E se ele se apresentasse como um jovem de vinte anos, como um rapaz apaixonado? Fazendeiro bem de vida. Podiam se casar, morar na fazenda ou em Vila Rica. Onde ela quisesse. Sentiu algum alento naquele instante. Um broto de esperança abrindo a terra e se apontando para o sol, para o ar puro da natureza, para receber os beijos da chuva. Maria Doroteia se tornaria seu sol, seu ar, sua chuva. Mas na cidade comentavam sobre o namoro da mocinha com o doutor da lei. Caso sério. De machucar. Abriu a casa que a família possuía e se deixou ficar. Por que não desenvolvia uma loucura capaz de sair dali, ir à casa do senhor Ferrão e declarar que queria se casar com Maria Doroteia, que ele, brasileiro de Vila Rica, era quem tinha o direito de casar com ela? E não um português que ali chegara para ajudar Portugal a continuar massacrando o povo brasileiro. Mas a coragem ficou apenas na inventiva da imaginação. Naquela noite bebeu com os amigos e foi para casa meio amparado. O cavalo Chamusco ainda amarrado no quintal. Quase o dia inteiro.

– Vai dormir aqui, Pedroco? – Bartileu interrogou.

– Vou embora pra fazenda.

– Se for dormir aqui, é preciso soltar o cavalo. Já deu água pra ele hoje?

– Esqueci.

– Como você pode tratar assim um animal seu amigo?

– É que esqueci.

Deram água para o animal. Pedroco montou com dificuldade e tocou para a fazenda, sentindo não se caber em Vila Rica. Amparado por uma força de ajuda espiritual, não levou um tombo.

Maria Doroteia era uma espécie de perseguição, desenhando uma lembrança forte no seu cérebro. Desceu raspando no lado esquerdo do animal ao apear. Naquela noite colocou dez espigas de milho para o cavalo, abraçou-o e disse numa voz bem audível.

– Desculpe, Chamusco. Devo matar aquele homem, se for verdade?

Passou uma semana sem voltar a Vila Rica. Dias de conflito descendo da imaginação para o coração. Não queria saber notícias sobre o namoro do doutor Gonzaga com Maria Doroteia, mas queria. Pegou um punhal de trinta centímetros e se pôs a planejar um crime. Uma obsessão inchando por dentro. Com sua menina, o doutor da lei não devia casar. Não podia. Era só pegar aquele homem de jeito numa noite, fincar o punhal no seu peito e deixá-lo caído sem ser visto por ninguém. Fugir como um gato do mato e esperar a decisão do tempo. Uma semana de preparo para o crime. Caminhou pelos matos. Ouviu as aves numa festança de alegria que lhe parecia triste. Nem satisfação para visitar vovó Sabença mostrava no humor. Não queria nem prosa. A intenção de assassinato batendo no cérebro como as ondas do mar chicoteando rochedos. Pensou também em dar um tiro de garrucha no doutor da lei. Mas, e se errasse? Além disso, o estampido do tiro ia chamar a atenção das pessoas por perto. O mais certo era mesmo o uso do punhal. Quando voltou à cidade, toda a família estava lá. Levou a arma, mais a garrucha na cabeça do arreio. Não achava jeito de andar com aquilo na cintura.

Em Vila Rica ouviu as irmãs conversando com Levínia, prima de Maria Doroteia. Vina era comunicativa e alegre. Estavam na casa, as quatro moças. Antes de entrar, Pedroco parou e prestou atenção. Vina informando:

– Pois a Téia anda gostando do doutor que é uma coisa...

Margarida observou:

– Mas ele parece bem madurão pra ela, não, Vina?

– Também acho, mas falam que o amor não escolhe idade.

– Às vezes escolhe – Mariana disse. – Eu não queria casar com um homem muito mais velho que eu.

Pedroco não entrou na sala. Afastou-se. Foi a uma venda e

pediu uma dose de conhaque. O dono perguntou sobre a fazenda e sobre vovó Sabença. E interrogou, num tom irônico:

– Por que a vovó não faz uma feitiçaria para o Brasil ficar livre de Portugal, Pedroco?

– Feitiço vai conseguir fazer isso, Romaninho?

– É tanto imposto contra a gente que todo mundo vai acabar virando escravo do rei.

Pedroco sentiu uma vontade esquisita. Queria passar perto do doutor Gonzaga para aumentar seu ódio contra ele. Queria também ficar sozinho em Vila Rica, mas os amigos exigiam sua companhia. Outra coisa no seu desejo era conversar com Levínia, que era amiga de suas irmãs, para saber mais detalhes sobre o namoro do ouvidor com Maria Doroteia. Quando se viu sozinho, desceu pela rua da casa do ouvidor. Foi até lá embaixo. Voltou. Alertou-se num susto: agora o homem da lei deixara a casa do doutor Cláudio e caminhava para a sua. Sem perceber, num gesto instintivo, Pedroco bateu a mão direita no cabo do punhal por baixo da camisa do lado esquerdo. Doutor Gonzaga o cumprimentou e, num outro impulso instintivo, o jovem respondeu, mesmo contra sua vontade. O sol ia baixinho. O candidato à vingança estava trêmulo. Aquele era o homem que o rei de Portugal mandara para Vila Rica para estraçalhar sua felicidade no terreno do coração.

"Isso não vai ficar assim!"

Estava mais nervoso que nunca. Foi parar na igreja de São Francisco de Assis. Carregava o punhal escolhido para o crime na cintura, embora padres pedissem que não entrassem com armas na casa de Deus porque era pecado.

"Posso até pedir ajuda aqui dentro da igreja..."

Se estava pecando sob o tormento daquela intenção, não queria se importar. Olhou para as imagens dos santos e, de repente, viu Maria Doroteia na imagem de uma santa. Que santa era? Só conseguiu ver aquela menina. Saiu da igreja assustado e desapontado. Foi para casa e viu as irmãs prontas para a missa de São José, que naquela noite ia ser celebrada na igreja Antônio Dias. Mariana interrogou:

– Não vai rezar, Pedroco?

– Parece que quanto mais eu rezo, mais o diabo me joga pedra.

A mãe interveio. Que conversa mais errada era aquela? O que é que andava ruim em sua vida? Precisava, sim, rezar mais para nem pensar em beber.

– Só bebo um golinho de vez em quando, mãe.

Outra vez viu suas irmãs com Levínia e mais duas moças indo para a igreja. Bem que podia ser Maria Doroteia. Daí poderia se aproximar, desatar uma prosa até sentimental com ela. Mas aquela mocinha nunca tivera aproximação com as irmãs de Pedroco. E agora o doutor Gonzaga naquele caso com sua menina. Será que era mesmo um caso de futuro? Começou a sentir que não cabia em Vila Rica. Uma impressão que dava um mal-estar. Disse à mãe que ia voltar para a fazenda.

– E não vai rezar na missa, Pedroco?

– Outro dia, mãe. Me deu uma saudade de casa...

– E não veio de lá hoje?

– Foi que deu...

O pai bebia com alguns amigos. Depois foi para a igreja. Pedroco na besta Cigana, desorientado, solitário como um curiango na estrada. A noite, monstruosa, enorme como a invenção de um fantasma. Uma tristeza de trevas lavrando o sentimento. Aquele desejo de ficar sozinho e sondar na solidão o sentido da vida. Um sentido particular para o seu caso. O que virava um homem sob o tormento de uma paixão? Um pequeno ser dominado pela fraqueza? Talvez fosse bom virar criança novamente e ouvir histórias da vovó Sabença, de outras negras, da mãe. Ouviu as negras cantando aquela cantoria triste:

Lá no pé daquele morro
tem uma mina de ouro,
mas prefiro minha terra,
onde tenho o meu tesouro.

Entre os morros dessa terra
Seja noite, seja dia,
Sou apenas uma escrava
Que perdeu toda alegria.

Pedroco sentiu aquela atmosfera de melancolia do canto das negras. Uma nostalgia nos ares da noite. Naquelas vozes, uma celeste melodia. Dava assim uma pulsação de querer chorar. Uma saudade sem explicação. Uma dor de desilusão que não se podia apalpar. Ficou de pé no terreiro, olhando para o nada. A cantoria das negras acontecia na casa da Zumaiê. Os negros somente ouvindo. Gostavam de beber que era uma praga. O moço caminhou naquela direção. Chegando e tentando alterar sua natureza com uma expressão de entusiasmo forçado:

– Isso é que é festa ! Melhor que as dos padres de Vila Rica.

Viram a figura do Pedroco na claridade da fogueira no terreiro. Vovó Sabença sentada num banco de tábua de sucupira. Chiquito com uma interrogação:

– Sinhozinho Pedroco aqui? Não devia estar em Vila Rica?

– Eu sabia que aqui vocês tinham uma festa melhor.

A cantoria calou-se. O moço pediu que continuassem cantando. Não. Agora não. A carne assada já estava pronta. Jimiso, o mais finório na lida com os animais, informando que matara um veado mateiro e havia churrasco daquele bicho. Chiquito falando sobre um porco do mato, um queixada, que matara com um tiro de bacamarte. Zaragato, o mais finório dos caçadores entre os negros, falando de uma paca esfaqueada num buraco.

– Quando vi que ia chegando perto dela, parei de cavar com o enxadão. Bem devagar e jeitoso fiz um buraquinho com uma faca. Vi o lombo dela. Foi uma facada só, no coração.

Zaragato contando vantagens de suas proezas no mato. Rindo seu riso de aguardente. Pedroco tentando expressar-se com alegria.

– Essa malvadeza sua é de criminoso, viu, Zaragato?

– Só mato bicho pra comer, sinhozinho.

Todo mundo contente. Sinhozinho Pedroco entre eles, quando podia estar em Vila Rica olhando as moças brancas nas igrejas. Moças respingadas de perfume, de cabelos despencando nos ombros, vestidos de baralhar os olhos, beleza de alertar encantamento. Num momento mais calmo, vovó Sabença disse em voz baixa ao sinhozinho ali perto dela:

– Pedroquinho anda na ilusão que nem sei lá. Pode enganar o coração...

– Hein, vovó, que ilusão?

– Todo homem entende, quando chega o tempo de entender.

Ela se calou e ele também não disse mais nada. Desconfiou que ela podia estar vendo marcas de uma ilusão não confessada em seu rosto. Vovó sabia de coisas que as pessoas sem suas faculdades não podiam perceber, observar e entender. Quando chegasse a hora, queria perguntar à vovó sobre seu sentimento de estar amando Maria Doroteia. Ainda não chegara a hora para expor seu caso. E bebeu com os negros. Ouviu Dongo, o cantador, com sua voz agradável:

Não troco mais o Brasil
pelas terras de além-mar.
Que aqui achei bom destino
Na minha sorte de amar.

Pedroco pensou no seu destino. Sorte conflituosa tinha arranjado para si. A imaginação lá em Vila Rica. Maria Doroteia podia estar sorrindo perto do doutor Gonzaga. Ouviu vovó Sabença dizendo que queria ir para casa. Duas negras foram levá-la. E o sinhozinho:

– Vou indo, festeiros. Cuidado com muita bebida.

Enfeitiçado pelo sentimento de paixão, dormiu logo e não sonhou com a moça, como desejava. Quando se levantou, os negros já estavam ordenhando as vacas. Iam fazer somente o serviço com o gado naquele dia. Nada de roça. Ficar sozinho naquela casa era um enjoo. Solidão sufocando por todos os lados. Até no miar da gata Lili, que pedia comida. Não dava para aguentar um azedume com aquela ruindade, não. Montou na mula Cigana e tocou para Vila Rica. O pai queria saber o porquê da sua volta para a fazenda. A mãe dizia que ele precisava ter participado da missa em homenagem ao santo. As irmãs falavam sobre a perda de uma festa bonita. Os amigos reclamavam da sua ausência.

– Daí me deu na veneta de ir comer churrasco com os negros lá na fazenda. Uma festa muito boa.

Agora queria ver o ouvidor de Vila Rica e fermentar aquela intenção da morte dele. Se o doutor Gonzaga fosse assassinado, Maria Doroteia estaria livre. Daí era só encher-se de coragem e declarar seu sentimento. Um crime para acertar a vida. Para direcionar a vida rumo ao encantamento que a paixão de amor inventava de criar no sentimento. Uma ideia fixa dominando seu desejo, confundindo sua existência, obsediando seu espírito. Tormento que ia desatinando o motivo de estar no mundo só pela realização daquele desejo de amar e ser amado por Maria Doroteia. Amor num conflito ainda oculto no esconderijo do sentimento. Mas que haveria de explodir. De repente não queria permanecer em Vila Rica. Por ali havia um gosto amargo na atmosfera da vida. Voltou logo para a fazenda.

Talvez fosse melhor ficar na fazenda sentindo o tempo passar, fingindo cultivar esquecimento. Ouviu o monjolo socando arroz, descascando aos poucos. A água enchia a gamela e, quando o monjolo erguia a mão de pilão para jogar a água no calabouço, deixava escapar um rangido fino, triste. E depois aquele soco sobre o arroz no pilão. Pedroco por ali, pensativo: "Tenho de ficar em Vila Rica de noite. Assim pego aquele homem de jeito e pá!".

Bebido por aquele tormento, ficou na fazenda muitos dias. Era como se estivesse esperando uma fatalidade contra o doutor Gonzaga? Ou se preparando para o crime? Estava diferente. Todo mundo notava. E não queria pedir conselho a ninguém. Nem mesmo da vovó desejava algum ensinamento para o equilíbrio da vida. Saía para caçar com o pai, com os negros. Inventava escapulidas. Dizia para si mesmo: "Preciso decidir a hora certa... A noite...".

Agora queria ir a Vila Rica apressadamente. Chegar num trote e sair num galope. Não queria ouvir sobre o caso de amor do doutor Gonzaga com Maria Doroteia? Sabia-se lá? Sempre escutava coisas. E desatinava em sua danação. Cada ser humano é um mundo de diferentes pulsações, de variadas complexidades, às vezes de extravagantes impulsos, aberrações renegadas. Pedroco, no seu silêncio, alimentando a fogueira da sua intenção de vingança.

3

Sarau

Na fazenda, Pedroco viu Levínia com as irmãs. A prima de Maria Doroteia falando de um sarau que ia acontecer na Fazenda do Covão, propriedade de Alvarenga Peixoto, em São João del Rei. Por lá estariam o doutor Gonzaga, primo do Alvarenga, e o pessoal da futura Marília de Dirceu. Seria uma festa gostosa, com boa comilança, bebida e música.

– Você vai, Vina?

O moço ouviu a pergunta da irmã Maria Rita e ficou atento. Não, Levínia não fora convidada. Não era parente de ninguém naquela família. Mas Pedroco era primo de Bárbara Heliodora, esposa de Alvarenga. Estivera presente no casamento deles e com aquele poeta tinha bom relacionamento. Afastou-se um pouco, digerindo umas palavras com o suco gástrico da vingança: "Vou andar por lá. Vou dar um jeito de acabar com aquele homem por lá. Longe de Vila Rica".

Chegou a ver o Alvarenga em Vila Rica, na companhia do doutor Gonzaga e do doutor Cláudio Manoel da Costa, mas nem quis se aproximar. Afastou-se furtivamente. Queria apenas se inteirar do dia do sarau. E viu Maria Doroteia com uma escrava e os irmãos. Parecia mais moça e mais séria. Ouviu um menorzinho dizendo:

– Téia, olha que mula bonita!

O menino apontava para a besta Cigana, presa num poste para amarrar cavalos. Pedroco caminhando para o lado do animal, olhando para a moça, como que tropeçando nos morros de Vila Rica. Ela pareceu olhar somente para a mula. Ele apressou-se para montar no animal, para ser visto. Montou e tocou para o lado em que aquele grupinho caminhava. Preparou-se para cumprimentar aquele pessoal, mas sentiu certo temor. Entretanto, num rasgo de coragem, expressou:

– A mais bonita de Vila Rica.

Talvez o moço estivesse se dirigindo à irmã Ana Ricarda, mas Maria Doroteia interrogou:

– Quem será?

A escrava ralhou:

– Sinhazinha Joaquina, cria modo de moça.

Pedroco já estalava o chicote e tocava a besta num trote, sem olhar para trás. Tocou para a fazenda, imaginando mesmo que, naquela doença sentimental que sofria, podia disputar Maria Doroteia com o doutor Gonzaga. Bastava somente fazer um exercício de coragem para se aproximar da moça e atirar para ela tudo o que sentia: "Maria Doroteia, quem gosta de você de verdade sou eu. Brasileiro. Fazendeiro. Tenho recursos para nós. Sou moço jovem. Comigo é que você vai ser feliz morando em Vila Rica. Caso com você, quando você quiser".

Pelo caminho da fazenda foi pensando proezas. Enchendo-se de coragem. Naquele momento mesmo, quando falara sobre a mais bonita de Vila Rica, podia ter dito tudo o que estava escondido no seu encantamento sentimental. E, depois, que viesse o que fosse contra ele. Aquele doutor do rei haveria de saber que em Vila Rica havia um rapaz mais apaixonado por Maria Doroteia do que ele, um português intruso. E que estava pronto para matar ou morrer. Na entrada da fazenda voltou a disparar a garrucha na fronde do cedro que segurava a placa em homenagem àquela moça. Em casa, ali beirando o cocho com as espigas de milho, abraçou a mula e sussurrou:

– Vamos viajar para São João del Rei, Cigana. Prepare os cascos. Se eu matar um homem... Sei não. Prepare-se pra gente fugir até pra São Paulo. Não posso deixar que aquele doutor case com ela.

Precisava inventar uma razão para aquela viagem. Ora, ia visitar parentes, conhecidos, ver uns animais bonitos que tinham chegado dos lados de Taubaté. Talvez comprasse uns dois ou três. O pai o escutou e pediu que ele comprasse uma égua boa para a produção, se encontrasse. Antes de partir, queria ouvir a vovó Sabença.

– A bênção, vovó.

– Deus te abençoe e ampare. Em cada época da vida de um homem, ele ganha um pouco de sabedoria divina. A sabedoria espiritual. O homem que sabe das coisas *lá do outro lado*, deste lado de cá não comete loucura de desatino de pecado. Tropeça, mas não cai no engano. Todo exagero do coração é tempestade que destrói. Assim, o homem é sempre mais feliz se tiver um coração de criança.

Pedroco, achando que a vovó Sabença estivesse numa espécie de delírio de caduquice, nem prestava atenção naquele palavreado.

– Sua vida era mais serena naquele tempo de criança, Pedroquinho. Ainda lembra da história do rio que tinha águas de ouro?

– Esqueci não, vó.

Nas asas do tempo, o rapaz viajou para o passado:

– Foi no começo de Vila Rica, Pedroquinho, que acharam um riacho com até as águas de ouro. Contavam antigamente. Naquele tempo tudo era mais difícil. Quando descobriram pepitas de ouro por aí, foi gente chegando sem parar. Uma ambição maluca. Queriam cantar tanto ouro que nem tinham tempo pra fazer casas. Mas fizeram umas casas de pau. Dormiam debaixo das árvores. Esqueciam até de comer. Até parecia que o ouro matava a fome daquele povo. Daí deram notícia de um córrego com até as águas de ouro. Diziam que a água era um tipo de caldo grosso, ou um lodo, sei lá. Mas ia correndo que nem água. E era quente. Um homem jogou uma cumbuca e pegou aquela borra amarela que, quando esfriou, virou uma bola de ouro. E quando outros homens foram chegando, ele gritou: "Esse córrego é meu. Fui eu que descobri". Um outro gritou que o descobridor podia ser dono daquele pedaço, mas um pouco mais para baixo era de quem quisesse. Outro gritou que logo ali mais para cima era de quem quisesse. Outro, ambicioso, gritou que o rio era de todo mundo. Outro, mais ganancioso, berrou que o córrego ia ser do mais valente e que ele era o mais valente. E ocorreu uma briga ali beirando o riacho. Todo mundo contra todo mundo. Um deles levou um empurrão e caiu no rio. E foi rolando na borra amarela quente e virando ouro. Quando viram que um homem jogado no rio virava ouro, formaram brigas de um contra o outro. Um querendo jogar o outro no rio para aumentar o ouro.

Mas, na briga daquele jeito, com aquela intenção, ninguém queria ficar perto do rio. E foram se afastando, todo mundo batendo e todo mundo apanhando. E os macacos rindo e batendo palmas.

Oh, naquele tempo... Vovó Sabença tomou um gole de café e chupou um trago do pito de palha. A baforada se espalhou pelo terreiro. Pedroco haveria de se lembrar que estava ansioso:

– E aí, vó, morreu todo mundo?

– Não. E foi que no fuá da briga, aquele que tinha tirado a cumbuca com a borra de ouro gritou: "A gente está parecendo um bando de bobo. O negócio é trabalhar todo mundo junto. Nada de ficar machucando uns aos outros. É só a gente desviar esse corregozinho aqui do lado pro riacho do ouro. Ele vai esfriar, vamos pegar ouro pra encher navio e todo mundo vai ficar rico pra comprar Portugal". Combinaram e desviaram o corregozinho de água normal para o riacho da água de ouro. Aí é que veio o desencanto. O rio da água de ouro virou só pedra preta, sem ouro nenhum. Até o esqueleto do homem que tinha caído lá dentro virou pedra preta.

– E foi mesmo, vó?

– Assim contava um velho escravo que conheci quando cheguei em Vila Rica. Esse escravo, que conversava com almas do outro mundo, dizia que esse rio era só a imagem do desequilíbrio do homem na maluquice da ambição.

Agora rapaz, Pedroco estava confuso naquela travessura do sentimento. A vovó o levando de volta ao tempo de criança. Histórias nas recordações.

– Sentimento de querer de amor é um tipo de ambição. Pode acontecer um querer extravagante, Pedroco. Desequilibra o coração que nem o rio da água de ouro desequilibrou aqueles homens na doideira da ganância. É preciso vigiar o coração que nem se vigia uma onça que vem pegar os bezerros e os potrinhos da fazenda. Qualquer descuido é prejuízo. O sofrimento desatina uma dor que não tem remédio.

Pedroco calado. Vovó Sabença desconfiava do seu encantamento por Maria Doroteia? Será que alguma alma do outro mundo podia mesmo lhe contar coisas, como o povo dizia? E coisas dessa natureza podiam mesmo acontecer?

– Vou viajar para os lados de São João del Rei, vovó. Ver se compro uns cavalos. Bênção.

Em vez de abençoá-lo, a idosa interrogou:

– Vais só comprar cavalo?

– Isso mesmo.

– É bom não comprar chumbo ou arma que fura.

Pedroco deixou escapar um sorriso desconfiado. E, segurando o chapéu marrom que usava, voltou a pedir bênção para a sua viagem.

– Deus te abençoe, te proteja e te desvie do mal. É bom você rezar bastante para o seu anjo da guarda. E pra Nossa Senhora Mãe de Jesus também.

Pedroco se retirou embaralhado nas palavras que ouvira naquela pequena cabana. Ainda ia confessar seu encantamento de paixão de amor à vovó, que talvez pudesse ajudá-lo. Por enquanto, não. Queria continuar remando a canoa da vida nas águas turvas da sorte. Travessia perigosa. Embriagava-se de uma coragem assassina que não possuía. Não queria ter medo da vingança da vida que se abate sobre quem mata um irmão num crime planejado. Entretanto, desconfiava de certos avisos invisíveis que seu espírito podia sentir. Por outro lado, atirava a culpa na fraqueza humana, na sua falta de coragem.

"Não posso ser assim tão mole para não matar aquele doutor. Se eu não casar com a Maria Doroteia, muito menos ele!"

Despediu-se dos negros, das irmãs, recebeu a bênção dos pais e partiu. Em Vila Rica viu Lavínia de pé à porta da casa onde morava com os pais e um punhado de irmãos.

– Cadê as meninas, Pedroco?

– No sábado elas devem aparecer por aqui.

Pensou em perguntar sobre Maria Doroteia e o sarau que seria realizado na casa do Alvarenga, mas nada disse. Era tolice. Levínia nem devia saber que ele ia viajar para aparecer na casa daquele poeta, sem aviso e sem convite. Devia até chegar como alguém que

não sabia de nada. Um primo numa visitinha a Bárbara Heliodora e à família. Em verdade, para ver se o doutor Gonzaga estava com a menina.

Na estrada foi revistado pelos milicianos. Levava ouro contrabandeado?

– Não mexo com ouro, pessoal. Nem gosto desse metal. Gosto de plantas e animais.

A besta Cigana foi desarreada. Apalparam os baixeiros. Tudo foi investigado. Olharam até dentro das longas orelhas da mula. Um miliciano expressou:

– Nesse tempo de preparo para a derrama, Portugal está exigindo mais de Vila Rica.

– Entendo.

Pedroco não tabulou prosa nenhuma. Era desaconselhável ter muita conversa com aquelas autoridades. Na fazenda havia aquele pote com ouro e diamante bem escondido. Uma fazenda de animais e roças. Ali nas estradas havia brasileiros e portugueses trabalhando para o rei. Brasileiros que humilhavam brasileiros pelo salário. Tocou a mula. Seu problema era uma doença sentimental. Naquele caso entendia estar a razão mais importante da vida. Era só ganhar Maria Doroteia para o seu querer de viver a dois que tudo iria se ajustar nos conformes da felicidade. Uma guerra no campo de batalha do coração: isso é o que travava. Sentia que brigar consigo mesmo era uma luta onde a poderosa desigualdade sentimental o deixava num enfrentamento sem trincheiras para se defender. A grande fraqueza é que ele próprio criava uma espécie de inimigo sentimental para atacá-lo e que era ao mesmo tempo o encantamento maior, capaz de levá-lo ao desequilíbrio de projetar e adubar a semente daquele possível crime.

Chegou à região dois dias antes da festa. Um sarau de poesia, música, comes e bebes. Talvez o namoro do doutor Gonzaga com Maria Doroteia? Visão antecipada que fazia a imaginação machucar o sentimento. Uma dor que a lembrança machucava por dentro. A lembrança pode ter essa função forte de machucar. Chega sem aviso. Como vinda no sopro do vento. Ou no canto de um passarinho. Ou no aparecimento de uma árvore florida. Ou num dia nevoento, no qual a melancolia bafeja seu hálito sem perfume. Pelo entardecer da noite do sarau sentiu a decepção sentimental brigando com uma coragem inventada no palco do coração. Como faria para matar o rival? Por ali não poderia apunhalar aquele homem. Muito menos disparar um tiro de garrucha contra ele. Assassinar aquele português somente num lugar solitário. Em Vila Rica.

"Mas acabo matando..."

O sol marcava mais ou menos 4 horas na sua chegada à casa da prima Bárbara Heliodora. Viu mais gente que de costume. Talvez fosse mais aconselhável nem chegar. Mas foi chegando. Tentou ser descontraído ao ouvir o Alvarenga no seu jeito bonachão:

– Chegou no dia da festa, Pedroco.

– Será que adivinhei? Que festa?

– Estamos fazendo um sarau.

– Eu desci para essas bandas de São João del Rei pra ver se compro uns cavalos.

– Pula da mula, que está fula de cansaço, e no enrosco fique conosco.

Foi naquele instante que o doutor Gonzaga apareceu, saindo da casa. Desapontado, Pedroco ouviu:

– Já está rimando com inspiração, primo?

Alvarenga sorriu. Enforquilhado na mula, Pedroco meio paralisado. Detestou defrontar-se com o ouvidor. Mas desmontou-se. As pernas meio bambas. Ouviu do Alvarenga:

– O Pedroco é primo da Bárbara, Tomás.

– E faz versos também como nós?

– Não. Acho que não. O negócio dele é mexer com animais na fazenda.

Doutor Gonzaga caminhou para o lado do moço, que passou as rédeas da mula da mão direita para a esquerda. Era muito feio fugir e não apertar a mão do ouvidor:

– Prazer. Pedroco? É nome ou apelido?

Alvarenga interveio novamente:

– É apelido, primo. O nome dele é Pedro Sião.

Pedroco, embasbacado, encabulado no desenrolar daquela cena, deixou escapar um traiçoeiro sorriso que parecia disfarçar um choro. Embuchado. E o doutor Gonzaga:

– Se conseguir, ainda compro uma fazenda nos arredores de Vila Rica. Mas também não quero mexer com ouro. Quero gado, cavalo, carneiro.

Alvarenga entrou no assunto:

– E Pedroco já vai estar por perto para amansar seus cavalos, Tomás.

– Isso é muito bom.

Doutor Gonzaga ainda não ouvira a voz do moço, que expressou num monossílabo:

– Sei.

Bárbara Heliodora saiu para ver que desconhecido chegara e ouviu do marido:

– Seu primo Pedroco procurando cavalos por aqui, Bárbara.

– Ah, então ele vai participar da nossa festinha.

Bárbara apertou a mão do primo, que pareceu se descontrair um pouco. Chamou-o para dentro. Havia chá e quitanda. E foi que Maria Doroteia apareceu abraçada com Maria Ifigênia, filha do casal anfitrião. Pedroco sentiu-se encabulado como nunca, arrependido por ter chegado àquela casa. Bárbara comunicou à filha que aquele primo acabava de chegar. A menina se desgrudou da futura Marília de Dirceu e caminhou para o moço, estendeu a mão e ouviu:

– Mas como você cresceu, Maria Ifigênia! E é a menina mais bonita de Minas.

Maria Doroteia, num impulso inexplicável, sentiu vontade de se afastar e se afastou. Enquanto Pedroco se entretinha um pouco naquele encontro com a priminha, ela voltou para a sala. Sentiu-se enjoada com os olhos daquele rapaz contra ela. Sentiu naquele olhar um quê de atrevido e de misterioso. Uma energia que lhe dava medo. Não gostaria de se aproximar dele. Foi para a cozinha, para o terreiro dos fundos. Queria ficar entre as escravas e outras pessoas. Parecia nem querer que o doutor Gonzaga ficasse perto daquele moço. Que impulso era aquele, capaz de provocar aquela antipatia?

Ao procurar a filha do João Mayrink novamente, ela já não estava por ali. Desaparecera como um relâmpago.

– Vem tomar chá com biscoito, Pedroco – Maria Ifigênia puxou o primo pela mão.

E onde andava Maria Doroteia? Por que não aparecia para ficar ao lado da menina que lhe servia de anfitriã? Se estivesse ali ao lado daquela mesa, poderia contemplá-la bem de perto. Adivinhara alguma coisa na investigação do seu olhar?

Doutor Gonzaga foi tirar um cochilo. Pedroco disse que ia andar um pouco pela fazenda. Alvarenga ofereceu-lhe um escravo para companhia, mas o moço disse que preferia ir sozinho, a pé. Queria espairecer um pouco. Pensar. Ainda não conseguia acreditar que Maria Doroteia já estivesse de namoro com aquele doutor que amarrava o cabelo na nuca, tinha os olhos azuis e era português. Diacho de vida desafortunada. Até na condição sentimental aparecia um português para humilhar um brasileiro. Um maroto, como os brasileiros chamavam os portugueses de forma pejorativa, e os originários de além-mar detestavam. Era naquele fazer de conta que estava contemplando a fazenda que alimentava sua vontade de matar o doutor Gonzaga. Alisou o cabo do punhal. Tirou-o da cintura. Sussurrou para as árvores:

– Um desgraçado vem do outro lado do mar pra estragar a minha vida... Mato.

Achou que devia escrever "Doroteia" no tronco de uma árvore. No tronco daquela paineira barriguda. Árvore de madeira mole. Com a ponta do punhal arrancou alguns espinhos do tronco e se pôs a raspar a casca daquela parte. Chegou a escrever a primeira letra: D. Desistiu. Talvez fosse inconveniente. Foi sentar-se numa pedra. Um jaó piava, não muito longe. Outros respondiam. Eram quatro jaós piando. Sentiu que não queria pernoitar na propriedade do Alvarenga, principalmente na casa. Entretanto, queria ver Maria Doroteia mais uma vez. Maria Ifigênia podia levá-lo para perto da moça, ou trazê-la para perto dele. Talvez pudessem conversar um pouco. O sol já estava praticamente se pondo quando se aproximou da casa. Um sentimento com ferroadas de ódio pelo doutor Gonzaga. Ouviu alguém cantando na varanda, tocando rabeca. Era o Alvarenga. Naquele instante o doutor ouvidor de Vila Rica se levantou, passou alguma água no rosto e caminhou para a varanda. Pedroco viu Maria Doroteia sentada ao lado de Maria Ifigênia. Não viu o doutor. Talvez houvesse um tempinho para ele se aproximar da priminha e até conversar alguma coisa com a moça. Onde deveria estar o ouvidor? E foi que ele apareceu no estalo da pergunta do pensamento. As pessoas pelos arredores bateram palmas para o Alvarenga. Maria Doroteia se levantou, pegou a sanfoninha, caminhou ao encontro do ouvidor e disse:

– Agora vamos ouvir o doutor Gonzaga.

Pedroco assistiu à cena de pé, fora da varanda, chumbado no chão. Doroteia sorridente. O doutor pegou o instrumento, apontou para a moça esticando o braço direito e disse:

– O que me pede minha musa *Marília* que eu possa negar?

Marília? Pedroco ouviu aquele nome e não gostou. Aquele homem estava dando outro nome à sua amada? Devia ser coisa de poeta. O doutor Gonzaga tocou o instrumento e cantou descrevendo sua musa. A voz, muito boa, deixou o moço ainda mais enciumado.

As senhoras entendendo
a descrição de Marília,
nos versos que eu cantava
sorriam e cochichavam...

— Ele chama a Maria Doroteia de Marília — algumas mulheres cochichando.

— Eu já sei disso. É poeta e escreve versos pra ela. Acho que sim.

— E parece que ela já anda caidinha por ele.

— Só parece? É verdade pura. Olhe lá. Está beijando a mão dela.

Pedroco viu doutor Gonzaga pegar a mão direita da moça e dar um beijo. E ouviu Maria Ifigênia dizendo e batendo palmas:

— Vão casar.

Pedroco sentiu que devia fugir. Não queria ver mais nada. Agora estava arrependido por ter deixado um escravo soltar sua mula no pequeno pasto feito de troncos colocados uns sobre os outros. Queria montar e desaparecer. Ficar por ali era se machucar ainda mais. Marília, mas que Marília?, saindo para passear pelo jardim com o doutor, com permissão da tia. Afastou-se o moço fazendeiro. Escurecia. Foi ao pasto e pegou a mula novamente. Bárbara Heliodora o interpelou ao vê-lo colocando a tralha no animal.

— Mas o que é isso, Pedroco? Já vai embora?

— Eu só ia passando de raspão, prima. Um escravo soltou a minha mula e nem era pra ter soltado. Eu tinha planejado pousar na estalagem do João Vieira.

— Acho que você está indo embora porque viu muita gente aqui em casa. Sempre há um lugarzinho.

— Eu sei. Mas não é isso. E eu durmo em qualquer lugar em cima do meu pelego. Ou na rede amarrada entre duas árvores no mato. Preciso ir mesmo. É pertinho.

Nem os pedidos do Alvarenga e da Maria Ifigênia retiveram o moço na Fazenda do Covão. Alegou ter passado por ali só para ver se todos estavam bem. Outro dia podia passar com mais tempo. Montou na mula e nem se despediu do doutor Gonzaga, que devia estar namorando Maria Doroteia lá nos fundos. Tocou a mula. Aborrecido como um dia nevoento, ou chuvoso.

"Aquele infeliz chamou a Doroteia de Marília! Será que está querendo mudar o nome da minha...? Eu devia matar mesmo um intruso dessa qualidade de intrometimento. Um maroto."

Naquela noite não quis conversar com ninguém. Sentiu a solidão do tamanho do mundo. Trevosa como a noite. Horrorosa como um crime de morte. Gostar de uma moça daquele jeito era sentir o desencanto sufocando o encanto. Dava uma vontade de sumir. Tocar a mula sempre em frente, chegar onde não sabia. Chegar mais longe do que podia imaginar. Passou na frente da pensão de estrada do João Vieira. Não parou. Logo vinha um mato da beira de um córrego.

– Cansada, Cigana?

No escuro a mula esticou as orelhas. Pedroco decidiu que ia dormir no mato. Parou onde havia uma várzea. A mata ali ao lado. Desarreou a mula.

"Diacho de vida... Mato..."

Resmungou com um sentimento de praga. Amarrou a mula numa árvore baixa onde havia capim pelos arredores. Planejou amarrar a rede entre duas árvores, mas, como parecia meio difícil, estendeu o pelego sobre o capim da beira do mato. Achou que devia esquecer o golpe sofrido na casa do Alvarenga, mas não encontrou recursos para o esquecimento. A mente teimava em retratar Maria Doroteia abraçada com a priminha, aparecendo, mais fascinante que qualquer mulher do mundo. O olhar dela fugindo. Seu afastamento rápido. Nem um tempinho para um tiquinho de prosa com ele. E o doutor ouvidor, aquele maroto. Por que sua amada, que não era sua, tinha de gostar daqueles olhos azuis? E o atrevido sabia cantar e tocar a sanfoninha... Dormir agora era um sacrifício. Pernilongos se aproximavam tinindo. Uma serenata aborrecida.

"Deus me livre. Mato..."

"Se antes desse ouvidor chegar em Vila Rica, eu tivesse tido o impulso de chegar em Maria Doroteia e declarar tudo, contar que queria casar com ela... O caso podia ser outro... Mas, mato."

Noite sofrida a não caber no espírito. Foi caminhar um pouco. Andou pela estrada feito o fantasma de alguém que morreu e não sabe por onde está andando. Estrada deserta como o seu mundo. Os curiangos é que gostavam de ficar aninhados nas estradas no acontecer das noites. E lá estavam eles se assustando e voando para frente.

"Praga do diabo. Sai do caminho. Mato..."

Destino abobalhado de um homem caçando no escuro o que perdera no sentimento. Passos curtos, vagarosos. Incapacidade de pensar em outra coisa a não ser *nela. E nele. Ele*, um impostor intrometido num caso onde não devia se intrometer. E caminhou um trecho bom da estrada. Decidiu voltar. De novo os curiangos aninhados no caminho.

"Portugal devia levar pra lá esses curiangos. E não roubar tanto ouro. E não cobrar imposto da gente como essa raça cobra. Mato..."

Mas o único português que ele tinha real intenção de matar era o doutor Gonzaga. E era por isso que estava ali feito um fantasma, conversando com a noite, com as árvores, com as aves noctívagas. Era de doer o coração, nublar o sentimento. O som da sanfoninha tocada pelo ouvidor. Agora sua voz ecoando noite afora. O desgraçado que tinha até uma voz bonita. Doutor formado em Coimbra. Ajudante do rei de Portugal que viera para Vila Rica ajudar a explorar, a roubar a indefesa raça brasileira. Devia morrer assassinado.

"Mato..."

Passou por onde estava a mula e a cama improvisada, e ainda caminhou um pouco dentro do mato. Aí foi que pensou noutra coisa. Sabia lá se uma onça pintada faminta podia estar rondando por perto? Esse pensamento de perigo foi que desviou um pouco sua mente do problema sentimental. Até cismou que havia cheiro de onça no ar. Puxou a garrucha da cintura e disparou um tiro. O estampido pareceu entrar nos ouvidos da noite como um tiro fantasmagórico. E uma onça podia tentar pular no pescoço da mula. Voltou para seu ninho. Sobre o pelego esticou-se. Será que vovó Sabina/Sabença não podia fazer um trabalho para o doutor ouvidor morrer e Maria Doroteia ficar sozinha, livre para ele? A vovó sabia coisas do poder invisível que o zé-povinho não sabia. E fazia coisas com um poder fantástico. E ele acreditava que ela era ajudada por almas do outro mundo. Só que ela dizia fazer somente o que era bom. Obedecendo às leis de Deus. Fosse maldade contra qualquer vivente, não fazia trabalho nenhum. Então talvez pudesse fazer o doutor Gonzaga voltar para Portugal, chamado pelo rei. Um favor para ele, Pedroquinho. Ela devia saber que ele andava sofrido como alguém que até desejava morrer para se livrar daquele destino.

"Não, o negócio, mato..."

Dormiu só um pouquinho pela madrugada. Ouviu os pássaros pretos naquele anúncio do dia sem muita demora. Derramados trinadas das macaúbas. Sentiu-se cansado. Noite que estragara o seu humor. Esperou o sopro do dia começar a clarear a noite. Mais pássaros pipilando preces para o amanhecer. Sentou-se sobre o pelego. Alguém podia passar pela estrada e pegá-lo no seu pouso. Levantou-se.

– Cigana, você não está com dó de mim?

A besta ouviu sua voz. Esticou as orelhas para seu lado. Pedroco caminhou até ela. Alisou-lhe o pescoço. Desamarrou a corda da árvore e observou que a Cigana pastara todo o capim até onde podia chegar. Puxou o animal para perto da cama improvisada, onde estava a tralha. Quando foi enrolar o pelego, viu a rodilha de uma cascavel a pouco mais de um metro de onde estivera com a cabeça.

"Ah, se eu tivesse pisado nessa cobra... Não vou matar essa cobra que não me deu um bote. Vou matar o outro, que pra mim é pior que qualquer cobra."

Colocou a tralha na mula, montou e tocou para o curral onde costumavam vender cavalos vindos do sul. Considerou-se bastante derrotado na vida. Sentiu que precisava dar um jeito de fugir de si mesmo, tarefa que parecia quase impossível. Chegou ao lugar dos cavalos e encontrou um paulista com uma tropa bonita, pronta para negócios. Aquele homem chamava todo mundo que era de Vila Rica por garimpeiro.

– Está vindo de onde, cavaleiro?

– Vila Rica.

– Ah, garimpeiro do ouro. Tropa de encher os olhos de boa eu tenho aqui.

– Sou garimpeiro, não. Toco só uma fazendinha.

– Só uma fazendinha com uma besta com essa beleza? Vai ver que tem até pote de ouro escondido lá, garimpeiro.

– Meu pai nem nunca mexeu com ouro.

– E quem foi pra Vila Rica pra não ir atrás de ouro e diamante, garimpeiro?

– Isso foi no começo da exploração. O ouro agora até já escasseou.

– Eu sei, rapaz. E Portugal enfiando a faca em Vila Rica, né? Quando vai ser a derrama, a cobrança de todos os impostos atrasados e arrobas de ouro, menino?

– Vivem só falando nisso. E o governador Cunha de Meneses só ficando mais rico. Um corrupto da mais alta laia.

– Eu sei. Como é o seu nome, rapaz?

– Pedro Sião.

– Meu nome é Joaquim Paes Leme. Mas pode me chamar só de Paes. Quer trocar a mula em dois cavalos, ou duas éguas ou num cavalo e uma égua? Negócio comigo é como ter o zápete na mão e gritar seis pontos no jogo de truco, garimpeiro.

– Minha mula é de estimação. Não é de venda. Quero ver sua tropa. Posso até comprar algum animal.

– Aí é de olhar e embasbacar, garimpeiro. De dar baralhamento nos olhos essa tropa. Uma beleza de deixar qualquer amante de cavalo mais apaixonado que quando a gente fica de beiço caído por causa de uma mulher.

– Aí também já é demais, seu Joaquim. Mulher mata a gente é sem piedade. Que nem enfiando a faca devagarzinho. E a gente endoidado, sem rumo.

– Até parece que você anda com a cabeça na lua por causa de alguma moça, garimpeiro.

– Já andei.

– Eu também já andei. Mas pra se livrar disso é só beber umas pingas. Aí tudo passa e é só a gente procurar outra mulher, garimpeiro.

Pedroco pensou que podia até seguir esse conselho. Beber umas doses de aguardente, procurar mulher fácil em Catas Altas. Brincar num carinho extravasado. Beber um pouco mais. Esquecer Maria Doroteia. Não! Aquela moça era o encantamento da razão da sua vida. Se esquecesse aquela filha do João Mayrink era a perda da razão de viver. Oh! Agora devia olhar a tropa do paulista, fugir um pouco da rotina daquelas lembranças. Que égua bonita! Castanha. Na certa podia ter potros sadios, fortes.

– Essa égua, seu Joaquim Paes, parece boa, não é?

– Boa? É um animal do outro mundo de especial. O nome dela é Pitanga. E está amojando do segundo potro. O primeiro filho dela é aquele ali no canto do curral. Veja só a produção, garimpeiro.

Combinaram o preço da égua. Pedroco observou um cavalo alazão. Uma tarja larga, vistosa na testa.

– E esse cavalo?

– Animal fino de raça e resistência, garimpeiro. O nome dele é Maroto.

– Caramba! Com esse nome eu não posso chamar esse cavalo por aí. Principalmente em Vila Rica. Se alguma autoridade portuguesa me ouvir chamando um cavalo assim, vai querer até me enforcar. Vão dizer que estou abusando dos portugueses e vão querer me julgar e enforcar.

– Compra e troca o nome dele. Em vez de Maroto, pode chamar Canhoto. Oto com oto dá outro. E a gente resolve a questão e você leva o cavalo e a égua, garimpeiro.

– Sou garimpeiro, não, seu Joaquim.

– É só o modo da gente tratar vilariquense. Aceito ouro e diamante como pagamento.

– Isso eu não tenho. E se o senhor for pego como contrabandista?

– Eu sei de desvio, menino. E mando sempre um olheiro na frente. Aqui para os lados de São Paulo o negócio é mais frouxo. Fiscalização dura é pro lado do Rio de Janeiro.

Pedroco acabou por comprar o cavalo e a égua. Satisfazia seu gosto por animais equinos. Ainda estava contemplando a tropa do paulista quando um homem de uma magreza de chamar a atenção apareceu com uma espada. Com uma voz meio fina, cumprimentou os homens e comunicou:

– Estou vendendo esta espada. Achei na beira do Rio das Mortes. Arma perdida na Guerra dos Emboabas. Querem comprar, não?

O paulista expressou:

– Quem pode comprar é o vilariquense aqui, o garimpeiro. Ele é rico.

– Sou rico de panela e pinico – respondeu Pedroco, que ensaiou um risinho. – Quem pode comprar é o seu Joaquim Paes, na certa descendente da raça do Fernão Dias Paes Leme, o bandeirante que andou por aqui caçando esmeraldas. E pode ser a espada de algum paulista. Até parente do senhor, seu Paes. Aí o senhor leva e vende em São Paulo por um bom preço.

– Meu negócio é cavalo e mula.

Pedroco lambiscou um olhar para a espada. "Uma espada boa para matar o ouvidor." O interesse de comprar aquela arma foi inchando por dentro, colorindo o pensamento com a intenção daquele crime. Pediu para ver a arma. O negociante Paes dizendo que aquela arma poderia ser usada numa guerra contra Portugal. Guerra que deveria acontecer um dia.

– Já ouvi dizer que Vila Rica vai começar uma guerra pra mandar a portuguesada embora do Brasil. Não ouviu falar sobre isso ainda não, garimpeiro?

– Existe gente que sempre resmunga essa possibilidade.

– Se estourar uma guerra, entro nela. São Paulo vai entrar. Eu entro pra vender meus cavalos e mulas pro nosso exército.

– Pensando é em ganhar dinheiro com a guerra, seu Paes?

– Mas vou pegar o bacamarte também e disparar chumbo.

Ali ao lado o magricela olhando para os dois homens, mas principalmente para Pedroco segurando a espada.

– Esta espada foi achada mesmo aí na beira do Rio das Mortes?

– Sim, senhor. Pisei nela, pescando lá pra baixo.

O magricela notou brilho de interesse nos olhos do moço e desatou a falar. A espada podia se tornar uma relíquia e no futuro valer muito dinheiro. Vinha de uma guerra entre bandeirantes paulistas e portugueses quando por ali quase não havia gente. E no futuro, quando o Brasil fosse uma nação livre, a tal espada ia ser um testemunho de um tempo de lutas ferozes. Podia ser vendida até para o governo brasileiro, livre dos portugueses.

— É que eu sei que o Brasil ainda vai virar uma nação livre, moço. Leve a espada pra dependurar na sala da sua casa e passar para seus filhos e netos e gerações futuras.

Pedroco, enquanto isso, pensando num só português. Doutor Gonzaga. No momento estava inteiramente interessado na morte daquele homem. Apenas. Somente de um português. Nem pensava lá muito numa guerra contra Portugal. Estava numa guerrinha muito particular, até oculta de outros guerreiros. Se noutro tempo acontecesse uma guerra contra Portugal, na certa participaria das batalhas. Mas já queria estar casado com Maria Doroteia e sonhava com ela apoiando-lhe nas lutas. Agora estava enroscado naquele cipoal espinhento que o coração inventara de tecer. Onde podia parar? Não sabia. Só sabia que não aceitava aquela situação que o destino arranjara para sua vida. Até inventava que podia não casar com a filha do João Mayrink, mas que o doutor Gonzaga também não ia ter aquela moça como esposa. Podia até ser condenado à forca pelo crime e que tudo virasse o diabo, mas o outro também já teria ido para o inferno. Hã, que desvio do pensamento...

— Leve a espada como relíquia, garimpeiro.

O negociante de cavalos disse com voz convincente e Pedroco negociou com o magricela. Deu um jeito de amarrar a espada do lado esquerdo da sela e disse que pegaria o cavalo e a égua na manhã seguinte, logo cedo. Agora queria ir dormir numa pensão. Viajara quase a noite inteira.

Tomou um banho e tentou relaxar um pouco sobre um colchão de palha. Envolveu-se numa atmosfera de autopiedade, causada pelo sofrimento sentimental. Achou mesmo que a mãe podia estar com pena dele. Que ela podia saber de sua condição. Depois achou que vovó Sabença podia saber mais que a mãe e que tinha o poder de ajudá-lo naquela travessia machucadora. As irmãs também podiam desconfiar de alguma coisa oculta. Talvez o pai pudesse ver nos traços do seu rosto a estampa daquela amargura. Talvez também os amigos pudessem vislumbrar nos seus olhos lampejos de lágrimas ocultas que denunciavam as ferroadas da sua situação de sofredor. Dormiu por mais de duas horas, levantou-se e foi almoçar. Sentiu os olhos da filha da dona da pensão com um brilho significativo para os olhos dele.

— Você é casado lá em Vila Rica? — perguntou a mãe da moça.

— Ainda não. Noivo.

Pedroco respondeu, pensando na Maria Doroteia, como se tal resposta pudesse mesmo se transformar numa verdade. E a moça, meio indiscreta:

— Vai ver que a sua noiva é muito bonita, não é?

— Penso que todo homem acha que a noiva dele é a mais bonita do mundo.

— Acho que não. Tem homem que casa com a que aparece. E moça que casa com o noivo que o pai arranja quando está com outro na cabeça.

— Isso é verdade. Mas casar sem paixão de amor parece uma coisa sem graça, não é?

— Acho que é — e a moça se tornou mais indiscreta ainda. — Como é o nome da sua noiva?

— Maria.

— Só Maria? Não é Maria Rita, Maria Clara, Maria Tereza, Maria sei que lá mais?

— Maria Dora.

— Eu acho que você chama a sua noiva só de Dora. Se ainda não chama, vai chamar depois do casamento.

— E o seu noivo? Como chama? — perguntou Pedroco, tentando desviar o assunto.

— Tenho noivo, não. Ando sozinha que nem onça que vive só no mato.

A mãe interveio novamente.

— Um mascate paulista passou por aqui e disse que queria casar com ela. Mas a Margarida precisava morar com ele em São Paulo. Ela não quis. Até achei bom.

— Era um homem velho e barrigudo. E quero ficar por aqui. Pra Vila Rica eu até iria. Mas não com um tipo bandeirante daqueles. E o tal não era paulista, nada. Era um português. Sei que a gente veio da raça de Portugal, mas agora é da raça brasileira.

– Um maroto ele era – completou a mãe, em tom de desdém.

Pedroco deixou escapar o estalo de um riso. Margarida tinha até uma feminilidade agradável. Era graciosa, mas não se podia comparar com Maria Doroteia, que era o diamante do seu reino sentimental. O ouro do seu garimpo oculto nas faisqueiras do coração. Um diamante com aquele brilho intenso aos seus olhos, mas que não podia pegar. Como iria terminar sua vida naquela estranha garimpagem? Cada homem traça o seu caminho sentimental conforme os ditames do seu espírito, e conselhos para que ele se desvie para um rumo convenientemente menos escorregadio são, na maioria das vezes, infrutíferos. Aquele moço não estava ainda aberto a ouvir conselhos e nem mesmo a expressar toda aquela pulsação escondida nos abismos da alma. Procurava sair daquela armadilha com seus recursos. Cada cabeça com suas criações fantasiosas ou realistas, possíveis ou impossíveis. Pedroco achava possível acabar com a vida do ouvidor para depois conseguir se aproximar de Maria Doroteia a fim de conquistá-la pelo coração. Tecia pensamentos num emaranhado criminoso que o levava a crer que, depois das tempestades daquele tempo ruim, tudo haveria de dar certo. Ninguém iria encontrar responsável pela morte da autoridade portuguesa e ele seria feliz ao lado daquela moça. Agora se maldizia por se sentir corajoso tardiamente e chegava a acreditar que matar um homem requeria menos coragem do que declarar sua paixão a Maria Doroteia antes da chegada do doutor da lei. Naquele tempo sua coragem sentimental era tímida e trêmula. Nem queria se reconhecer na sua pele naquele tempo. Um bobo olhando para aquela moça de longe. Até passar perto dela trotando num cavalo era uma situação embaraçosa.

“Fui um imbecil. Aquele eu não era esse eu de agora. Agora... Mato”.

À tarde comprou algumas espigas de milho e levou para a mula. Conversou com o animal, como de costume, e andou um pouco pelas ruelas de São João del Rei. Levou um susto ao se enganar com uma moça pensando que fosse Maria Doroteia. Exclamou para si numa cena patética:

“Marília? Que Marília? Maria Doroteia Joaquina de Seixas Brandão. Que patacoada. E nem é ela”.

Permaneceu somente dois dias na cidade e partiu de volta para Vila Rica, levando uma curiosidade torturante sobre o que podia estar acontecendo na fazenda do Covão entre o doutor Gonzaga e a moça para a qual aquele maroto arranjara outro nome. Uma viagem tão longa para uma permanência tão curta e uma decepção tão profunda.

4

A trama de um negócio

Na entrada de Vila Rica, Pedroco viu João Jurumim, que tinha dois apelidos: Jojó Juru e Couro de Onça, o maior bisbilhoteiro da cidade, comentado em prosa e verso como assassino de marca maior. Bandido perigoso como o bote de jararaca. Na certa havia exagero na bisbilhotice propagandista. Meio caolho. O olho direito apontava para o lado esquerdo. Sabia fugir das autoridades da lei como um chumbo perdido no mato depois de um tiro. Sempre negava os crimes apontados contra ele. Diziam saber reza braba. Tinha ajuda de São Cipriano. As pessoas sempre fantasiavam seus feitos. Falavam até que tinha parte com o diabo. Por isso era tão protegido. Noticiavam crimes daquele moreno meio índio, meio mulato em Paracatu, no Arraial do Tejuco, em São João del Rei e até no povoado de Goiás, nas margens do Rio Vermelho, além do Rio de Janeiro. Invenções. Pedroco sentiu o estalo de um negócio de crime ao ver aquele homem. Já conversara com ele algumas vezes. Até já lhe pagara umas doses de conhaque e de pinga. E foi que tocou o casal de animais para debaixo de uma gameleira ao lado da venda. Antes de pular no chão, cumprimentou:

– Boa tarde, Jojó.

– Boa tarde, amigo ioiô Pedroco. Acho que sinhozinho chegou na hora certa pra me oferecer uma dosinha de água feita de cana.

– Uma cachacinha?

– Na boca do copo. No golpe da boca.

Pedroco declarou que podiam beber juntos. Ele estava mesmo precisando de um energizante. Voltava de São João del Rei. Jojó

Juru observou traços de desgaste no rosto do rapaz. Na certa dormira pouco e mal durante a cavalgada.

– Está com amarelão, sinhozinho?

– Eu?

– Assim, meio que pálido...

Pedroco bebeu só uma dose de aguardente. Deixou duas pagas para o conhecido e tocou para casa. Não passou pelo centro de Vila Rica. Será que Maria Doroteia já voltara na companhia daquele intruso? Era de doer. Uma dor provocada pela doença do ciúme. Dor que, simplesmente, residia na impressão de estar vivo e que viajava da cabeça para o peito. Entrava com o ar que inalava, saía no suspiro que nada aliviava.

Ao ouvir os cascos dos animais chegando, *patatatacos*, Aristarco Sião caminhou para a porta da sala. Antes de sair para o terreiro, viu o filho ainda montado na besta. Observou o cavalo e a égua. O cachorro Pajé saltitando e rusgando junto à mula.

– A bênção, pai.

– Deus te abençoe. Voltou logo. Comprou um alazão e...

– Uma égua castanha.

A mãe apareceu, abençoando o filho, observando os animais.

– Você ficou doente, Pedroco?

– Por que, mãe?

– Está mais magro, decaído.

– Decerto é de ter dormido mal...

Será que a mãe podia perceber que ele estava com aquela doença que, sentimentalmente, atingia o coração sem piedade, afogava o espírito sem descanso? O pai também afirmou que ele parecia sofrido. Tentou sair daquele assunto:

– Cadê as meninas?

– Em Vila Rica. A Maria Rita com o noivo, o Nilácio, irmão da Lavínia.

– Noivo?

– Ele já falou com o seu pai. Lá na cidade. O que você acha?

– É do meu gosto, mãe. O Nilácio é boa pessoa.

Os negros da fazenda aparecendo. Jimiso, com os olhos

brilhando de satisfação, foi alisar o pescoço da égua. E as negras também acharam Pedroco empalidecido, um rosto de sofredor.

– Posso desarrear a Cigana, ioiô Pedroco?

– Pode, Jimiso. Dê milho pra ela e para os dois que eu comprei.

– Vou dar farelo também. Guardei farelo de arroz pra quando a Cigana chegasse.

Pedroco estava cansado, mas ainda queria ir ter uma conversinha com vovó Sá. Um impulso de buscar consolo. Antes do escurecer foi tomar um banho na cascata. O cachorro Pajé o acompanhando. Uma saracura parou, esticou o pescoço e ficou observando o moço caminhando devagar. Conversou com a ave:

– Olhando pra mim por que, magrela? Está querendo dizer também que pareço doente? Vai pescar seus peixinhos.

A ave correu e se enfiou nos matos. Água friinha. Mas Maria Doroteia haveria de gostar daquela água. E também da poesia do lugar. Do chuá sem fim da cascata despencando, acariciando os ombros das pedras, espalhando espuma. As aves no feitiço da vegetação. O martim pescador procurando um peixinho bobeando para fisgá-lo com o bico apropriado. Nos galhos, os bicudos pretos derramando melodiosos trinados. O pintassilgo alegrão no seu

gorjeio. Os pássaros pretos que tomavam banho em desafogados pipilos. As andorinhas que não cantavam e que na superfície de um poço maior gostavam de raspar o peito na água que parecia parada. Os piados do jaó escondido no mato mais fechado. A filha do senhor Baltazar João Mayrink haveria de gostar de viver naquela fazenda. Ali havia fartura e verde. E no futuro, quando o Brasil já fosse uma nação livre, ela deveria estar ao seu lado na retirada daquele pote de ouro e diamantes que estava escondido. E então seriam mais ricos. E iriam viajar de navio. De repente, uma explosão em voz alta:

– E aquele desgraçado mudou o nome dela pra Marília.

E a cascata com seu urro contínuo. Era muita maldade viver daquele jeito. Um estado de lamento constante na alma. Pedroco poderia se achar um imbecil, mas se julgava um amaldiçoado pelo destino. Vestia a roupa quando voltou a sussurrar aquela promessa:

– Mato.

Achou que deveria ir à cabana da vovó no dia seguinte, embora sentisse necessidade de ouvir a ex-escrava naquele instante. Na cozinha, a mãe informou que a capela, tão desejada e esperada por ela, seria construída agora na fazenda.

– Assim seu pai prometeu. Capela de Nossa Senhora das Graças.

– Vou ajudar, mãe. E é pra começar logo. É só a gente botar o Chiquito pra construir. Trago o material de Vila Rica.

– Sem a proteção de uma capela aqui, não fica bem.

Lá no terreiro da sua cabana de capim, Dongo embalou uma cantoria:

Não sei o que é felicidade
Des' que ela foi pro Tejuco.
Subo morro, desço morro,
Andando meio maluco.

Entretanto, quem andava naquele desvario de paixão era o Pedroco. Dormiu embaralhado numa esperança alimentada pelo ciúme da revolta. Aonde ia chegar, não podia prever. No dia seguinte foi ver vovó Sabença, buscar conforto. Sentia que a vovó podia confortá-lo mais que a mãe e talvez entendesse mais seu problema sentimental. Aquela senhora parecia ter o poder de adivinhar certas coisas. Havia gente pelos arredores que dizia ser vovó Sabença uma bruxa. Mas ia pedir favores. E só ouvia ensinamentos do bem.

– Quem faz o mal vai receber o mal de volta.

E continuava:

– A justiça de Deus é assim: cobra tudo o que a criatura faz. Isso no sem-fim do tempo. É que a eternidade não tem fim e a alma nunca morre. Sempre recebe o bem que faz nesse mundo. Mas sofre muito com o mal que faz, na hora da cobrança justa. E ninguém escapa. Quem é que escapa da justiça de Deus? Ignorante ateu acha que pode escapulir. Coitado. Quem engana os outros engana a si mesmo. Aí nessa Vila Rica tem ladrão e aproveitador que eu fico até com pena. É que depois da morte... Deus nos acuda. É aquela pobreza no sofrimento. Andam pensando que a vida é só esse tempinho que se vê aqui. A vida é o sem-fim aí pra frente...

A maioria não acreditava e nem entendia direito aquele palavreado.

– A bênção, vovó – era Pedroco chegando com o cachorro Pajé.

– Deus te abençoe, meu filho.

Pedroco abraçou a negra idosa e ouviu:

– Ando com a vista cansada e num decaimento, mas vejo que você anda num descuido. Com o calor baixo. Um sofrer no sentimento. Mas você não nasceu pra matar nenhuma gente, criatura de Deus. Até nem gosta de matar um porco...

– Senhora, vovó? – interrogou bastante alerta.

– Vou fazer umas rezas pra você.

– E nós vamos construir a Capela de Nossa Senhora das Graças aqui na fazenda. Vamos começar na semana que vem.

– Isso é muito bom. Vem alma do bem pra proteger todo mundo. E você precisa rezar mais, Pedroquinho. Aprendeu a rezar quando era menino. Quem se apega com Deus pode até achar que está desamparado, mas nunca está. Você não pode deixar de ser aquele menino inocente e puro que me pedia pra contar histórias. Deus gosta de gente grande que tem jeito de criança; quer dizer, as leis do Pai Criador...

Como vovó Sabença podia saber tantos casos daquele jeito? Até acontecidos na África. E aquelas histórias do começo de Vila Rica. Da corrida tresloucada do ouro. Num repente recordou a história da *Traquinagem da Mãe do Ouro.* Menino ali naquele terreiro:

– Conta uma história pra mim, vovó.

– Vou contar a história de uma traquinagem que a mãe do ouro fez com uns doidos de ganância pelo minério. O povo chamava de A Traquinagem da Mãe do Ouro.

– E ouro tem mãe, vó?

– Dizem que tudo que tem pai deve ter mãe. Deus é pai de tudo. Criou tudo. E a mãe. Sei lá. A gente sabe bem pouca coisa. Mas você já viu a mãe do ouro, Pedroquinho. É aquela bola de fogo que de vez em quando voa por aí de noite. Vai de um lugar pra outro.

– Ah, eu já vi. O papai me mostrou. Um dia ela apareceu aqui por cima. Ficou tudo claro.

E tem gente que fica com medo, falando que é assombração, e entra debaixo das camas pedindo ajuda pra Jesus. Eu mesma fiquei com medo quando vi aquela bola de fogo pela primeira vez aqui na região. Agora acho é bonito quando ela aparece.

– Então conta a história, vovó.

– Aqui em Vila Rica, no começo da danação pelo ouro foi uma doideira de corrida. Gente até de fala diferente chegando. Gente que engolia bolinha de ouro e viajava pro Rio de Janeiro pra botar lá que nem galinha bota ovo. Fazia isso pra milícia de Portugal não pegar e enforcar. Falavam que era contrabando: pessoas fugindo com ouro sem querer dar a parte do rei. E foi que começou a história da mãe do ouro. Quando a bola de luz aparecia no céu, era sinal de ouro por baixo dela, na terra. E quando ela ia voando de um lugar pra outro e parava lá na frente, era onde mais havia ouro. E os garimpeiros pegaram a acreditar. E quando a mãe do ouro aparecia, era aquela agitação. Aquele furrundum que era um frejo. Um corre-corre de doido. E garimpeiro tentando seguir a andança da mãe do ouro no céu. Diziam que onde ela ficasse parada, estava iluminando montes de ouro. E até era o ouro que mandava aquela bolona de luz pro ar. E foi que uma vez a mãe do ouro apareceu que era uma bola do tamanho do Monte Itacolomi. Até maior. Uma claridade de beleza de deixar o povo encabulado. Assim contavam. Brilhou por cima da vilinha de Vila Rica. Um amontoado de casinhas construídas de qualquer jeito, na pressa de caçar o ouro. O importante era achar mais ouro e mais. Quando a garimpeirada estatelou os olhos e embasbacou, a mãe do ouro começou a voar devagarzinho. E os garimpeiros adoidados, acompanhando a bola de fogo, levando saco, embornal pra encher de ouro naquela noite, achavam que iam pegar ouro assim que nem fosse pegar cascalho nas estradas. E entraram no mato seguindo a claridade da mãe do ouro. A noite tinha virado o dia mais claro do mundo. Lá na frente, o fogo aceso no céu parou por cima de um monte. Os garimpeiros chegando e gritando que o ouro estava no cocuruto do monte. Tinham de chegar lá. A mãe do ouro queria ajudar todo mundo a ficar rico naquela noite. E foram subindo. Ora de gatão, ora firmando nas plantas ou pedras. Cada um querendo chegar primeiro que os outros.

O menino Pedroco ouvia, impressionado:

– Contam que um deles gritou: "Uma cobra me picou. É uma bruta cascavel. Eu preciso de ajuda. Me ajudem". E o coitado só escutou: "Ninguém tem tempo pra isso agora. Você vai ficar aí parado por causa de uma picada de cobra? Continue subindo. Antes de morrer você pode ficar rico". E assim, mesmo ofendido pela cobra, o homem continuou indo atrás do ouro. Outro garimpeiro levou um tombo, caiu em cima de uma pedra e quebrou um braço. Pediu ajuda e escutou: "Você vai deixar de catar o ouro que está lá em cima e ficar ricaço por causa de um braço quebrado? Jogue esse braço fora e pegue ouro com o outro, homem". Quando já estavam lá em cima, perto do topo do monte, a mãe do ouro apagou a claridade de repente, e os garimpeiros ficaram cegos e tontos e rolaram pelos ombros do monte. Foi um cruz-credo. Homens se ralando, se esfolando, se espinhando, gritando. Maluquice dos infernos numa escuridão de praga. Quando chegaram no vale, no pé do monte, dormiram por lá mesmo, num cansaço que nem aguentavam caminhar. Mas até hoje o pessoal fica iludido com essa história quando a mãe do ouro aparece voando por aí. E tem gente que vai ver se acha mesmo alguma pepita.

– É verdade, vó?

– O povo gosta de fantasiar acontecimentos. Pode ser lenda.

– O que é lenda, vó?

– É uma história que tem verdade e fantasia. Invenção que o povo coloca de boca em boca no que vai exagerando quando conta. Mas pode ter uma lição de ensino verdadeiro na fantasiação do caso. Cada um deve pensar do seu jeito e entender o que entende. História de lenda em que o ouro é o principal motivo tem sempre um nó que enforca a alma do homem na ambição em exagero e no desequilíbrio e uma nuvem que cega os olhos dele.

Pedroco, agora moço, estava ali recordando aquela história na casinha choupana da vovó. Outro tempo. Pois que a vida do homem pode variar suas fases com diferentes interesses. Motivos que sustentam a própria vida. A fase de agora não tinha mais aquela fantasia de ouvir histórias lendárias. Sua fantasia era uma verdade palpável no sentimento. É que a paixão, quando acontece, é peso de pedra no coração. Pode ser dor sem diagnóstico. Ouro nenhum pode comprar sua liberdade para o desafogo. É a vítima encarcerada na prisão do sentimento, condenando-se, às vezes tentando abrir a janela para a liberdade, mas preferindo se autoflagelar naquela fantasia que encanta e machuca.

Vovó Sabença, que Pedroquinho achava que sempre fora velha, que teria vindo do passado já com aquela imagem. Impressão de menino.

– A tal paixão de amor pode ser uma fantasia também, Pedroco – sua voz cansada ainda tinha força para aconselhar. – Ih, o coração fica bobo que nem um passarinho entrando debaixo de uma arapuca e a armadilha desarmando e caindo pra deixar o coitadinho preso. Daí, se ninguém soltar o prisioneiro, pode ser sofrimento até de morte. Mas você não nasceu nem para matar passarinho, rapaz. Te conheço desde que nasceu.

– Senhora, vó?

– Se apegue com Jesus, Maria e José.

Pedroco pensou em perguntar à vovó alguma coisa sobre seu caso. Até mesmo em confessar seu problema sentimental. Entretanto, achou que o céu invisível dos seus deuses podia já estar mostrando a ela toda a complicação da sua paixão. Num outro dia poderia abrir-se mais, narrar para ela sua peripécia numa confissão sem amarras na língua. Hoje, não. Alimentava resolver aquele caso com a extravagância de um crime.

– A bênção, vovó.

– Deus te abençoe. Antes de morrer ainda quero te ver feliz no amor. No casamento.

– Sei.

No terreiro, o cachorro Pajé esperava o moço. O animal se levantou, tocou o focinho na barriga da sua perna direita com choramingos felizes, numa comunicação de amigo.

– S'imbora, Pajé.

Envolveu-se no escuro da noite. Na sua cabana, com sua mulher e os três filhos, Dongo deixava escapar uma canção, como que ninando a própria noite.

Meu pai veio de bem longe.
Lá dos confins de Angola.
Aqui no Brasil eu nasci
Sem nunca ver uma escola.
Mas canto meu canto feliz
Aqui na Fazenda Cascata.
Só choro por ver meus irmãos
Que a escravidão inda mata.

Pedroco parou e ficou ouvindo. Como é que um negro analfabeto podia inventar versos daquele jeito e cantar com aquela melodia? Talvez Dongo tivesse inventado aquela canção por ter visto um escravo ser enforcado na praça de Vila Rica. Um negro que fugira, brigara numa luta física com o capataz e arrancara um pedaço da sua orelha esquerda com uma mordida.

O apaixonado por Maria Doroteia sentiu algum contentamento naquele instante: ali na fazenda os negros eram bem tratados. Plantavam suas rocinhas, pescavam e caçavam com certa frequência. Caminhou para casa acompanhado pelo cachorro. Não rezou antes de dormir, pensando no caso do ouvidor com aquela moça num envolvimento de obsessão. Imbecilizado por uma impressão de que só seria feliz neste mundo se tivesse Maria Doroteia como sua companheira de amor. Somente ela podia completar a parte que faltava em sua vida. Sem ela, tudo valia quase nada. E ficou imaginando possibilidades. Se tivesse ido estudar em Coimbra e voltado doutor da lei, já poderia estar de namoro ou noivado com aquela filha do João Mayrink. Poderia ter também virado um médico. Depois dos estudos com os padres, a única possibilidade de estudo mais avançado, só em Portugal. O país dono do Brasil não permitia tais regalias para o povo da colônia. Gente que tinha recursos mandava seus filhos para a famosa faculdade de Coimbra. Os rapazes voltavam com ideias de liberdade para o Brasil e trabalhavam normalmente para o rei, pois era a única oportunidade que tinham.

Será que Maria Doroteia estava namorando o doutor Tomás só por que ele era alguém formado pela faculdade de Coimbra e andava naquela elegância? Não, ela não devia ter se apaixonado por aquele homem! Nem devia estar apaixonado por ele. Podia estar assim num caso passageiro. Antes de dormir, em vez de rezar, sussurrou com o timbre da revolta:

– Mato.

Por que vovó Sabença alertara que ele não nasceu para matar ninguém? Nem gostava de matar um porco. Mas, depois da bênção de despedida, dissera que antes de morrer ainda queria vê-lo feliz no amor. Então a vovó podia estar dizendo que não ia morrer antes de ver a sua felicidade no casamento com *aquela moça*. Sua esperança haveria de dar o fruto desejado. Tudo haveria de dar certo. Rio que não corre não vai ter suas águas chegando ao mar.

"Posso contratar o Jojó Juru. Acho que ele aceita..."

Dormiu envolvido pela atmosfera daquele crime. Amanheceu sem saber direito o que queria fazer. Ir para Vila Rica não parecia aconselhável. Poderia ouvir mexericos desagradáveis à audição. Poderia ver o doutor Tomás entrar na casa de Maria Doroteia. Entretanto, queria ter um encontro de negócio com Jojó Juru. Aquele, sim, podia pegar a empreitada do crime. Pegou a espada que comprara em São João del Rei com intenção de dependurá-la numa das paredes da sala.

– Vou dependurar essa espada naquela parede, pai.

– Fica melhor naquela da frente. Quem vem pra entrar na sala já vê a espada.

– É mesmo.

A mãe apareceu segurando o avental, enxugando as mãos. Interrogou sobre o porquê da compra daquela espada. Ora, era uma arma nobre. Arma dos reis antigos, do tempo ainda sem as armas de pólvora e chumbo. Enfeite de destaque na sala. A mãe nem devia desconfiar que ele pensara em atravessar o coração do doutor Tomás com aquela espada.

– Não vai pra Vila Rica hoje, Pedroco?

– Acho que não, mãe. Vou caçar com o Zaragato e os outros.

– Seu pai e eu vamos à igreja do Carmo. A missa vai ser amanhã, mas vamos hoje. As meninas não podem ficar sozinhas naquela cidade cheia de pecados.

No seu desencanto, que deveria ficar oculto, Pedroco não queria testemunhar um desencanto concreto, mais espinhento para o coração, vendo o ouvidor com Maria Doroteia na igreja, ou na rua, ou na casa dela. Melhor programa era ir caçar com os negros. Às vezes Abílio Cedrim, Bartileu Ramalho e outros amigos de Vila Rica e outras fazendas se juntavam para uma caçada festiva. No rio, a alguns quilômetros para frente de Mariana, havia fartura de capivara, paca e algum veado mateiro embrenhado naqueles matos, além de porcos selvagens, os caititus e queixadas.

– Vamos ficar uns dois dias por lá, Pedroco. Vamos levar até sal pra salgar carne de bicho.

– Do jeito que o sal está barato, heim, Zaragato?

– Mas é o jeito.

O sal era normalmente o produto mais caro consumido na época. Portugal não permitia que o povo extraísse aquele produto do mar e assim esfaqueava a colônia com a cobrança de impostos exorbitantes. Por meio do pai, Pedroco mandou um recado aos amigos Abílio e Bartileu. Se quisessem participar de uma caçada, tinham de ir ainda naquele dia para a fazenda Cascata Bela. lSairiam de madrugada no dia seguinte.

Ao escurecer, Abílio Cedrim chegou à fazenda montado num cavalo preto, levando dois cachorros, tocando uma buzina de chifre de boi. Os cães aprontaram uma latição num alvoroço. Aquele toque de buzina era o chamamento para uma caçada. Pedroco sentiu um toque de alegria.

– Não trouxe nem o Bartileu, Cedrim?

– Homem apaixonado esquece até que é caçador de bicho. Só pensa em caçar mulher com namoro. Aquele vai casar logo.

– E como anda Vila Rica nesses dias que andei fora?

– Ah, tudo continua naquela fuzarca de sempre. Quem pode, é só roubando. Falam que o governador vai ficando cada vez mais rico. E o povo, preocupado com a tal derrama. Dizem que a lei vai ser que nem chibata no lombo de escravo revoltado que foge e é pego. Quem não pagar o imposto que deve, falam por aí, pode ser até enforcado, se não tiver nada pra ser confiscado. Está um deus-nos-acuda. É gente pensando em sumir no mundo e se esconder no sertão de Goiás. E mulheres chegando das bandas do litoral. Na certa ainda achando que pepitas de ouro rolam nas águas dos córregos por aqui e os homens são ricos. Chegou uma espanhola de nome Begônia que é um colosso. Mulher de embasbacar qualquer homem e deixar o besta de queixo descanhotado. Está lá nas Catas Altas. Até eu já fui lá ficar com ela. Você precisa ir também, Pedroco. Ela tem um cabelo comprido assim, meio castanho.

– Então eu vou.

Essa espanhola podia mesmo ser um espetáculo na arte do carinho, mas certamente não tinha a sublimação do amor exclusiva de Maria Doroteia. Queria ouvir Abílio Cedrim falar que a filha do João Mayrink não estava de namoro com o doutor ouvidor. Mas o amigo não dizia nada sobre tal assunto. E ele não queria perguntar. Seu desejo era ouvir sem mostrar curiosidade ou interesse. Seu encantamento de paixão sofrida era ainda um segredo. Deveria permanecer no abismo oculto do seu mundo sentimental.

Uma caçada não passava de uma aventura com homens e cachorros correndo atrás dos bichos indefesos no mato. Latidos de cães. Gritaria dos caçadores. Tiros. Aquele alvoroço todo, mas Pedroco seguia com a cabeça em Vila Rica. Na missa na igreja do Carmo – doutor Tomás e o pessoal da Maria Doroteia podiam estar lá. E ali no mato, caçando bichos, dormindo numa rede, Pedroco viajando em espírito para Vila Rica. E o amigo Cedrim sem dizer nada daquilo que ele queria saber. Perguntava ou não? Resistiu sem perguntar. Duas noites dormindo no tempo, debaixo de árvores em redes amarradas nos troncos ou galhos, negros espalhados pelo chão. Por ali, os cachorros vigiando. Se a onça desse seu esturro de caçadora com fome, os cães avisariam os homens com latidos nervosos. O dia amanhecendo no mato.

Pedroco se mexeu na rede. Seu cachorro, o Pajé, aproximou-se, saudando o dono com os olhos. Ainda bem que era tempo de estio. Dias de céu com um cortinado azul. Noites com semeadura de estrelas.

– Pajé, dormiu bem, nego?

Era o moço conversando com o cão. O amigo Cedrim levantou a cabeça em sua rede.

– Conversando com cachorro que nem conversa com gente, Pedro Sião?

– Meu cachorro é quase que nem gente.

Uma boa caçada. Carne de bicho salgada levada para a fazenda. Abílio Cedrim queria levar o amigo para Vila Rica, mas Pedroco sentia receio de ver o doutor Tomás com sua menina – que não era sua.

– Logo apareço por lá, Abílio.

– O que você vai ficar fazendo por aqui?

– Observando uns serviços.

– Observando serviço? Os negros não fogem daqui. São quase que nem agregados.

– Estou vendo aqui um carro de boi que o Chiquito está fazendo. E também uma capela que a mamãe pediu pra gente fazer. Capela de Nossa Senhora das Graças. Ainda esta semana apareço por lá pra gente beber umas doses.

– Não esqueça de ir ver a espanhola lá nas Catas Altas.

– Vou, sim.

Entretanto, decidiu passar muitos dias sem ir a Vila Rica. Era um não querer ver Maria Doroteia com o ouvidor. Era um não querer saber notícias sobre aquele casal. No fundo, queria. Ansiava ouvir que nada havia entre aqueles dois. Mas a chegada de Lavínia, que foi passar três dias com as irmãs na fazenda, trouxe aquilo que ele esperava não saber:

– Minha prima, a Maria Doroteia, a Téia, anda mesmo de namoro sério com o ouvidor do rei, o doutor Tomás. Anda num exibimento só. Ele escreve versos pra ela. Nos poemas, chama a Doroteia de Marília. Poeta gosta de inventar fantasia.

Mariana interrogou:

– Marília? E a Doroteia gosta?

– Ixe! Se gosta. Até diz que agora o nome dela é Marília.

Maria Rita interveio:

– Mas parece que ele é bem mais velho que ela, não?

– Mais que o dobro da idade dela. Só que ele é doutor da lei, formado em Portugal, funcionário do rei. E é bonito! Tem os olhos azuis, amarra aquele cabelo na nuca e sai todo tal nas ruas de Vila Rica. E a Doroteia se pimpando.

– O tempo é que vai dizer. Sei lá, mas eu acho que brasileira nem devia casar com português. Esse povo pisa demais na gente. Branco humilha escravo e português humilha brasileiro.

Mariana, sempre muito curiosa sobre os acontecimentos, complementou:

– E ouvi dizer que inglês humilha português. Que Portugal tem dívida com a Inglaterra que não dá conta de pagar e é por isso que quer mais ouro daqui de Vila Rica, quando o ouro já quase acabou.

– Dizem que no mundo é assim: o mais forte sempre humilha o mais fraco – respondeu Lavínia

Pedroco, de pé na sala, ouvia as moças na cozinha. Afastou-se, foi para o terreiro. Caminhou para o lado da cascata. Durante aqueles dias nutrira uma esperança de que o caso do doutor Tomás com Maria Doroteia tivesse se acabado. Esperança frustrada.

"Mato. Posso contratar Jojó Juru pra o serviço..."

Num daqueles dias, com o sentimento machucado, cavalgou para Vila Rica. A cidade até lhe parecia diferente. Era como se ele estivesse voltando de uma longa ausência. Procurou Jojó Juru por onde aquele tipo costumava andar. Não o encontrou. E não perguntou a ninguém sobre o facínora. Foi somente na sua terceira ida a Vila Rica que conseguiu localizar o trambiqueiro, numa camisa estranha, pobre. Aquele olhar enviesado. Esperou o tipo esquisito cumprimentá-lo:

– Sinhozinho Pedroco, Pedro Sião, filho do sinhô Aristarco, o montador de cavalos mais feroz dessas bandas.

– Vai bem, Jojó?

– Mais bem agora que te vejo.

– Vamos beber um conhaquinho?

– Misturado com uma pinguinha é coisa do outro mundo. Até o Aleijadinho gosta. Até os doutores. Até os reis.

– Então, vamos.

Estavam numa venda na saída para o Rio de Janeiro. Sentaram-se a uma mesa de tábua de jacarandá, ensebada.

– Bebida por minha conta, Jojó. Uma linguicinha frita com farinha?

– Vai bem. Melhor que ouro, ioiô.

– Ouro a gente não come e nem bebe.

– Quem gosta de ouro é o rei de Portugal. Disseram que a tal derrama vai acontecer mesmo. Vai ser uma fuzarca. Eu não tenho ouro e nem terra. De mim, o rei não vai poder cobrar nada. Vivo debaixo do chapéu e debaixo das árvores. Agora naquela casinha. Mas em qualquer caverna eu durmo. Se encontro uma cobra dormindo lá, mato e faço dela um travesseiro.

No vaivém da conversa, Pedroco meio tonto. Jojó Juru alegrão da vida. E assim o moço, bem fora do seu normal, entrou naquele assunto:

– Jojó, só quero saber uma coisa. Um assunto sério.

– Pode falar sem rodeio de galo ao redor de galinha.

– Você tem veia mesmo pra matar um homem?

– Hein?

– Digo, você entraria numa empreitada pra matar um homem?

– Você tá querendo que eu mate um homem pra você? Vingança?

– Fale baixo. É um caso sério. Ninguém pode ficar sabendo.

– Certo. Se a gente combinar o preço.

– É uma empreitada que eu tenho.

– Pedroco, mato até esse governador, esse tal de Cunha de Meneses. Já não gosto dele mesmo. E ele está preparando a tal de derrama pra despejar em cima do povo. É esse um que você quer que eu mate?

– Não. Vou lhe dizer. Mas fale baixo. Ninguém pode ficar sabendo.

– Eu só vou dizer segredo meu quando esses montes de Vila Rica falarem. Se você quiser vingar uma pessoa, Pedroco, sou seu ajudante. Você é um cara bacana. Me dá atenção. Fazendeiro e gente que tem mina de ouro por aí passa perto de mim e nem olha. Acham que eu sou até um cachorro morto. Odeio gente orgulhosa. Desembuche, homem.

– Mas se você nunca disser nada a ninguém.

– Isso eu te juro pelo que você mais acredita no mundo.

Agora Pedroco exibia uma voz medrosa. Queria que Jojó Juru matasse o doutor ouvidor, Tomás Gonzaga. A causa era paixão. Aquele homem chegara de Portugal para roubar a moça que ele amava: Maria Doroteia Joaquina de Seixas Brandão. Só por que era doutor da lei e funcionário do rei de Portugal.

– Ela era sua namorada e aquele doutor chegou e tomou a moça de você, Pedroco?

– Foi assim-assim.

– E você queria casar com ela?

– Mais que tudo no mundo, Jojó. Minha vida agora virou até uma coisa que não tem mais nenhuma graça. Até amarrar uma corda no meu pescoço eu já pensei. Ou amarrar a corda num cavalo e disparar o animal até eu morrer. É uma paixão de amor que me endoidou.

– Fique doido, não. Faça isso, não. Eu arrumo as coisas pra você. Pego a empreitada pra matar aquele homem.

– Mas ninguém nunca deve saber de nada, Jojó.

– Pedroco, sou que nem onça que pula num porco, carrega pra longe e não deixa rastro. Pego aquele homem e varo no punhal. Morte desse jeito não deve ser com tiro. Tenho minha garrucha, mas um tiro chama a atenção de gente por perto. Numa noite escura, pego o doutor com um punhal, atravesso o coração dele e só no dia seguinte vão achar o corpo dele sem vida na rua.

– Ouvi dizer que ele vai lá na casa dela e depois volta sozinho pra casa dele. A distância é curta, mas...

– Está no galeio do golpe. Derrubo com uma punhalada de morte e nem preciso fugir de Vila Rica. Fico bebendo cachaça por aí e escutando o falatório. Quanto eu vou ganhar pra essa empreitada?

– Você recebe em ouro e diamante?

– É claro que recebo.

– Te dou dois diamantes bonitos e duas barrinhas de ouro.

– O negócio está feito.

– Te dou um diamante e uma barrinha de ouro como adiantamento. Diamante do Arraial do Tejuco. Antigo. Depois do serviço, dou o resto.

– Palavra de homem, ioiô Pedroco?

– E honra na palavra.

– Está feito o negócio. A empreitada é minha. Acabo com esse homem e você vai casar com a moça, que na certa gostava de você até esse intruso chegar.

– Sim. Sei que gostava.

– Ainda nesta semana te dou o diamante e a barrinha de ouro.

– Estou por aqui esperando.

Jojó Juru e sua camisa extravagante. Uma expressão de jagunço naquele olhar. Dava medo. Não era um beberrão. Ninguém nunca o encontrara caído na rua. Bebia para sentir algum impulso de alegria e contar bravatas. Às vezes sumia de Vila Rica. Contava já ter ido trabalhar no Rio de Janeiro. Gabava-se de ter ajudado escravo fugido a se esconder no sertão de Goiás. Não tinha família, mas andava meio enrolado com Iaracunhã.

Depois daquele negócio, Pedroco sentiu uma estranha esperança borbulhando nos pensamentos: medo e coragem se misturando.

Um futuro com Maria Doroteia como sua amada? Montou no cavalo Chamusco e passou a passo lento na frente da casa da moça. Lá estava ela com os irmãos na porta da sala. Risonha. Bela que era a invenção da beleza. De que podia estar rindo com a irmã Ana Ricarda? E crianças também rindo. O moço olhando com seriedade. Ela flechou um olhar contra ele, como um piscar de olhos. Mesmo um pouco alterado, o moço não teve coragem para dizer nada. Disse dentro de si:

"Aquele seu doutor vai morrer. Apunhalado".

Continuou no passo lento do cavalo. Lá na frente achou que devia ter dito:

– Boa tarde, Maria Doroteia. A mais bela de Vila Rica e do mundo.

Uma hora ainda ia dizer isso. Era só beber um pouco mais. Agora queria ver o doutor Gonzaga andando pela rua só para tocar o cavalo contra ele. Queria derrubar aquele homem com uma peitada do Chamusco. Tocou para Catas Altas. Begônia, a espanhola elogiada pelo Cedrim, devia ainda estar trabalhando por lá. E estava. Conforme a descrição do amigo, não podia se enganar. Aproximou-se da mulher e, antes de dizer qualquer coisa, ouviu:

– *Muchacho* bonito. Tem a cara do meu primeiro namorado em Madri.

– Eu?

– E quem podia ser? Só falta chamar Pedro.

– E o meu nome é Pedro mesmo.

– *Entonces* você pode ser a *encarnación* do meu Pedro aqui no Brasil. Mas você é mais bonito. Mais estiloso. Meu nome é Begônia, mas pode me chamar de flor. Se você veio à caça de amor, tenho em abundância.

– Você é bonita mesmo, Betônia.

– Betônia, não. Begônia. Completamente sua, Pedrito, é?

– A gente ajeita as coisas.

– Eu sou da arte de amar. Um golinho de conhaque e a gente esquenta.

– Certo.

– O amor é o tesouro que não precisa de ouro.

Pedroco sofreu um delírio ao recordar Maria Doroteia, seu tesouro sentimental. O riso regateiro dela naquele momento de sua passagem.

Begônia era, sim, mulher de encher os olhos, mas a moça de Vila Rica era paixão de encher a alma. Seu tesouro do amor. Por que seu sentimento inventara paixão tão intensa no desequilíbrio de amar uma mulher? Era a ilusão da vida no exagero do querer? Um homem que perdera o domínio das rédeas do coração. Que até empreitara um crime contra aquele que contrariava sua pretensão de ser feliz no terreno escorregadio da paixão. Se não conseguisse aquela moça, sua vida ia ser uma noite escura. Assim acreditava.

Que maldição! Begônia com o belo corpo despido e a cabeça dele girando com Maria Doroteia. Como não conseguia se ligar inteiramente àquele momento e ficava preso àquela ideia fixa? Desgraça de ilusão. Paixão é mesmo brasa no cérebro.

– Meio frio, Pedrito?

– Não. Acho que não...

– Te dou umas mordidas. Um carinho sem medo. Será que você não anda com uma paixão escondida por dentro?

Foi então que a imagem da *moça* cresceu ainda mais na lembrança. Queria até mesmo tocar naquele assunto, mas não devia. Falar sobre a sua amada naquele ambiente parecia um ultraje aos princípios sagrados do amor. E Begônia insistiu:

– Não está apaixonado, Pedrito?

– Eu?

– Está com um jeito assim. A cara. Uma nostalgia. Conheço quando um *muchacho* chega aqui com uma paixão desarranjando o coração. Se você está passando por uma crise assim, te faço um carinho pra você olvidar tudo. Sei um truque de amor que apaga qualquer paixão de um homem. Me abrace.

– Ahã.

– Pedrito, você vale mais que todo o ouro de Vila Rica. Se anda com um amor no despeito da vida, vou te fazer um carinho pra você esquecer tudo.

Pedroco tentou esquecer sua problemática sentimental. Begônia, um fenômeno de extravasado carinho. Abílio Cedrim tinha razão. Mas era uma prostituta. Uma mulher do mundo. De todos os homens que pudessem pagar. Maria Doroteia era diva de fascínio pessoal. Envolvimento de amor purificado pela esperança. Uma espécie de deusa que o Criador mandara para o mundo para alegrar a ilusão dos seus olhos e inundar o coração com o querer de amor. Num descuido, meio delírio, o rapaz deixou escapar:

– Será que vai dar certo?

A prostituta soltou uma risada:

– Te peguei no pulo, Pedrito. Você está apaixonado. Entendo bem o brasileiro. Já estou por aqui faz três anos. Posso te ajudar dando um alívio?

– Hein?

– Negócio de dar certo é por que você quer dar certo com uma mulher, não é?

– Não é isso, não. Falei em dar certo sobre uns cavalos que quero comprar.

– Mas não parece.

Pedroco decidiu que precisava sair daquele ambiente. Naquele quarto de prostituição pensando na moça. Uma corrupção do sentimento? Begônia era um espetáculo de sensualismo, mas não tocava a profundidade da sua essência. Maria Doroteia, sim, era o mistério inexplicável da vontade de amar.

– E quando vai voltar, *muchacho* bonito?

– Sei não. Mas outra noite venho mais preparado...

– Eu gosto de chamar qualquer rapaz de *muchacho*, mas, de bonito, quase nenhum. Chamo você porque é bonito de verdade. Vou ficar te esperando, Pedrito.

Deixou a espanhola e saiu ainda mais apaixonado por Maria Doroteia. Tocou o cavalo e se escondeu na noite. A namorada do doutor Gonzaga estava agora tomando conta da sua pessoa e do seu mundo. Naquela noite podia até beber mais, e, no entanto, tocou para casa. Jojó Juru ia matar o doutor e o caso ia desenrolar, como ele queria. Tinha certeza.

"Por Deus ou pelo diabo..."

Dia de sol. Os negros trabalhando na construção da capela. Mas nem todos. Chiquito trabalhava na construção de um carro de boi. Dongo, o cantor, ajudava a levantar as paredes de pedra.

– Sinhá Jovência quer uma capela bem resistente, ioiô Pedroco.

– Pra não cair com tempestade nenhuma, Dongo?

– É desse jeito que vamos fazer.

Senhora Jovência aparecia para vistoriar o serviço. Dava opinião. Queria também um altar de pedra para colocar a imagem da santa que já comprara. E em cada um dos cantos da frente, um nicho onde queria colocar uma imagem de Santa Luzia e uma de Maria Santíssima com o menino Jesus nos braços. Já possuía as imagens.

– Acho que a capela vai ficar muito bonita, sinhá Jovência.

– Vai sim, Zumaiê. Quero que a primeira missa aqui seja rezada pelo padre Delmano.

O marido, ali perto, interveio num tom irônico:

– Não quer o padre Rolim, Jovência?

– O padre Rolim vive quase só lá no Tejuco – Pedroco disse.

Agora Pedroco só queria ir buscar o ouro e as pedras de diamante escondidos num pote. Se adiantasse logo metade do pagamento ao caolho Jojó Juru, o crime de morte também aconteceria logo. Quando um ser humano está obsediado por uma ideia e não luta para se livrar dela, vai sendo dominado de forma arrasadora. O moço ia se embaralhando cada vez mais naquela maçaroca. Entrava no jogo de emoções de que a vida nunca ia valer nada sem aquela moça. A obsessão do crime inchando na intenção.

"Peço ajuda até ao diabo, se Deus não quiser me ajudar."

Pensou assim ao caminhar para o esconderijo do pote-tesouro com um enxadão, tomando muito cuidado para não ser visto. Se não nascera para matar, aquele negócio com o caolho era a solução. Vovó Sabença não podia desconfiar da sua trama. Nem era bom visitá-la naqueles dias. Nem conversar com ela. Num trecho de mato, que não devia ser derrubado, estava o pote com o tesouro. Aristarco fizera aquela reserva para que ninguém descobrisse nada, nem pisasse na terra sob a qual estava aquele pote. Um eito de mato para os pássaros e alguns bichos menores. Somente o pai e o filho sabiam do tesouro oculto. Se morressem os dois ao mesmo tempo, aquele pote ficaria no mesmo lugar por muito tempo. Contavam que havia potes de ouro escondidos pelos arredores de Vila Rica. Até escravos haviam enganado patrões e escondido tesouros debaixo da terra. Quando Ramiro Sião escondeu o pote naquele lugar, disse ao filho:

– Isso é pra garantir o nosso futuro, Aristarco. Pra quando o ouro acabar. Acho que o Brasil vai ficar livre de Portugal um dia. Vai ser um país livre. E o povo brasileiro vai poder negociar livremente. Agora a vida é uma dureza. Se eu morrer, você mostra para o seu filho mais velho. Se não tiver um filho homem, mostra à filha mais velha. Ou para a esposa, se não tiver filho. Mas diga que na hora de repartir a herança, cada um tem de receber a mesma parte do dinheiro no negócio. Eu espero ver o Brasil livre e a gente poder negociar esse tesouro. Se eu não chegar ao tempo de ver essa terra com a liberdade de uma nação, acho que você vai ver.

Muito antes de ver o Brasil independente, e bem antes mesmo da Inconfidência Mineira, Ramiro Sião Alcantil morreu pelo golpe da ambição. Pedroco sabia muito bem da história do avô. E quando completou 15 anos o pai o levou àquele lugar e lhe contou sobre o pote-tesouro. Parou sobre o terreno no meio de moitas e informou:

– Aqui debaixo dos meus pés está escondido um pote com ouro e diamante, Pedroco. Uma fortuna. Posso até nem ver o Brasil um país livre, mas tenho certeza que você vai ver, se morrer velho. Vovó Sabina me falou numa profecia.

Agora ali estava o Pedroco, desobediente. Paixão desenfreada não obedece às leis da sensatez. Desembesta por caminhos perigosos. Faz guerra com seus perigos, sofre derrotas machucadoras, e só depois da tempestade sentimental é que se pode avaliar o prejuízo e a extensão da tolice humana. O moço, investigando os arredores, ia desenterrar um pote-tesouro que ele só sabia por referência. E se não encontrasse nenhum tesouro? Sentiu receio. Se não encontrasse nem ouro nem diamante, daria um jeito de pagar ao matador contratado de outra forma. Bateu o enxadão na terra. Na profundidade de mais ou menos um metro deveria encontrar o pote. Escavava um pouco, parava, observava os arredores e ficava ouvindo com atenção. Somente pios de aves. Uma cutia se aproximou, soltou uma gargalhada e fugiu. Nem levara o cachorro Pajé, que sempre estava com ele, porque o cão podia denunciar alguma coisa. Por Maria Doroteia devia fazer o que fosse possível. Desconfiando que já estava perto do pote, escavou com mais cuidado, quase raspando a terra. De repente tocou numa peça de cerâmica. Era a tampa. Daí trabalhou com um facão. Ao levantar a tampa, ficou maravilhado.

– Vixe santa! O vovô tinha mesmo um tesouro!

Exclamou num sussurro. Levantou-se e olhou pelos arredores. Umas gralhas de olhos grandes, linguarudas, estavam nuns galhos ali perto.

Detestou aquelas aves no momento em que grasnavam. Enfiou a mão direita no pote, retirou duas barrinhas de ouro. Achou uma pepita. Num saquinho de couro havia pedras de diamante. E o vovô até amarrara o saquinho com tiras de couro também. Desatou. Na certa eram diamantes do Arraial do Tejuco, quando diziam que as pedras rolavam nas águas claras daqueles córregos. Escolheu um diamante médio e uma barrinha de ouro. Amarrou o saquinho com os diamantes e o colocou no pote. Levantou-se e olhou pelos arredores. Sentiu-se numa travessura de desequilíbrio sentimental.

"Não posso levar mais. Mas bem que podia dar um diamante desses a Doroteia. Como prova de amor. Não, só depois que aquele ouvidor for morto. Aí vou dar pra ela o maior diamante que achar aqui."

A desobediência já estava de bom tamanho. Ultrajava os princípios de bom filho. Tampou o pote e outra vez observou os arredores com atenção. Jogou a terra no buraco, alisou a superfície do terreno, espalhou folhas e alguns galhinhos secos para deixar tudo mais ou menos como encontrara e saiu levando a primeira parte do pagamento pelo serviço do crime. De repente parou e achou que já devia ter tirado mais um diamante e mais uma barrinha de ouro para completar o pagamento depois do assassinato.

"Ah, só vou mexer com isso depois..."

E voltou para casa com a emoção de sentir-se muito rico. Maria Doroteia haveria de saber que ele tinha aquela fortuna escondida. Em casa, evitou o olhar da mãe e do pai. Não queria também ser visto por vovó Sabença e nem conversar com ela naquele dia. Até os olhares das irmãs e dos negros pareciam brilhar uma espécie de desconfiança pela sua travessura. No dia seguinte, foi para Vila Rica, montado na besta Cigana. Deixou que o cachorro Pajé o acompanhasse. Quando não queria que o cão fosse com ele, deixava-o amarrado para que alguém o soltasse mais tarde. Naquela hora, uns moleques gritavam lá na cidade:

– Homem-onça. Couro de Onça. Caolho. Couro de Onça.

E corriam se escondendo. O alvo da gozação era Jojó Juru, com aquela camisa feita de couro de onça-pintada. Na certa esperava receber a primeira metade da sua empreita pelo assassinato do ouvidor, para vendê-la a algum negociante. Andar com ouro e diamante pelas ruas de Vila Rica era correr o risco de perder tudo e ser preso. Pedroco o encontrou naquele jeitão desleixado. Ao ver o fazendeiro, deixou escapar um sorriso de bom negócio. O moço nem parou a mula ao dizer que precisavam ir para um lugar mais solitário. Jojó seguiu o animal e disse:

– Melhor é dentro de uma igreja sem ninguém.

O cachorro Pajé observando a camisa do jagunço trapaceiro.

– Será que o seu cachorro está achando que eu sou mesmo um homem-onça, como uns moleques me chamam por aí?

– Pode ser que sim.

Jojó Juru tentou entrar na igreja Solar dos Nobres. Foi barrado por um religioso com uma expressão de desdém:

– Escravo não entra nessa igreja.

– Não sou escravo.

– Nessa igreja só entra branco. Da sua cor só entra aqui pra trabalhar na limpeza e pra lavar a casa de Deus.

Como que passando sem querer nada, Pedroco ouviu a rechaçada do homem de Deus e continuou no passo lento da mula. Jojó Juru o acompanhou. Pararam num lugar meio ermo.

– Metade do pagamento da sua empreita aqui, Jojó. Você sabe que ninguém pode saber de nada. É um segredo de nós dois.

– Mas o diabo sabe também. Ele sempre me ajuda.

– Sei lá. É um negócio.

Pedroco não desceu da mula para fazer aquele pagamento. E queria se afastar logo, antes que alguém aparecesse. Mas Jojó o instigou num assunto:

– Vejo sua namorada sempre. Anda com uma escrava chamada Francisca e com a turminha da casa do tio onde ela mora. Gostam de ir pegar água no chafariz. E também na bica lá embaixo. É bonita que nem uma flor. É mesmo a mais bonita de Vila Rica.

– É?

– E o doutor ouvidor gosta de ir passear na casa dela. Tocam instrumento e cantam lá. Gostam de ir à igreja Pilar dos Nobres. Já investiguei por onde ele anda. Vai amanhecer morto apunhalado na rua. E ninguém vai saber quem fez a desgraça.

– Já vou indo, Jojó. Ninguém pode ver nós dois juntos.

– Você ainda vai casar com aquela moça. Depois de casar com ela, vai até me pagar mais um pouco, ioiô.

O cavaleiro deixou escapar um risinho, tocou a mula, mas ainda ouviu:

– Aquele maroto não vai casar com ela.

Tomara fosse verdade. Para aplacar um pouco a ânsia, passou ainda na frente da casa de Maria Doroteia, mas não viu quem desejava. Cavalgou para a fazenda.

5

Esperança criminosa

Uma esperança alimentada por um crime. Um homem que deveria ser assassinado para que ele pudesse ser feliz no amor. A paixão pode inventar o amor, mas também o crime, quando o seu desequilíbrio atinge o exagero do fanatismo. Pedroco chegou em casa fervilhando pensamentos que suscitavam uma constante inquietação. Jojó Juru devia cumprir o trato com presteza. E, se depois da eliminação do doutor ouvidor do seu caminho, casasse com Maria Doroteia, poderia mesmo dar uma recompensa maior àquele matador. Agora queria ficar longe de Vila Rica. Desejava mesmo voltar lá só depois de ter ouvido a notícia da morte daquele homem.

Dias longos, nevoentos. Sobre os morros dos arredores, aquela névoa embaçando o espaço. As irmãs e os pais preparando-se para uma ida à cidade. Maria Rita, a mais tagarela, com uma interrogação meio galhofeira, mas carinhosa.

– Você não vai, Pê?

– Não. Vou caçar.

– Não quer ir ver a Levínia?

Com Levínia podia obter informações sobre Maria Doroteia. Se soubesse que o doutor Gonzaga já fora assassinado, iria para Vila Rica só para sentir a satisfação de saber que sua amada já não tinha mais aquele homem como namorado. Talvez os pais e as irmãs trouxessem a notícia do crime. Naquele momento, tentou entreter-se com a papagaia de casa, que costumavam chamar de Mulata[4]. Caminhou para a ave e disse:

– Dá o pé, Mulata. Vem, rosa.

A papagaia colocou os pés no seu indicador direito e o moço a convidou para um passeio no terreiro. Colocou a ave no ombro esquerdo e disse:

4. Na verdade, "Mulata" era como os antigos chamavam uma papagaia.

– Diga, louro: "O sal está caro".

E a papagaia:

– Sal tá caro. Sal tá caro.

O pessoal da casa partiu para Vila Rica e Pedroco sentiu a solidão crescendo na sua ansiedade. Deu-lhe uma estranha vontade de ver a vovó Sabença, embora dissesse a si mesmo que deveria evitá-la naqueles dias de expectativa do assassinato do ouvidor. Com a papagaia no ombro esquerdo, caminhou para a choupana da senhora idosa. Antes da entrada, chamou:

– Vovó Sá.

– Pedroquinho, meu filho. Deus te abençoe.

– Bênção.

Entrou na cozinha da choupana. Vovó Sabença fumava um cachimbo feito com um pequeno pote de barro. Não enxergava mais muito bem, mas disse:

– Vejo escuridão no seu rosto, ioiô Pedroquinho.

– A senhora está enxergando pouco, né, vó?

– O que eu estou enxergando é a sua alma.

– Minha alma?

— E ela está turva que nem córrego que recebeu muita enxurrada. Quer dizer que você está andando sem Deus no coração e na cabeça. Põe a sua Mulata perto da minha. Aí as duas vão prosear. Quero espiar bem a sua alma, Pedroquinho. Você anda muito doente, meu filho. Anda doente de uma mágoa. Uma coisa no coração. Uma melancolia. Um vulto anda te perseguindo. Você precisa rezar mais. O remédio é rezar todo dia na capela, que já está quase pronta. Você já pode rezar lá. É um lugar sagrado. Acho que só muita reza pra tirar essa melancolia da sua alma. Também anda com uma nuvem carregada na cabeça. Ao redor dela. Uma ideia turva. Uma coisa boba. Você anda gostando de alguma moça de verdade?

— Eu, vovó?

— Anda assim com o sentimento meio destrambelhado.

— Nada não, vó.

— Chega aqui mais perto de mim. Vou rezar na sua cabeça.

Pedroco se arrependeu por ter ido visitar vovó Sabença naquele instante. Será que ela podia ver ou perceber alguma coisa do seu negócio criminoso com Jojó Juru? Se descobrisse alguma coisa, sua repreensão seria severa. Temeu a reza da vovó na cabeça, mas se aproximou dela.

— Peço a Deus a sagrada bênção para o meu menino. Proteção pra ele, meu Jesus. Meu São Jorge, ajude o Pedroquinho. Nossa Senhora Maria Santa. Todos os santos. Meu menino anda com doença de melancolia na alma. Nessa benzeção peço o remédio da cura. O remédio da reza. O livramento do mal pela espada de São Jorge que matou o dragão. Deus te proteja de tudo o que for ruim com a ajuda do seu anjo de guarda. Amém.

O moço achou que não devia demorar ali. Talvez vovó Sabença pudesse mesmo descobrir que ele contratara um homem para matar outro. E viesse a falar que ele estava no enredo de um assassinato. Pediu a bênção da despedida, pegou a papagaia, colocou-a no ombro esquerdo e foi saindo, embaralhado em pensamentos confusos. O cachorro Pajé o esperava no terreiro. Saudou-o com a cauda e ouviu estalos de dedos. Dali foi para a casa do Dongo. Gostava de ouvi-lo cantar. Um artista analfabeto que inventava seus versos, punha melodia e guardava na cabeça. Chamou o negro e ouviu lá dentro do rancho:

– Foi pra Vila, não, ioiô Pedroco?

– Me deu vontade, não.

– Mas todo mundo foi, né?

– Festa de igreja. De santo. Procissão. Ando meio azedo. Até vim aqui pra ouvir você cantar uns versos. Vou comprar uma viola pra você. Coisa esquisita é que você aprendeu a tocar sozinho. Como é isso?

– É assim que nem eu escutasse no vento.

– E os versos que você inventa?

– É assim também, como o vento soprasse pra mim.

– Então, canta alguma trova.

Lá no Morro do Trovão,
que é chamado Roncador,
tem uma mina de ouro,
mas de ouro sem amor.

Sem amor não vale nada,
Nada vale a vida nossa.
É por isso que eu prefiro
Meu cantinho cá na roça.

Dongo e sua voz melodiosa. Ao redor, os filhos e a esposa. Pedroco imaginou que aquele negro podia cantar na praça de Vila Rica, no Rio de Janeiro. Com certeza os passantes iam parar, jogar moedas, sentir emoção. Maria Doroteia inteira em sua lembrança. Dongo trazendo a moça naquela canção. O existir ficava mais bonito. Ao mesmo tempo triste, dolorido, machucador. Aquela moça não era sua prometida para o amor. Era ilusão que inundava o sentimento, afogava o coração. Era como a noite sufocando os montes da região com um sopro de trevas. O moço negro cantando ainda. Falando coisas do amor. Parecia até de propósito. Mais emoção ferroando a essência do moço apaixonado.

"O amor é uma lagarta
que corrói o coração."

Pedroco sentiu uma fervura produzindo lágrimas em seus olhos. Levantou-se. Queria sair sem dizer nada. Talvez deixasse escapar uma voz chorosa.

– Já vou.

– Gostou não, ioiô?

– Gostei demais.

A voz meio tremida, dolorida, mas sem jeito de choro. O rosto apontando para a saída, para a noite. Ninguém podia ver suas lágrimas atrevidas. Ocultou-se no esconderijo do escuro. A papagaia em silêncio. Pajé deixando escapar uma espécie de choramingo, tocando-lhe a perna direita com o focinho. Balançando a cabeça afirmativamente, Pedroco expressava em pensamento uma opinião decepcionante sobre si mesmo:

"Que praga! Chorei!".

Era amargoso demais estar naquela atmosfera. Ele, que vovó Sabença afirmava ser brando de coração, era agora contratante de um jagunço para matar um rival, o estorvo na sua estrada para a realização do querer de amor. O desejo de um homem que vai se tornando monstruoso. Dele fazendo o parceiro de uma monstruosidade. Mas era necessário que o outro morresse. Não parecia justo que ele sofresse aquela enfermidade magoada pelo resto da vida. Assim ia julgando seu destino. E a quem fora confessar seu mal sentimental? A um empreiteiro de crimes. Um matador ainda no terreno da barbárie. Não tivera coragem para se aproximar da moça para uma confissão sem amarras na língua, sem obstáculos no sentimento. Agora estava naquela armadilha, contrariado, mas decidido.

"Entrei nesse caminho e agora vou em frente. Seja o que Deus quiser. De mim só sei que quero aquela..."

Os amigos mais chegados sentiram sua ausência. Levínia perguntou por ele. Mas Pedroco preferiu ir caçar com os negros da fazenda. Parecia mais divertido e confortante. Em Vila Rica podia ver Maria Doroteia com o ouvidor, sofrer mal-estar de ciúme, ficar aborrecido a não poder mais. No mato tinha aquela impressão constante de que Jojó Juru até já assassinara o ouvidor. Que seus familiares iriam trazer a notícia daquele assassinato. E naquela expectativa se embaralhou numa ansiedade mórbida. Morto o estorvo, carne para os corvos. E nem haveria de sentir remorso. Haveria de se acostumar com a ideia de ter contratado um homem para matar outro ou fazer um exercício de esquecimento. Tentando livrar-se da tortura daquela obsessão, pensou na vovó Sabença, e recordou a história da onça dos dentes de diamante:

– Em Vila Rica, no febrão do ouro, uns garimpeiros acuaram uma onça-pintada com uns cachorros. E viram quando ela rosnou e mostrou os dentes. Eram diamantes que ela mostrava no lugar dos dentes. Um deles gritou que tinha visto primeiro e todos gritaram a mesma coisa. Um deles disparou um tiro de bacamarte na moita onde a onça se escondera entre ramagens, mas não atingiu o bicho, que fugiu. E os cachorros perseguindo a uma certa distância, latindo, com aquele medo que todo animal sente da onça. Os garimpeiros correndo atrás. O mais doido deles com uma espada. Uns querendo matar os outros. Cada um querendo os diamantes só para si. Uma onça com um tesouro na boca. Uma desatinada maluquice. Eram seis garimpeiros correndo atrás da onça. Cada um pensando a mesma coisa: quando a onça estivesse morta, pelo menos um ele ia matar. Ia sobrar mais diamante. A fera entrou numa gruta, e os cachorros ali na entrada, latindo. A gruta era curta e a onça mostrava uns dentes brilhantes que nem a pedra preciosa. O doido com a espada gritou: "Eu vou entrar nessa gruta com a espada, mato essa onça agora e os diamantes são somente meus". Acontece que os outros foram entrando também, com as armas de fogo. Quando a onça partiu contra o espadachim, dispararam chumbo. A fera ainda arranhou a cara e o peito daquele besta que caiu debaixo dela. Arrastaram o animal para fora da gruta e viram que os dentes dele eram de osso, que nem de uma onça qualquer. O bestunto com a espada disse: "Isso foi o capeta que veio enganar a gente". E os cachorros espiando ali perto, com cara de chacota.

Por que tinha de se lembrar dessa história ali, sozinho em casa? Qual era a conexão daquilo com seu caso? Estava lá atrás de onça nenhuma... Dormiu. Sonhou com Maria Doroteia. Ela se aproximava dele, vinha beijar-lhe a face direita, dentro de uma igreja. Que igreja era aquela em Vila Rica que não permitiu que a moça encostasse os lábios no seu rosto? Em vez do beijo, disse alguma coisa que ele não entendeu e se afastou. Acordou com uma estranha impressão: Jojó Juru já matara o ouvidor e Doroteia não perdoava o assassino? Uma impressão de mau agouro. Será que era verdade que os seres humanos escolhiam realmente a maldição para seus destinos? Vovó Sabença dizia coisas de significado sem clareza:

– Cada um vai vivendo e colhendo o milho que semeou na roça dos feitos. Se semeou planta de praga, vai colher maldição de sofrimento. E isso vai andando no sem-fim dos tempos. Então Deus manda plantar só milho bom.

Pedroco, menino, já ouvia tais ensinamentos, que não conseguia entender. E mesmo moço, não se atinava com a profundidade dos pensamentos da vovó. Às vezes falava numa alegoria que as pessoas pensavam que ela tivesse desvios na cabeça em certos momentos:

– Quase ninguém sabe que morrer não é morrer de verdade. É só uma passagem de mudança assim-assim. Nem padre sabe disso. Se soubesse, não ia dizer que vai sentar ao lado de Deus no céu.

Quando sinhá Jovência ouviu estas frases, avisou:

– Vovó, não fala isso pra estranho, não. Se algum padre souber do que disse, vai pedir pra Igreja condenar a senhora por bruxaria.

Pedroco viu seu pessoal de volta da cidade. Os ouvidos aguçados de curiosidade, mas não queria perguntar nada: só queria ouvir sobre o assassinato do ouvidor num assunto espontâneo. Ouviu sobre o enforcamento de um escravo que esfaqueara um homem branco. Será que o enforcado era Jojó Juru? Mas Jojó não era escravo de ninguém. Interrogou sobre os fatos. O esfaqueado era o dono de uma mina que pegara um escravo roubando ouro em pó e lhe dera um tapa na cara. Com uma faca, o negro furara a barriga do garimpeiro, que não morrera mas tivera de ficar segurando as tripas. Nenhum assunto sobre o doutor Gonzaga.

– Ouvi dizer que tem gente da igreja falando que aqui na fazenda mora uma velha bruxa. É a vovó Sabença – contou Maria Rita.

– E que gente da igreja pode vir aqui pra investigar. E que se a vovó for acusada de mexer com coisas do diabo, pode ser condenada... – completou a senhora Jovência.

Pedroco entrou no assunto:

– Condenada por quê? Condenar uma pessoa que só faz o bem?

– Tem gente da igreja em Vila Rica que é igual urubu espiando uma vaca velha morrer aos poucos – senhor Aristarco interveio. – E, antes de ela morrer, já assenta no corpo e começa a bicar.

– A gente precisa colocar imagens de santo, de Jesus, de Nossa Senhora no rancho da vovó Sá – respondeu Pedroco. – E, se essa gente aparecer por aqui, é pra ela dizer que mexe só com as coisas de Deus e só reza e benze em nome de Jesus Cristo e Santa Maria.

Margarida interveio:

– O Pedroco tem razão. Assim eu quero ver quem vai acusar a vovó de bruxa.

Senhora Jovência disse mais:

– E se essa gente vier aqui, a vovó não pode nunca dizer que vê vulto de alma do outro mundo e que escuta voz de espírito nenhum.

Vovó Sabença ouviu sobre a novidade. Devia estar preparada.

– Esse pessoal quer saber muito, acha que sabe muito, mas nem sabe o que é Deus e põe maldade no ensinamento de Nosso Senhor Jesus Cristo.

– Mas a senhora não pode falar nada disso pra eles, vovó.

– Vou dizer nada, não, sinhá Jove. Só vou falar que acredito em Deus, em Jesus, em Nossa Senhora, nos santos da Igreja e que rezo o rosário todo santo dia.

Sinhá Jovência dependurou um rosário de contas de lágrima na porta de entrada do rancho da vovó, com uma cruz de uns 15 centímetros. E espalhou imagens de alguns santos. Era o preparo para a recepção ao pessoal da igreja, se acaso aparecesse mesmo alguém para visitar a anciã.

Pedroco viveu dias de expectativa, segurando-se para não ir a Vila Rica. Se alguém chegava da cidade, só esperava ouvir sobre o assassinato, mas nada interrogava. Abílio Cedrim apareceu, chamando-o de bicho do mato. Estava sentindo algum ódio pela cidade?

– Gosto da fazenda, Cedrim.

O amigo bem podia falar sobre Maria Doroteia. Bem podia informar que o doutor Gonzaga fora chamado de volta a Portugal. Entrar em tal assunto não devia, pois sentia que seria como se acusar de um crime.

Quem apareceu também foi Levínia, a amiga mais chegada das irmãs. Aquela moça parecia ter um quê de atração no olhar para o seu lado. E como era prima da moça da sua paixão, sempre dizia alguma coisa sobre o romance do ouvidor com Maria Doroteia. Naquele dia, num rasgo de coragem, acabou por perguntar:

– Por que você nunca trouxe aquela sua prima, a Maria Doroteia, pra passear aqui na fazenda, Levínia?

– Aquela uma? Nunca mostrou interesse. Ela gosta é de música, de teatro, de igreja. E agora, naquele namoro de paixão danada com o doutor Gonzaga, só quer ler poesia que ele escreve pra ela e namorar. Ficou foi bobinha. Apaixonada que Nossa Mãe Santíssima.

Pedroco sentiu o sufoco de um arrependimento repentino por ter entrado naquele assunto. O que acabava de ouvir era uma maldição para a sua vida. Deu um jeito de sair. Mas, quando foi se afastando, Mariana interrogou:

– Está interessado na namorada do doutor ouvidor, Pedroco?

– Eu?

– Acho que mostrou um jeitinho.

– Nada disso, não.

O arrependimento causou um mal-estar ainda mais intenso. Acabara de cometer uma imbecilidade. E sentiu até medo que pudessem ler o segredo que desejava esconder na gruta do coração. Afastou-se e foi tentar entreter-se com os pássaros, com os animais e com as árvores. Ouviu o monjolo trabalhando. A água da bica enchendo a gamela, a anca com a mão do pilão erguida, a água despejada no calabouço, o rangido da volta para o pilão e o baque descascando o arroz. Julgou-se um estouvado. Prometera não falar com mais ninguém sobre Maria Doroteia. Por que se desequilibrara naquele instante? Somente Jojó Juru devia saber do seu caso, mas por uma necessidade de negócio. Ou não devia também ter dito ao matador o porquê do contrato para o crime? Ih, o que já fizera, feito estava. Pensou nas tolices que um homem era capaz de cometer em momentos de desatino.

O homem é a medida da sua conduta. Julgou ser o descontrole da sua ansiedade. E ficou ouvindo o trabalho incansável do monjolo. Esgueirou-se beirando a casa e foi buscar a besta Cigana. Colocou a tralha no lombo do animal e ouviu da mãe:

– Vai pra cidade, Pedroco?

– Vou. Não sei se volto hoje. Acho que não.

– Se encontrar o padre Delmano, diga pra ele não esquecer que a missa de abertura da nossa capela vai ser mesmo no dia 10. Já falei com ele. É só pra lembrar pra ele não fazer outro compromisso.

O rapaz montou e saiu em direção a Vila Rica, na tentativa de ver Maria Doroteia, que agora só queria ser chamada de Marília. Não era um bom programa. Por que ficar se expondo a cenas que machucavam? Tocou para a cidade de Mariana e só voltou à fazenda três dias depois.

– Encontrou o padre Delmano, Pedroco?

– Encontrei não, mãe.

– Bem, ele tem de lembrar do compromisso. Por que você não foi à casa dele?

– Mãe, na verdade eu fui passear em Mariana.

– Fazer o que em Mariana? – o pai interrogou.

– Ver uns cavalos – mentiu.

– Você e os cavalos.

No dia nove daquele mês, padre Delmano apareceu montado num cavalo branco, com seu acompanhante, Manoel Ramalhão, num cavalo castanho. No dia seguinte ia celebrar a missa de inauguração da capela dedicada a Nossa Senhora das Graças. O pessoal da fazenda fez ares de desconfiança quando o padre disse que queria ver vovó Sabença, conversar com ela.

– Ela só faz benzedura com reza pra Nosso Senhor Jesus Cristo, Nossa Senhora e os santos da igreja, padre Delmano – adiantou-se Sinhá Jovência.

Naquela instante, Pedroco foi depressa informar vovó Sabença que um padre e seu ajudante estavam indo ao seu rancho. Que ela se comportasse como uma verdadeira católica.

– Ando com Deus pra minha proteção.

– A senhora não fala em nenhum deus da África, dos negros, ouviu?

– Eu sei disso.

Padre Delmano e seu ajudante caminharam para a choupana da vovó na companhia de sinhá Jovência e das filhas. Pedroco ficou escondido perto do rancho e senhor Aristarco não quis participar daquela visita. Negros e negras espiando com olhos de "te esconjuro". Ali estavam duas autoridades da igreja. Tinham poder... O padre gostou de ver aquele rosário dependurado na porta. Levantou a cruz com a mão direita. Com seu jeito calmo, sentada num banco de tábua de jacarandá, a vovó ouviu:

– Deus te abençoe, vovó Sabina.

O pessoal ficou meio surpreso de ouvir o padre chamando a vovó pelo seu primeiro nome. Ela, ao ver o padre na porta, disse:

– Bênção, padre. O senhor, aqui no meu ranchinho? Nossa Senhora Maria Virgem Santa Mãe de Jesus!

– Vim aqui pra ver a senhora, que é famosa até em Vila Rica. Que faz benzedura e cura muitos males, não é?

– Eu só benzo e rezo em nome de Deus, de Jesus e de Nossa Senhora.

– E para o Espírito Santo também?

– Para o Espírito Santo e para todos os santos da Santa Madre Igreja. Meu ranchinho é assim, coisinha acanhada, mas de Deus. Eu e minha Mulata moramos aqui até quando Deus quiser, com a ajuda do pessoal do sinhô Aristarco. Em nome de Jesus recebo todo mundo que quer reza de Deus. Vão entrando, se quiserem. Aqui cabe quase ninguém.

Pedroco aproximava-se com a audição focada na conversa, torcendo para que a vovó não se deixasse trair pelas palavras. A língua pode sofrer deslizes desastrosos. O rapaz percebeu que o sacerdote que a mãe levara para a missa de inauguração da capela da fazenda estava ali fazendo uma investigação para a Igreja, querendo pegar a benzedeira num escorregão. Não gostou da presença daquele padre na fazenda. Se pudesse, nem iria participar da sua missa.

— E os deuses africanos, dona Sabina, como são eles?

O moço ouviu esta pergunta e sentiu algum receio, mas a vovó saiu da armadilha com uma resposta finória:

— Sinhô homem de Deus, só conheço o Deus da Igreja Católica, Jesus Cristo, o Nosso Salvador, Nossa Senhora e os santos da Igreja. Sou devota de São Jorge.

— Muito bem. Gostei de ouvir a senhora. Acontece que existe gente por aí que anda acusando a senhora de feiticeira. Chamam o seu serviço de benzedura de bruxaria.

— Deus me livre de uma hora dessa. Pra longe de mim, coisa do dito-cujo cão. Com a proteção do Nosso Senhor Jesus Cristo, satanás nem chega perto do meu ranchinho e nem anda aqui nesta fazenda, que agora vai ficar mais protegida ainda com a capela de Nossa Senhora das Graças e a sua santa missa.

— Assim seja. Gostei muito de escutar a senhora. Qual a sua idade mesmo?

— Não sei direito, mas vi a morte de Felipe dos Santos.

— Dizem que a senhora tem um baú de histórias do começo da exploração do ouro aqui em Vila Rica. Não pode contar uma pra nós?

— Então eu conto a dos vagalumes de ouro:

— Foi no tempo do início da descoberta do ouro. O povo endoidou por causa do metal amarelo que valia mais que tudo. E uma noite, perto de um arranchamento de garimpeiro, um deles viu um vagalume brilhando que nem ouro. Pegou o inseto e gritou: "Esses vagalumes são feitos de ouro! Ouro puro voando!" — e pôs dentro de uma panela. Toda a turma saiu atrás dos vagalumes na noite escura. Um estouro de garimpeiros. Os vagalumes fugindo, dificultando a caça, e os homens na ilusão de pegar ouro voando. Ter o trabalho de bater peneira em faisqueiras? Que nada. Procurar ouro no meio de cascalho? Coisa nenhuma. Deus tinha espalhado muito ouro no chão, mas, para facilitar o trabalho dos garimpeiros, tinha feito vagalumes de ouro também. Os adoidados correram atrás dos insetos com embornal de couro e foram pegando como se estivessem agarrando pepitas no ar. Levaram muitos tombos. Sofreram arranhaduras de espinhos, mas a fome pelo ouro era mais forte que a dor naquele momento. Contavam que quando os vagalumes sumiram, já carregavam os picuás com muitos insetos. Voltaram para o arranchamento com ares de bom resultado. Só que quando despejaram os vagalumes em vasilhas, não passavam de insetos. Um deles falou que tinha certeza de que aquele que jogou na panela era de ouro. Foram olhar, mas lá encontraram só um vagalume preto. Era a luz da ganância cegando os homens.

– Era isso mesmo, vovó – emendou o padre. – E o ouro continua cegando Portugal até hoje, que não vê que Vila Rica já não tem mais aquele ouro que tinha no passado. Que as minas produzem pouco agora. E querem que as nossas minas continuem pagando os produtos que Portugal importa da Inglaterra. Que mantenha a coroa lusitana. O povo de Vila Rica está ameaçado e muito preocupado. Vem aí a tal derrama. A maioria não vai dar conta de pagar. Vai ser uma tristeza.

Já que o padre mudara de assunto e não ameaçava mais a vovó, Pedroco chegou à porta do rancho e perguntou:

– Quando o senhor acha que vai sair essa derrama, padre Delmano?

– Pode sair a qualquer hora. Vocês têm dívida com o governo?

– Graças a Deus, não.

Entretanto, naquele instante Pedroco pensou no tesouro guardado no pote enterrado no mato. O tesouro da sua desobediência pela paixão.

No final da conversa com a vovó, o padre disse, num tom santificante:

– Deus abençoe a senhora, vovó Sabina.

– Assim seja a sua bênção, santo padre.

O sacerdote abençoou também o rancho da anciã, desejou que ela ficasse com Jesus e Nossa Senhora. Já no terreiro, perguntou:

– Dona Jovência, o nome dela é Sabina ou Sabença?

– O povo é que foi chamando a vovó Sabina de Sabença. E ficou assim.

Pedroco fitava o padre com um olhar de desconfiança. Aquela bonomia na fala podia estar escondendo uma investigação feita de maldade sobre vovó Sabença. Mas a vovó se escapulira daquela armadilha com esperteza de sabedoria bem vivida. Muitos anos passara observando certos acontecimentos sob o poder e o mando da Igreja.

Naquela noite, o jantar foi farto. Padre Delmano, barriga de ponte, e Manoel Ramalhão, com um pomo de adão pontudo, aproveitaram a ocasião. Havia carne-seca, de porco, de frango, de paca e de perdiz.

– Carne de paca, dona Jovência! Isso é um pecado pra minha gula. Antes de comer, já vou pedir perdão a Deus pelo exagero. Estou comendo tanto que em casa vou rezar o terço de joelhos. E você deve fazer o mesmo, ouviu, Manoel?

– Também vou rezar todo o rosário porque também não me livro da gula.

Na manhã seguinte, antes da missa inaugural, o padre exigiu a confissão de todos os participantes, menos dos negros. Pedroco não confessou o pecado de estar engajado naquele crime de morte do doutor Gonzaga. Isso não. Mais importante do que ir para o céu depois da morte era ir agora para o céu dos braços de Maria Doroteia. Falou sobre pecados de xingamentos e ouviu:

– Tem ido atrás das prostitutas?

– De vez em quando, padre.

– É bom você arranjar uma moça pura e casar. Deus quer isso.

Depois da confissão, Pedroco não conseguia parar de pensar *naquela* moça, no doutor Gonzaga e no Jojó Juru. E durante a missa continuou naquela maçaroca de pensamentos. Chegou a acreditar que o jagunço assassinara o ouvidor naquela noite. Era uma impressão que fazia o sangue ferver e o cérebro, se embaralhar. Confessar tal acontecimento, só no final da vida. Agora, era melhor que o rio do seu destino fosse levando-o em suas águas turbulentas.

Vovó Sabença foi ouvir a missa. Sentou-se num banco do lado de fora da capela com as outras negras. Os negros não podiam entrar durante a celebração, uma exigência que Pedroco achou humilhante. Depois do almoço, quando o sacerdote e seu ajudante já tinham voltado para a cidade, expressou num tom de reclamação:

– Não gostei nada foi daquele padre dizer que os negros não podiam entrar na capela enquanto ele estava lá celebrando a missa, mãe.

– É exigência da Igreja, Pedroco.

– Isso pra mim é que é o tal pecado.

– Falam que negro não tem alma – Margarida disse.

– Pra mim a vovó Sá tem mais alma que muita gente religiosa por aí.

– Também acho, Pedroco – disse Maria Rita.

– A Igreja tem um poder muito grande – Aristarco expressou num tom meio descrente. – Mas acho que isso vai ter fim um dia. Assim como acho que um dia o Brasil vai ficar livre de Portugal e virar um país muito grande.

– E agora, mãe, vou dizer aos negros da fazenda que podem ir rezar na capela quando quiserem. Podem ou não podem?

– Podem, sim, Pedroco.

– Eles é que construíram – Mariana disse.

Antes do escurecer, Pedroco levou os negros para a capela dedicada a Nossa Senhora das Graças. Dona Jovência e as filhas foram também. Aristarco, não, porque estava lidando com os animais. Vovó Sabença rezou o terço, correndo os dedos sobre as contas de lágrima daquele rosário que o padre tocara dependurado na porta da sua cabana. Já anoitecia quando o moço disse num tom meio vingativo:

– Essa capela aqui é mais de vocês do que daquele padre, ouviu, gente? Podem entrar aqui, rezar aqui quando vocês quiserem.

Os negros sentiram o conforto da consideração. A capela da fazenda não era uma igreja como aquela do Pilar dos Nobres, onde os escravos ficavam do lado de fora, esperando enquanto seus proprietários "purificavam as almas". E depois tinham de carregar de volta, em cadeirinhas, as senhoras "livres dos pecados", mas não menos pesadas.

Dias de tensão para Pedroco. O peso da expectativa martirizando a alma. Deus! Que lugar ocupava Deus em sua vida? Andava muito mal em sua religiosidade. Já negociara uma travessura criminosa. Que tecido o tear do seu destino estava tecendo para que ele vestisse no futuro? Às vezes ficava meio cismado que podia escorregar na estrada lamacenta da vida. Montou no cavalo Chamusco e tocou para a cidade. Queria encontrar Jojó, conversar com ele, saber das coisas. Considerou aquele dia danado de azarento. Antes de encontrar o jagunço, viu o doutor Gonzaga ao lado de Maria Doroteia, na bica, não longe da casa dela. Foi no passo lento do cavalo e ouviu:

– Eu levo pra você, Marília. E eu vou deixar você carregar essa bilha morro acima? Minha musa é para me inspirar versos de amor.

– Então carrega, doutor.

Pedroco achou que não foi observado. *Marília* tinha olhos só para o doutor poeta. E ele tocou as mãos dela. E foi de propósito. Até parecendo que era para deixar o cavaleiro ainda mais atordoado de ciúme.

"Mato esse homem."

Como é que um doutor da lei formado em Coimbra podia ter aparecido em Vila Rica para enfeitiçar a moça que enfeitiçara seu sentimento? E para deixá-lo naquela condição miserável. Não podia aceitar aquela trama do destino no seu mundo. Julgou-se massacrado pela sorte. Observou os dois vencendo a ladeira. Iam naquele namoro que era pura maldição para o seu querer de amor. Foi procurar o matador de gente, decepcionado. Jojó ainda não apunhalara o ouvidor. Não encontrou o Couro de Onça. Na venda onde costumava passar parte do tempo da vida, ouviu do comerciante que o homem andava sumido.

Não podia demonstrar que estava ansioso para conversar com aquele tipo. Voltou para casa mais desnorteado do que chegara à cidade. Disparou um tiro na árvore que segurava a placa com o nome da fazenda.

"Bela. A Bela..."

Considerou o ouvidor a maior maldição da sua vida. Se Jojó Juru não cumprisse a palavra do negócio, ele próprio mataria o doutor, até mesmo no dia do casamento. Cometeria uma loucura. Agora não queria conversa. Queria observar os ipês, aquela cabeleira florida no lombo e no cocuruto dos morros, nos vales. O trabalho das abelhas zumbindo numa festança laboriosa. Os pássaros desatavam mais alegria na farra de gorjeios assanhados? Tudo invenção de fuga forçada.

"Meu Deus, ela, a Marília. Que Marília, que nada. É a Dora. Doroteia."

Sentiu-se dolorido por dentro. Uma dor que não se podia apalpar. Que sufocava, que afogava. Onde podia encontrar um pouco de alívio? Talvez no mato. Na solidão que faz aumentar a impressão do sofrimento. E então procurou se ocultar entre as árvores. Parecia querer esconder-se de si mesmo. Fugir para um mundo inimaginável. Transformar-se num outro homem. Esquecer que já fora ele próprio. Sentou-se numa pedra. Imaginou-se uma daquelas borboletas voejando sem drama sentimental. Ou um periquito casando o verde das suas penas com o verde dos matos. Mas, ali, na solidão, é que a lembrança retratava *a moça* com mais intensidade. Sua graça feminina naquele riso. O desenho do seu rosto sob a luz do sol. Seu cabelo negro, longo, despejando sobre os ombros, mais belo que a Cascata Bela. Um deslumbramento exagerado naquela solidão.

"Mato aquele homem."

No sábado à tarde, tocou para Vila Rica novamente. Deixou o cachorro Pajé acompanhá-lo. Montado na besta Cigana, entrou na cidade. Pelo anoitecer encontrou Jojó Juru com uma camisa de couro de pelo amarelado. Será que era de onça-parda, a suçuarana? Tentou não se mostrar decepcionado com o *matador*:

– Cadê a camisa de couro de onça-pintada, Jojó?

– Agora ando com essa de lobo. Couro e lobo dá sorte... Iaracunhã fez pra mim.

– Ah, couro de lobo. E o negócio?

– Ando armado com um pulo de onça. Só não apunhalei aquele doutor ontem à noite porque... Sabe, eu negaceando. Sondando. O punhal no jeito. Ele voltando da casa da sua namorada. Parecia que ia sozinho. Preparei meu golpe. Quando vi direito, ele andava ao lado do doutor Cláudio Manoel da Costa. Aí gorou...

– Todo esse tempo e você ainda não achou uma ocasião?

– O homem anda sempre acompanhado. Está sempre com escravos, com amigos. Acho ruim ver aquele tal com a namorada que é sua, ioiô Pedroco. A Marília.

– Que Marília que nada, Jojó. Esse não é o nome de batismo dela.

– Mas já tem muita gente por aí trocando o nome dela.

– Isso é invenção de poeta. Daquele desgra...

– Fale baixo, sinhozinho. Mas você já pode preparar o resto do pagamento. Aquele doutor, ladrão da sua namorada, vai ser finado em uma semana.

– É, mas você está demorando muito. Já vendeu o ouro e o diamante?

– Ainda não. Quando eu receber o resto, depois do crime, acho que vou vender no Rio de Janeiro.

– E se a milícia te pegar com esse material? Essa gente é terrível. E depois você pode me comprometer.

– Isso, não. Ioiô Pedroco, eu sou gato-do-mato que só chega pra pegar galinha quando os cachorros do terreiro estão caçando longe.

– Mas até quando você garante que dá fim naquele homem?

– Tempinho de uma semana. Se quiser, até me pagar o resto, eu garanto.

– Não. Termine o serviço, primeiro.

– Se você quiser ver o doutor com a menina, juntos, é só ir à missa na igreja do Pilar dos Nobres amanhã cedo. Lá eu não entro. Sou meio índio, meio negro. Esse pessoal dono da religião tem uma enjoeira que nem o diabo aguenta.

– Se você não conseguir fazer o serviço, Jojó, vou ter que procurar outro.

– Se eu não conseguir, quem vai conseguir, Pedroco? Se eu não matar aquele homem, o jeito é você vender a alma para o diabo pra casar com a moça.

– Vender a alma pro diabo?

– É. Na Sexta-Feira da Paixão, à meia noite, é só ir pra um lugar deserto e chamar o bicho pro negócio. Não precisa ser encruzilhada, não. Vai com a intenção na cabeça. Lugar ermo. Chega e fala, como se estivesse falando pro vento: "Vim aqui pra te vender minha alma pra você fazer a Marília casar comigo".

– Jojó, não chame aquela moça de Marília perto de mim. Vou detestar esse nome o resto da vida.

– Mas é um nome bonito, sinhozinho. Acho mais bonito que o verdadeiro nome dela. O doutor escreve o nome dela assim na poesia que faz pra ela. Sei ler não, mas muita gente fofoca por aí.

– E você sabe de algum homem que vendeu a alma pro diabo pra casar com uma moça?

– Lá no Arraial do Tejuco. E ele casou com a moça mais bonita de lá. Todo mundo falava sobre isso. Falam até que o padre Rolim tem parte com o diabo pra conquistar tanta mulher como ele conquista.

– Como você pode dizer que um padre tem parte com o diabo pra conquistar mulher, Jojó?

– Eu só falo o que escuto.

Pedroco ficou pensativo por um tempinho. Uns meninos, passando na frente da venda, gritaram.

– Couro de lobo. Homem couro de lobo. Couro de onça.

– Essa molecada aqui de Vila Rica é bicho do capeta, Pedroco.

– Por que você gosta de usar camisa de couro de bicho?

– É a Iaracunhã que faz pra me dar sorte. Aí passei a gostar. E dela também gosto que é um carinho de macho com fêmea.

Pedroco pensou no tal pacto com o diabo. O povo comentava esse negócio. Podia mesmo existir um acontecimento dessa natureza? Talvez vovó Sabença pudesse esclarecer tal assunto. Bebeu uma dose de conhaque e pagou uma para o *couro de lobo*. Viu Abílio Cedrim se aproximando e se apressou para sair:

– Então, Jojó, vai firme.

Afastou-se. Cedrim reclamou do seu comportamento estranho. Por que não estava aparecendo na cidade com aquela frequência de antes?

Cedrim não podia adivinhar o estado lamentável da saúde sentimental de seu amigo. E ninguém devia saber. Naquela noite apareceram outros amigos. Beberam um pouco e foram jogar baralho na casa de Bartileu. E o domingo amanheceu com cara de Vila Rica: gente vendendo galinha, carne de porco e outros tipos de carne, quitandas, refresco; pessoas dos arredores movimentando a cidade; os sinos das igrejas tocando; escravos carregando mercadorias; autoridades bem trajadas.

"...mas vou ver lá na igreja..."

Pedroco ordenou com a voz do silêncio. Dizia não querer ver o ouvidor com Maria Doroteia na igreja Pilar dos Nobres, mas queria. Era como se estivesse forçando a si mesmo para um lado e para outro. Era como se não estivesse achando graça em nada. Ficou parado na frente da igreja. Talvez não entrasse:

– Cadê as meninas, Pedroco?

Era Levínia, chegando pelas suas costas. Vinha com a mãe, duas irmãs meio meninas e um rapazinho. Pedroco se maçarocou. Era como se Levínia pudesse perceber que ele estava ali para ver Doroteia chegando com o doutor Gonzaga. Informou que naquele dia suas irmãs não estariam em Vila Rica.

– E você, veio rezar?

– Um pouco...

A mãe da moça perguntou pela senhora Jovência.

– Anda contente com a capela de Nossa Senhora lá na fazenda, dona Marcila.

– Eu quero ir rezar lá um dia.

Foi tomado por um tique de decepção. Doutor Gonzaga e Maria Doroteia se aproximando. A tia da moça, dona Gertrudes, e toda uma turminha também. Uma fervura se deu no sangue do moço. De repente estava sozinho, como se tivesse se transformado numa estátua humana. Levínia foi ao encontro da prima com o ouvidor. O pessoal entrando na igreja. Marília estava mais bela, na certa por ser domingo e porque se vestia com uma aura de pureza de santa. Desnorteou-se. Entrou na igreja, deu alguns passos e saiu. Esperava ou não para ver Doroteia saindo da igreja? Foi para o bar do

Jureu, bebeu uma dose de aguardente e rumou para casa. Domingo era o melhor dia para se passar em Vila Rica. A cidade ganhava mais vida com a movimentação.

– Carne-seca. Carne-seca da boa. Gorda e magra. Como você quiser.

Era um vendedor gritando, com mantas de carne bovina num jirau, um chapéu de couro na cabeça e uma faca pronta para cortar o pedaço que algum cliente escolhesse.

– Filho do Aristarco, vai levar um pedaço, não? – ele disse, dirigindo-se a Pedroco.

– Hoje, não.

– Prove um pedacinho.

O homem cortou um pedacinho de carne-seca e entregou ao moço, que enfiou na boca e se pôs a mastigar. Jojó Juru se aproximou pelas costas do apaixonado e bateu o indicador direito no ombro esquerdo do rapaz:

– Ioiô Pedroco, já viu?

– Já viu o quê, Couro de Onça?

Se era domingo, Jojó achava que o couro de onça era mais atraente e então estava naquele exibimento, com uma camisa diferente cobrindo o tórax.

– A *coisa*...

Era mais aconselhável se afastar dali. Jojó podia dizer palavras de comprometimento criminoso. Caminharam pela praça. O jagunço ali, aperreando.

– Viu o casal indo pra igreja?

– Vi de longe. Não quero chegar perto.

– Então não viu que ela ia bonita que deus nos acuda. Mais bonita que qualquer santa de Jesus. E o doutor que era um Deus de elegante. Todo pimpão de cheio. Mas vai morrer nessa semana, Pedroco. Juro pelo capeta. Você pode até me adiantar o resto do pagamento.

– Jojó, espere.

– E não vai ver a moça sair da igreja?

– Vamos parar de falar nisso.

– Eu queria um dinheirinho pra comprar um pedaço de carne de porco.

Arranhou umas moedas para o trapaceiro. Pagou-lhe uma dose de conhaque e saiu dizendo que voltaria para a fazenda. Comprou um pedaço de carne com sangue e levou para o cachorro Pajé na casa da cidade. Queria ver Doroteia mais uma vez. Ficou a uma certa distância de onde ela deveria passar. Os olhos abobalhados de fascínio. E a turma elegante caminhando devagar. Marília num vestido azul. Era seda? Se olhou para o seu lado, foi num descuido do olhar. Foi pegar a mula num pasto feito de cerca de varas empilhadas que o dono alugava para cavaleiros que, normalmente, pousavam em Vila Rica. Voltou para casa com o coração amargando, sentindo-se humilhado pelo destino.

Naqueles dias sem sal e sem açúcar não queria conversar com vovó Sabença. Ela parecia ter o poder de adivinhar o que ele estava sentindo e era capaz de tocar a sua ferida. Agora não queria conselho. Só queria a morte do ouvidor. Entretanto, o negócio da venda da alma para o diabo cutucava sua curiosidade. Na certa a vovó tinha sabedoria para o assunto. E foi que num determinado escurecer chegou ao ranchinho da anciã.

– Vovó Sá.

Chamou no jeito mais carinhoso. Ela, no escuro, fumava seu cachimbo de sempre. Respondeu com a bênção de Deus e pediu que ele acendesse a candeia de azeite de mamona. Ele pegou palha de milho, colocou sobre as brasas no fogão e soprou. Quando a chama alumiou o ambiente, encostou-a ao pavio da candeia.

– A luz mais abençoada é a luz da alma, ioiô.

Ele não disse nada, mas queria entrar logo no assunto do negócio com o diabo. Será que ela podia adivinhar a razão da sua ida à sua choupana?

– Antes você aparecia mais aqui no meu ranchinho, Pedroco. Mudou bastante o seu jeito de ser. Anda com paixão de amor futucando o coração com desatino?

– O quê, vovó?

– O seu jeito agora é de rapaz numa fantasia de ilusão demais. Jeito sofrido. O rosto nublado numa melancolia. A voz dolorida num machucado. Boa coisa não é. Pode me contar. Sempre tento ajudar com a ajuda *deles*.

Pedroco se baralhou no jogo que fazia com seu destino. Talvez tivesse sido melhor ter pedido ajuda à vovó antes de contratar Jojó Juru para aquele serviço.

– Vovó, eu queria saber uma coisa. Existe mesmo venda de alma pro diabo?

Vovó Sabença baforou fumaça de fumo forte. A luz da candeia, pálida, é que dava algum ânimo ao ambiente. Aquela voz envelhecida discorreu sobre o assunto:

– Espírito mau existe que nem existe homem mau, Pedroco. O mau anda no mundo e anda do outro lado. Um homem pode até fazer um negócio com um espírito mau. Pode ser até atendido pra fazer maldade a um irmão. O povo chama isso de vender a alma pro diabo. É que diabo é o espírito mau. Só que se o irmão for muito forte com Deus, o mau nem pega. Passa perto, mas não pega. Aquele padre que rezou a primeira missa aqui na capela veio no meu rancho com a intenção de fazer um mal comigo. Eu já tinha sido avisada. Ele é um coitado. Rezo pra ele. Nem sabe ainda que fazer o mal aos outros é contra a lei de Deus. E a Igreja não tem poder pra proteger ninguém lá do outro lado, se cometeu o mal aqui na terra. Você anda pensando em vender a alma pro diabo pra quê, Pedroco?

– Eu, vó? Eu, não.

– Só queria saber?

– Só.

– Só negócio com Deus é que dá lucro pra alma.

– Então não existe esse negócio de ir pra uma encruzilhada onde não chega o canto de um galo na meia-noite da Sexta-Feira da Paixão pra um encontro com o diabo?

– Pode até acontecer coisa estranha, mas é doidura. Pensa em fazer uma esparolice dessa extravagância, não, meu filho. Cada um recebe como determina a vida no seu lado oculto. Viver tem segredo que a gente só entende quando passa pro outro lado. Enfia não na cabeça essa ilusão de negociar com o diabo um ganho qualquer, ioiô fiinho.

– Eu, não.

– Anda com o coração pelo avesso, assim por causa de mulher?

– Não, não, vovó.

– Ando sempre rezando pra você. Você carregava mais luz na cabeça. Agora tem uma nuvem pesada. Pense bobagem, não.

– De jeito nenhum que não, vovó. Bênção.

Ela o abençoou com o olhar fixo em sua cabeça. Pedroco se retirou encabulado, arrependido por ter ido ter aquela conversa.

"Meu Deus! A vovó viu o que eu escondo dentro de mim. Viu minha situação. Uma nuvem pesada na minha cabeça? Antes de ter feito o negócio com Jojó, eu deveria era ter vindo pedir ajuda para ela. Agora seja tudo como for. Ando mais excomungado que um homem que vendeu a alma pro diabo. Mas não desisto."

Viver sem Doroteia era dor sem cura. Acreditava num sentimento imutável, num destino sem outro caminho.

6

O avesso do coração

Talvez Jojó tardasse, mas não falharia. Os dias pareciam mais longos naquela espera.

Naquela esperança mórbida recebeu um recado do negro cantador Dongo. Vovó Sabença queria que ele fosse ao rancho para uma benzedura. Vacilou, mas acabou indo. Vovó era como se fosse sua mãe espiritual. Seu conselho direcional da vida. Chegou ao rancho dela envolvido por um receio que vinha de coisas ocultas.

– Quero benzer a sua cabeça, Pedroquinho. Uma benzedura na cabeça pra descer pro coração. Você precisa de proteção do céu.

– Sei.

Benzeu a cabeça do rapaz com uma folha de comigo-ninguém-pode. Pedroco não queria ouvir quase nenhuma conversa. Retirou-se logo, ouvindo:

– Deus te abençoe e te proteja, meu ioiô.

Pelo caminho foi pensando no negócio com Jojó. Agora que estava naquele nó cego, não podia desatar, não devia se arrepender. Fosse mesmo parar no inferno, que fosse.

Amarrou o cachorro que sempre o acompanhava, com o cavalo Canhoto já arreado, e disse:

– Mariana, solta o Pajé quando eu estiver já em Vila Rica.

– Você vai nesse cavalo, hoje?

– Vou.

– Não vai dizer que o nome dele é Maroto – Maria Rita disse.

– Mudei o nome dele lá em São João del Rei. Você manda lembrança pro Nilácio?

– Fala pra ele que nós vamos pra lá no sábado. Amanhã, né?

Era bom e não era bom estar em Vila Rica. Podia ver Maria Doroteia, mas era uma alegria que ao mesmo tempo machucava. Passou caminhando na frente da casa dela. Ouviu sua voz lá dentro. Nunca tivera relacionamento com aquela família. Nunca se aproximara. No princípio viveu um amor platônico. Da contemplação passou para a intensidade daquele desequilíbrio. Agora vivia num desespero quase ainda calado, se não tivesse confessado ao jagunço Jojó. Devia entrar numa igreja para rezar um pouco? Doutor Gonzaga passou perto dele carregando uns papéis. Era de amargar. Aquele homem ainda estava vivo. E por onde andava Jojó Juru? Pelo anoitecer encontrou o *matador* contando bazófia na venda do Jureu.

– Ioiô Pedroco, chegou na hora de um conhaquinho.

– Acho que devemos é rezar, Jojó.

– Mas devemos beber um pouquinho primeiro, antes que a derrama do governador derrame toda a nossa bebida.

– E como anda a tal de derrama?

Jureu parou de alisar o bigode e disse:

– Dizem que pode sair a qualquer hora.

E Jojó tagarela.

– Quem manda é o rei.

– Rei, não, Jojó. Agora é uma rainha. A mãe do rei que morreu. Rainha Maria I. É chamada até de *Rainha Louca*. Se ela mandar a ordem pro Cunha de Meneses tacar a derrama em cima de nós, é um golpe só.

– Você sabe das coisas, né, Jureu?

– Sei, Pedroco. O pessoal que vem do Rio de Janeiro e de Portugal sempre faz parada aqui. Escuto tudo.

Jojó, com a camisa de couro de onça, bebendo. Num aceno, sem que Jureu percebesse, Pedroco chamou o jagunço para a rua. Foram caminhando a esmo, até que ninguém pudesse ouvir a conversa.

– Você está demorando a fazer o serviço, Jojó. – Pedroco expressou num tom de exigência.

– Calma, rapaz. O Brasil vai ser nosso.

– Vai ser nosso?

– Ouvi até dizer que pode acontecer uma guerra. Uma revolução, quando sair a tal de derrama.

– Isso é conversa mole.

– Até acho que pode sair, sim. E vai ser briga das grandes. Pra libertar o Brasil de Portugal.

– E você vai entrar nessa briga, se sair, Jojó?

– É no cabo da garrucha e na ponta do punhal. E se você me emprestar aquela espada que comprou em São João del Rei, entro com ela. E se eu receber um bacamarte pra tacar chumbos nos marotos, queimo pólvora noite e dia.

– Mas antes você precisa fazer o serviço que me pegou de empreita.

– Essa é a última semana de espera. Palavra de homem. Você pode até me adiantar o resto do pagamento – expressou o enrolão-embromão-trambiqueiro.

– Não. Só depois do serviço.

O rapaz, desapontado naquela maçaroca, voltou para a fazenda. Foi amansar um cavalo chucro e se entreter com outras coisas. Maria Rita interrogou sobre o noivo e ouviu:

– Não vi. Cheguei depressa e saí correndo.

– O que foi fazer em Vila Rica tão depressa?

– Só fui ver uma tralha de montaria.

Afastou-se. Não queria continuar naquela conversa. Foi amansar o cavalo redomão. Os meninos crioulinhos gostavam de vê-lo montar num cavalo pulador. Todo mundo gostava de ver as cenas da doma.

– Ioiô Pedroco vai montar no cavalo brabo – um menino gritou.

Correram para a beira do curral. Pedroco montou, mas não deixou o cavalo pular. Dominou-o no freio e fez o animal caminhar no passo lento ao redor do curral. Depois abriu a porteira para um repasso lá fora.

– Agora ele vai pular – gritou um menino, torcendo para ver os pulos do animal.

– Garrancho – Pedroco chamou o animal pelo nome, firmando as rédeas, e o cavalo começou a trotar com obediência.

– Ah, não vai pular! O Garrancho já está manso que nem o Chamusco – um menino exclamou, e todos ficaram desapontados com a falta do espetáculo dos pulos e dos corcovos do cavalo.

Pedroco foi pela estrada de Vila Rica, pensativo. Às vezes virava o animal nas rédeas, para o aprendizado costumeiro. Voltou para casa em passo lento, desconfiado de que Jojó Juru podia ser um embromão de marca maior. De jagunço, só a fama. Soltou o cavalo e foi ver os negros que faziam uma cerca de pedra a partir do pé de um morro, aumentando o pasto cercado. Pensava no jagunço, em Maria Doroteia e no doutor ouvidor. Sentiu inveja dos casais de periquitos. Pareciam felizes todo o tempo, naquela gritaria, roendo cocos de guarirobas, mangas, goiabas e estragando espigas de milho-verde. Talvez fosse melhor ser um periquito com sua facilidade de achar naturalmente a companheira certa.

"Aquele Jojó, sei não..."

Deixou o tempo escorrer por duas semanas sem voltar a Vila Rica. Desanimado e desapontado, entrou na cidade. Não viu o trapaceiro nos lugares onde ele costumava estar urdindo sua vagabundagem. Não queria perguntar por ele. Por três vezes passou na frente da casa da *moça*, e só na terceira conseguiu vê-la. Preparou-se para cumprimentá-la e ela até rabiscou um olhar para ele, mas fugiu, não esperou a sua passagem ali na frente.

"Ela sabe... Acho que ela sabe".

Anoitecia, com jeito de chuva. E cadê o trambiqueiro? Caminhou para casa, cismando que a chuva não tardaria. Ouviu alguém chamando seu nome e pensou: "É o Couro de Onça!".

Parou e olhou para trás. Jojó caminhava depressa. Pedroco achou inconveniente conversar com aquele tagarela meio perto da casa de Maria Doroteia.

– Hein, e o negócio?

– Mais que três dias não demora...

– E assim você vai, de semana em semana. Nunca pega o homem de jeito?

– É que ele anda protegido, Pedroco. Mas já planejei o golpe certo. Vou entrar na casa dele, sem ser visto. Vou deitar debaixo da cama e esperar. De madrugada sangro o homem sem ele soltar um gemido. E fujo que nem entrei.

– E você tem coragem pra isso?

– Sou que nem onça-pintada, que pula até em cabeça de touro e mata quando anda com muita fome. Você pode até me adiantar o resto do pagamento. Hein?

– Só pago o resto depois do serviço feito.

– Você não confia em mim, sinhozinho Pedroco?

– Confio, mas também desconfio.

– Desconfiança assim dá é azar pro meu trabalho. Ah, você já sabe que vai ter um sarau lá na casa da Marília essa noite?

– Sei, não. Sei é que você já devia ter feito o serviço...

– Calma, sinhozinho. O Brasil vai ser nosso.

O rapaz sentiu ojeriza por esta afirmativa, pela pura embromação. Jojó ia se transformando numa figura bizarra. Extravagância de homem. Será que era mesmo um *matador de homens*, conforme os boatos da sua fama? Estava parecendo mais um trapaceiro, um enganador, com aquela conversa comprida. Fama se sujando na lama.

– Vai não lá no sarau na casa dela, Pedroco? Vai ter música de instrumento, cantoria, recitação de poesia, bebida, quitanda na mesa pra encher o bucho. Vai lá, não?

– Jojó, não tenho aproximação com essa gente.

– O doutor Gonzaga vai ler versos, vai cantar, vai tocar. Posso tentar ir apunhalar o homem lá nesse sarau? Só preciso da sua ordem.

Pedroco olhou para aquele tipo que irradiava sua bizarrice no escurecer da noite. Começava a entender a extravagante conversa daquele homem. Tinha o estilo de exagerar sua bazófia de valente.

– Então vai matar o ouvidor nesse sarau, Jojó. Você tem a minha ordem. E se for preso? Vai dizer que eu sou o mandante do crime?

– Isso, nunca. Podem me enforcar dez vezes aqui na praça do chafariz. Então eu vou mesmo.

– E como você vai entrar naquela casa?

– Posso até não entrar, conforme a situação. Mas, na hora que ele for saindo, dou o meu pulo de macaco que pula lá do alto de uma árvore, toma a banana, já descascada, das mãos de uma pessoa que, quando vê, a fruta já foi. Tenho certeza.

– Tem certeza?

– Me dê um dinheirinho, umas moedas, pra um gole e pra um quilo de carne de porco. Aí fico no fogo da coragem. E amanhã você vai ouvir sobre o *doutor defunto.*

– Vai chover. Toma. Já vou indo.

Colocou duas moedas na mão direita do embromão e sentiu não querer continuar aquela prosa. Reinava uma atmosfera enjoativa. Ainda ouviu o convite:

– Vamos beber um gole juntos, sinhozinho?

Não atendeu ao convite. Afastou-se. Foi para a casa da família. Sentiu-se desapontado, ouvindo os primeiros pingos da chuva, que apenas ameaçou ser tempestade. A noite, inchada de solidão, no seu reino de melancolia. Dava para chorar tristeza no silêncio da casa. Suportar ficar ali sozinho era um martírio. Já que o tempo só ameaçara um aguaceiro e levara do espaço as nuvens escuras, resolveu sair. Pelas ruas galopava um vento úmido, queixoso. Indagou a si mesmo sobre o sarau na casa *de Marília.* Talvez a ameaça daquela tempestade pudesse ter gorado o acontecimento. Caminhou, vestido com uma capa de cavaleiro, cismando que pudesse ainda chover. Viu luz festiva na casa dela. Movimentação, vozes, risos. Parou e ficou ouvindo. Silêncio. Agora a voz do doutor Gonzaga, declamando:

Não sei, Marília, que tenho...

Pedroco ouviu muito bem o ouvidor dizendo bem alto aquele nome: *Marília.* Estremeceu num rasgo de emoção negativa. Odiou a voz forte daquele poeta intruso.

Odiou estar ali feito um fantasma. Vislumbrou um vulto caminhando rumo à casa do tio de Maria Doroteia. Será que era Jojó Juru? Decidiu se afastar logo, mas procurando passar rente ao vulto. Viu mais dois vultos acompanhando o primeiro e ouviu um "boa noite". Uma voz séria, que parecia a do doutor Cláudio Manoel da Costa.

Resolveu mesmo retornar, cuidadosamente, para perto da casa, quase acompanhando os vultos, e ouviu a voz da amada:

– Pensei que nem viesse mais, doutor Cláudio!

– Demorei, mas vim.

– Meu amigo Glauceste, vem trazendo versos novos? – indagou doutor Gonzaga, com tom de alegria.

– Meu amigo Dirceu, sempre rabisco, de acordo com a inspiração. Trago um soneto novo.

Doroteia, com um ar de riso:

– Queremos ouvir agora.

Pedroco não quis ouvir mais nada. Sentiu-se deveras constrangido na frente da casa da moça, meio oculto pelo cobertor da noite. Afastou-se maldizendo o destino, acreditando que o ouvidor conquistara Maria Doroteia por causa da poesia. Ela devia ter se iludido com seus versos. E aquele português também tocava instrumentos e cantava. Foi aí que o fazendeiro sentiu-se diminuído, massacrado pelas circunstâncias dos acontecimentos. Mas se Jojó Juru quisesse mesmo matar o ouvidor naquela noite, tinha condições. Quando ele deixasse aquela casa, era só se aproximar dele, traiçoeiro como um gato pulando sobre uma rolinha entretida, vazar seu coração com uma punhalada mortal e desaparecer no escondido da noite, como uma estrela cadente que nem deixa um rastro de fumaça. Uma desconfiança crescente passou a palpitar na sua expectativa sobre o serviço do bandido. Naquela noite quase não dormiu, imaginando Maria Doroteia transformada em Marília. Naquele sarau devia estar iluminada por uma beleza que o teria deixado sob o domínio de delírios que a paixão de um homem por uma mulher é capaz de produzir. Achou que não devia chorar, pois era domador de cavalos chucros e aguentava baques duros de pulos e mais pulos, e amar Maria Doroteia era uma suave extravagância que parecia matar aos poucos. Mas chorou e comunicou para si mesmo:

"Preciso matar aquele homem".

Antes do clarear do dia, tocou de volta para a fazenda, não conseguindo mais acreditar que Jojó Juru pudesse mesmo assassinar o ouvidor. Sentiu-se tão decepcionado com aquele camarada bizarro que achou que nem devia mais conversar com ele. Sentiu-se desvalido para o mundo, procurando uma razão para motivar a vida na sua marcha. Em casa, entre os familiares, tentava de todo jeito não demonstrar seu drama sentimental.

– Pedroco, eu quero que você encomende uma imagem de Nossa Senhora das Graças ao mestre Antônio Lisboa. Uma imagem de uns 50 centímetros.

Antes que ele respondesse alguma coisa, o pai disse:

– Deixe comigo, Jô. Amanhã posso encontrar com o Aleijadinho e encomendo.

– Que Aleijadinho, Aristarco? O nome dele é Antônio Francisco Lisboa. Só porque ele está sofrendo aquela doença, o povo dana a chamar o coitado assim.

– O povo tem essa mania, mãe.

– Mas eu não gosto, Pedroco. Ele faz um trabalho tão bonito. Ninguém faz igual. Pega uma pedra-sabão e faz um santo com muita arte.

– A imagem é pra capela, mãe?

– Sim. A nossa imagem é pequena.

– Só espero que a senhora não traga aquele padre Delmano pra benzer a imagem. Ele andou por aqui pra rezar a missa de inauguração da capela, mas acho que o que mais queria era ver se a vovó Sá era feiticeira, pra denunciar à Igreja, e depois, sei lá...

Aristarco foi à casa do Aleijadinho e encomendou a imagem. Trabalho não muito demorado.

– Deus ajude que o senhor se cure, mestre Lisboa. Dá pena ver o senhor trabalhando nessa condição.

– O que o homem tem de passar na Terra é da lei oculta que a nossa vida aqui não consegue entender direito. É do nosso merecimento e necessidade.

– Mas o senhor não tem necessidade e nem merecimento pra sofrer assim, mestre.

– Senhor Aristarco, nem eu me conheço, quanto mais o senhor. Não lembro quase nada de mim... Praticamente nada.

Aristarco ficou todo confuso ao ouvir aquelas declarações. Será que o mestre Aleijadinho estava delirando ou meio fora de si? Era mais razoável mudar de assunto.

– A Jovência quer mandar rezar uma missa pra benzer a imagem, lá na capela que construímos na fazenda, mestre Lisboa. Será que precisa?

– Se ela quer, que seja, mas aconselho só um terço rezado pela vovó Sabença. A reza da vovó, que conheço faz tempão de vida, leva muito mais luz e proteção pra fazenda.

– Mais que a reza de um padre, mestre?

– Vestimenta de religião pode ser só quase enfeite, senhor Aristarco. Pra Deus, o que importa é o que está na consciência e na fé sincera para uma conduta feita somente de boas ações. Fé que é feita de bondade, de respeito e do amor fraterno que Jesus ensinou.

Aristarco ficou somente ouvindo. Sabia que o Aleijadinho era um rebelde e até um revoltado. Talhava imagens representando autoridades com uma expressão meio debochada e dava nome de santos.

Na fazenda Cascata Bela, o tempo corria como um rio quase parando. Pedroco, no seu segredo de paixão por Maria Doroteia, esperando algum acontecimento que pudesse mudar o seu mundo. Jojó Juru ia se transformando em um desencanto. Um nada de homem que não passava de uma bazófia. Um quase beberrão se exibindo com aquela camisa sem mangas, feita de couro de onça-pintada. E foi que levou um susto num dia de sol. Viu o jagunço chegando à fazenda, puxando conversa com o pai:

– Senhor Aristarco, ando procurando quem inventou serviço.

– Aqui você acha, carregando pedra pra fazer cerca, Jojó.

Pedroco estava raspando o pelo do cavalo Chamusco debaixo de uma paineira barriguda. Não gostou nada de ouvir o jagunço chamar o seu nome e informar:

– Vim pra uma benzedura da vovó Sabença. Acho que ando com praga de igreja.

Assim foi dizendo, aproximando-se do moço. Pedroco nem queria estar na fazenda só para não ver aquele tipo chegando ali. Mas

Jojó era seu contratado para aquele negócio. Ficou receoso do que aquele língua sem nó podia tagarelar nas vendas e ruas sobre o segredo que havia entre os dois.

– Quero uma reza de ajuda da vovó, sinhozinho Pedroco.

– Uma benzedura?

– Isso mesmo.

– Anda com algum mal?

– Muitos. Azar atrás de azar.

Pedroco se dispôs a levar Jojó ao rancho da anciã. Nem queria aquele homem perto de casa. Era melhor que ele voltasse logo para Vila Rica. Agora estavam só os dois, caminhando para a choupana da vovó.

– Ouvi dizer que a vó Sabença cura a gente de tudo, sinhozinho.

E abaixando um pouco a voz

– Ainda não fiz o seu serviço por azar. Parece que existe um diabo protegendo aquele homem. Toda vez que tento, não dá certo. Será que eu peço à vovó pra benzer o meu punhal, ou peço a um padre?

– Deixe disso, Jojó. Nem pense em tocar nesse assunto com ninguém. Está louco?

– Não? Mas acho que depois da benzedura da vovó, tudo vai dar certo.

– Eu acho que você devia esquecer esse crime. Esqueça. Já demorou demais.

– Calma, Pedroco. O Brasil vai ser nosso. Ouvi até conversa que no dia que o governador decretar a derrama, vai começar uma guerra. Não sonhei, não.

E Jojó conversando que era uma enxurrada escorrendo no lombo de um monte. Pedroco enjoado com aquela prosa inconveniente. Uma presença feito um entulho no caminho da sua vida. Que besteira ter entrado naquele negócio. Onde ia parar aquela situação?

– Não tenho visto você em Vila Rica, Pedroco. E onde anda o seu desejo de ver a sua menina? Marília vai ficando cada vez mais bonita. Se você quiser, pode mandar lembrança que eu levo pra ela. Hein?

– Cale com isso, Jojó.

– Então fico de bico fechado. Mas só digo que aquela moça vai ser sua.

Duas coisas que Pedroco detestava ao máximo ouvir: "Calma, o Brasil vai ser nosso", e "Marília", que o vagabundo sempre dizia.

– Vovó Sá.

– Entre, menino.

Informou que estava com um homem que queria uma benzedura. Entraram na cozinha do rancho. Vovó informou que o lugar da benzedura era o quarto. Lá ela era mais protegida e mais auxiliada. Jojó olhou para o Pedroco, que ficou na cozinha.

– Sente nesse banco, rapaz de Deus. Está sofrendo o quê?

– Azar que é uma danação, vó.

De repente a voz da anciã parecia vir de muito longe:

– O senhor não anda com Deus, meu filho. Está na companhia de uma coisa extravagante. Influência ruim. Um bicho ruim que o povo chama diabo. A cabeça cheia de maldade, ruindade. Minha benzedura não tem força pra te afastar desse inferno que anda perto da sua pessoa. Pra você limpar o azar da sorte, só com muita reza. Não dou conta de tirar você do mau caminho, se você não quiser. Posso te benzer em nome de Jesus e de Nossa Senhora, mas não vai valer nada se o senhor não mudar o jeito de viver. Anda tão rodeado de espírito mau que, pra ter efeito a minha benzedura, só depois que o senhor for a sete missas e rezar muito. Me desculpe, mas nunca veio ninguém tão carregado assim aqui no meu rancho.

Jojó estava encolhido e desapontado. Pedroco, envolvido por uma nuvem de arrependimento por ter se envolvido com aquele homem, não sabia como urdir com aquela situação de ora em diante. E a vovó o chamou para uma reza em sua cabeça.

– Depois volto, vovó. Agora vou levar o homem.

– Vem pelo escurecer. Você precisa de oração na cabeça.

Apressou-se em afastar com o Couro de Onça.

– Ela viu coisa na sua cabeça. Escutei. Viu que você anda no crime. Vamos fazer uma coisa, Jojó. O seguinte: você esqueça esse negócio de matar aquele homem.

– Esquecer o doutor ouvidor que está te roubando a sua namorada, sinhozinho?

– Certo.

– Você está querendo dizer que eu não tenho coragem e nem astúcia pra fazer o serviço?

– Não, é que... Vamos deixar isso de lado. Tenho de ir a Vila Rica hoje. Vou pegar dois cavalos e vamos juntos.

A presença do jagunço na fazenda era um prego na sua botina furando o pé. Botou tralha no cavalo Chamusco e na mula Cigana. Deu um queijo, uma rapadura e um pedaço de carne de porco ao bandido e ainda ouviu do pai:

– Está atrás de serviço mesmo, Jojó?

– Senhor Aristarco, eu só queria uma reza de benzedura da vovó Sabença. Ando pensando em ir pro Rio de Janeiro trabalhar no porto. E até mesmo ir ajudar pegar negro na África pra trazer como escravo pro Brasil.

– Isso aí vai ser o maior azar da sua vida. Você pode ser transformado em escravo no Rio de Janeiro. E caçar negro na África pra virar escravo aqui é um azar pra levar o caçador pro inferno.

– Eu já ando é rodeado pelo capeta aqui. Viro escravo, não. Não sou negro. Sou fumaço. Mais índio que africano. Se alguém quiser me pegar pra escravo, cai morto.

– Reze, homem, e procure um trabalho honesto.

As mulheres da casa detestaram a visita daquele tipo extravagante. Pedroco se apressou na retirada com o jagunço. Agora não queria mais aquele negócio com o tal homem, mas não pensava em tocar no assunto.

E Jojó, conversador que nem um mascate, continuava afirmando que mataria o doutor da lei. Homem atrevido, que chegara do outro lado do mar para fazer do moço apaixonado um sentimental infeliz. Não dava um tiro de garrucha no ouvidor porque podia ser pego mesmo durante a noite. Com o punhal a manobra se tornava um golpe menos arriscado a ser pego. Será que, se rezasse um pouco, poderia ser ajudado? Hein?

– Sei, não, Jojó.

Pedroco respondia com enjoo. Que o Couro de Onça continuasse falando, meio sozinho. Perguntando patacoadas.

Será que existia algum santo que, recebendo reza dele, poderia ajudá-lo no assassinato do ouvidor?

— Sei não, Jojó.

Pois que já ouvira dizer que São Cipriano aceitava reza de qualquer natureza. Que aceitava pedidos de feitiçaria. Que ajudava homens nas suas maluquices. Ajudava mesmo um homem a conquistar a mulher desejada. Hein?

— Sei disso, não, Jojó.

Então era aconselhável que Pedroco procurasse as rezas de São Cipriano. Que aprendesse a rezar suas falas. E que rezasse na frente da casa da Marília. E também na igreja onde ela fosse rezar. Recurso do invisível existia, sim. Por que não pedia à vovó Sabença uma ajuda de rezas fortes para virar a cabeça da moça? Para que a moça não quisesse mais o doutor da lei e que se apaixonasse por ele às doideiras. Vovó tinha muita força. Era ajudada por deuses africanos.

— Nem quero que ela saiba desse caso...

Era tolice não contar seu caso de paixão à vovó. Sentia que a velha escrava era uma segunda mãe para ele. Ela poderia ouvir tudo e guardar segredo. Bastava que ele pedisse. Ora, devia abrir o jogo com ela. Narrar seu sofrimento. Chorar seu choro com lágrimas de esperança. Seria ajudado com a força de todos os santos da Igreja de Roma e dos deuses da África.

— Que é isso, Jojó?

Era verdade pura que poderia ser ajudado, sim. Mas, que não se inquietasse naquele jogo da vida. Antes que fosse pedir ajuda à vovó, seu punhal faria o trabalho. Marília estaria livre para a sua aproximação num tempinho curto. Esquecesse então vovó Sabença. Esquecesse as rezas de São Cipriano. Ele estava decidido no negócio. Agora queria beber uma dose de pinga.

— Certo. Pago.

Também bebeu uns goles de conhaque com o Couro de Onça, de pé, junto ao balcão sebento da venda do Jureu, que falava sobre as últimas notícias chegadas do Rio de Janeiro. Um menino botou a cara numa das portas da venda e disse:

– Couro de Onça.

Jojó, num tom bricalhão:

– Quer beber cachaça, menino? Eu misturo urina de onça pra ficar mais gostosa.

E riu numa farra de graça. Saíram da venda. Agora queria um dinheirinho para Iaracunhã, sua meio amante, meio esposa.

– Mulher que eu não troco nem pela Marília, Pedroco. Ela tem o gosto de fazer camisa de couro de onça pra mim. Preciso arrumar mais um couro. Você não tem um lá na fazenda?

– Não.

Mentiu. Tinha, sim, um couro de onça-pintada, mas o que desejava agora era cortar seu relacionamento com o tramoieiro.

– É que um couro de onça podia ser parte do pagamento do nosso negócio. Se quiser adiantar o resto do ouro e o diamante, dessa semana o seu infeliz não passa.

Sentiu uma antipatia inchando no peito. Só queria ficar longe do tagarela. Maldita hora que fizera aquele negócio. Temeu que aquele homem pudesse complicar sua vida até consequências muito desagradáveis.

– Jojó, esqueça o nosso negócio. Você não me deve nada e eu não te devo mais nada. Tome aqui um dinheirinho pra sua Iaracunhã. Tudo acabado.

– Mas vou matar o seu inimigo. É certeza. Pode ir se preparando pra ir falar de amor com a Marília, que vai ser sua de casamento na igreja.

Pedroco tocou de volta para a fazenda, montado na mula, puxando o cavalo, baralhando pensamentos preocupados. Jojó podia mesmo assassinar o doutor Gonzaga? Será? Duvidava, mas chegava a acreditar. Outro recurso era seguir o conselho do Couro de Onça: contar seu segredo sentimental à vovó. Era dizer que andava machucado no sofrimento de paixão de amor por uma moça, e que sua esperança estava quase perdendo o fôlego na crença de casar com ela. Precisava da ajuda de todos os santos, de Deus, de Jesus Cristo, de Nossa Senhora. Talvez nesse ponto o vagabundo pudesse até estar com um pouco de razão. Será que a vovó podia mesmo afastar o doutor de Maria Doroteia?

Quando Aristarco chegou à fazenda com a imagem da santa encomendada pela esposa, foi uma alegria.

– Parece mesmo a santa, Nossa Senhora das Graças! Bonita demais! – sinhá Jovência exclamou, espalmando as mãos.

– E a senhora já viu Nossa Senhora das Graças, mãe? – Maria Rita perguntou, mas foi Mariana quem respondeu:

– Nossa Senhora, Maria Mãe de Jesus, é sempre a mesma. O pessoal é que inventa nomes pra ela, conforme o lugar.

A imagem foi levada para a capela. Os negros foram admirar o trabalho do Aleijadinho. Vovó Sabença tocou os pés da imagem com a mão direita e beijou os dedos. As negras e os negros fizeram a mesma ação. E também dobraram os joelhos.

– Eu queria mesmo é uma missa aqui pra abençoar a imagem – disse sinhá Jovência.

– Jovência, tem padre por aí que até acha que a gente é bobo porque os negros daqui não são escravos. Deixe esse pessoal da igreja pra lá – respondeu Aristarco.

– Mas é a Igreja que salva, Ari.

– Sei não. Prefiro até acreditar mais na vovó Sabina, que fala que Deus vê mais é o que a pessoa faz a vida inteira, em cada momento da conduta. Será que Deus está de acordo quando vê um padre excomungando uma pessoa e dizendo que a pessoa vai pro inferno quando morrer?

– Só sei que esse povo tem muito poder, Aristarco.

Pedroco entrou na conversa:

– Muito poder aqui na Terra. E lá no outro mundo? Como diz a vovó Sá...

– Só sei que eu não sei nada – a mãe declarou, num tom humilde.

Pedroco tinha sua esperança sentimental adoentada, febricitante. Sentia-se perdendo o fôlego ao tentar se equilibrar com as pernas da esperança. Olhava para o horizonte da vida e parecia ver

Maria Doroteia se distanciando cada vez mais, sendo escondida por nuvens escuras. Mas não podia perder a fé que alimentava a esperança. Ou uma dessas virtudes que sustentava a outra. Às vezes a vida parecia uma jornada sem graça. Aquela motivação de buscar a felicidade se enfraquecia toda vez que ouvia a palavra "Marília".

Levínia conversava com suas irmãs sobre o romance do poeta ouvidor, que nos versos se chamava Dirceu. Um namoro muito comentado em Vila Rica. Não dava para ficar perto ouvindo aquela prosa por muito tempo. O jeito era sair. Fugir quase de si mesmo. Doutor Gonzaga ia se casar com Maria Doroteia, transformados pela poesia daquele poeta em Dirceu e Marília. Vida excomungada pela sorte no amor. Às vezes queria conversar com Levínia sobre aquele romance que machucava demais sua alma, mas seria uma prosa inconveniente, recheada de mágoa. Considerava-se vivendo em trapos sentimentais. Entretanto, dava ordens ao coração:

– Não desanime. Pode acontecer alguma coisa.

Acabou por achar que Jojó Juru tinha razão naquele conselho para um pedido de ajuda sentimental à vovó. Sentia-se mais seguro em contar seu caso a ela do que confessar seu drama de amor à própria mãe, ou a uma irmã. Pressentia que todo mundo ia dizer que ele devia esquecer aquela moça, que já estava presa a um caso que não seria desfeito, e era melhor que ele procurasse outra. Estava preparando o espírito para a consulta com a anciã quando recebeu um recado do negro cantador:

– Ioiô Pedroco, a vovó Sá mandou dizer que é pro sinhozinho ir lá no rancho dela. Que o sinhozinho precisa de uma benzedura.

Desconfiava que a vovó pudesse mesmo receber informações do invisível. Mistério de coisas inatingíveis. Será que ela podia estar sabendo que ele queria sua ajuda? Que precisava das suas rezas? De uma benzedura para curar doença de paixão de amor?

Pelo escurecer de um dia sem graça chegou ao rancho da vovó, tentando animar a esperança. Chamou-a com voz sofrida. Ela respondeu com voz acolhedora. Voz maternal. Declarou que lhe mandara um recado porque sentia que precisava de auxílio já que andava no terreno escorregadio de um perigo de morte.

– Sua cabeça mudou pro coração, ou o seu coração mudou pra sua cabeça, ioiô meu filho. Por que anda assim?

Pedroco arregalou os olhos. Boquiaberto. Vovó Sabença estava com a mão direita sobre sua cabeça, prensando os cabelos. Sentia seu calor. Uma estranha emoção tomou conta do seu espírito. Chegou a acreditar que a vovó podia ajudá-lo, que daria um jeito milagroso de fazer Maria Doroteia se tornar sua esposa. Sua voz saiu meio arrastada:

– Vovó, coisa assim de gostar demais de uma moça...

– Sinto que você anda doente por causa disso. E faz tempo. E você queria casar com essa moça, Pedroquinho?

– Queria.

– Tem uma montanha no caminho que não deixa você chegar perto dela? Vejo que sim. Coisa difícil. Não anda assim a sua sorte?

– Anda, vó.

– Vejo andando com você a tristeza do amor. Quando a paixão cega uma pessoa, ela perde o rumo certo da vida. Fica desnorteada. Vai da beleza para a loucura. Vai da paz para o crime. E então, quando a paixão é renegada pela outra pessoa, aquele que sofre acha que entrou no inferno em vida. Quase tudo cai no sem-valor. Ouro não vale mais nada. Diamante brilhante perde o brilho. A comida fica sem gosto. Nem tem mais contemplação para as flores. Vê a pessoa da paixão até nos fantasmas que a noite esconde. Escuta a voz dela até no canto dos passarinhos, no urro da cascata, no berro das vacas. Ninguém entende direito a causa de uma pessoa se sentir um nadinha por não conseguir realizar uma paixão de amor. Tem gente que mata e gente que morre. Mas você não pode fazer uma coisa dessa natureza de loucura, fiinho.

– Mas, vó, eu só queria casar com ela.

– O destino do casamento tem um segredo que vem de longe. Do invisível. Tem um nó que, às vezes, pode ser desamarrado pelo erro do desarranjo do desejo. Tem até o interesse pela riqueza, quando o amor fica mais fraco do que a ambição. Mas torno a dizer que você não nasceu para matar ninguém. Tem um coração cheio de bondade. Mas esse desejo de casar com essa moça escureceu o seu jeito de agir. Anda com pensamentos turvos. Com uma intenção mais escura que a escravidão. Anda bem afastado de Deus. Pode até cair num abismo sem fundo. Pode perder tudo. Até a vida de agora na Terra. E não só perder essa moça por causa da ilusão da paixão, mas fazer sofrer demais a sua alma.

– Vovó, será que ainda vou casar com ela e ser feliz?

– Vejo que você vai ser feliz no casamento...

– Com ela?

– Não consigo entrar nessa profundidade da sua alma.

– Mas, pra ela me querer naturalmente, o que eu devo fazer?

– Vou lhe dar uma direção, mas com Deus. Esqueça qualquer tipo de crime.

– Entendo.

– Essa moça que deixa você desequilibrado tem namorado?

– É isso mesmo.

– Se o destino dela estiver ligado a esse homem, os desvios da natureza humana podem até quebrar essa ligação, mas não é fácil.

– Só que eu quero essa moça pra mim, vovó. Não existe um jeito da senhora pedir aos santos essa ajuda?

– Ioiô Pedroquinho, meu filho, vou te dar uma via sacra. Reza e mais reza. Só Deus é quem sabe e quem pode.

– Eu tenho fé, vovó.

– Você vai assistir a sete missas em sete igrejas diferentes. Depois de ir a sete missas numa igreja, passe pra outra e participe de mais sete lá. E assim até terminar essa via sacra.

– Quarenta e nove missas, vovó?

– É assim que eu vejo uma possibilidade de você ser feliz no casamento.

– Casamento com *ela*?

– Aí não tenho capacidade pra dizer... Só sinto que você deve se apegar com Deus. Quando for a Vila Rica, não leve arma de fogo e nem punhal. Não pense em crime. Espírito mau, que o povo chama de diabo, anda sempre atiçando pra matar o próximo, aquele que anda com a intenção do crime na cabeça.

– Pois eu vou fazer essa via sacra. Mas não conte esse caso meu pra ninguém, vovó.

– Não vou contar. Fique sossegado. Com Deus, Jesus e Nossa Senhora no coração. E eu fico aqui rezando pra te ajudar. Agora pegue um raminho de arruda lá no terreiro. Preciso benzer a sua cabeça.

Pedroco buscou um raminho de arruda e recebeu a benzedura, acreditando que alguma coisa ia mesmo acontecer para afastar o ouvidor de Maria Doroteia. Deixou o ranchinho da vovó com a esperança renovada. Sempre ouvira dizer que os escravos tinham deuses africanos, então que eles o ajudassem também.

"Mas será que esses deuses africanos podem ajudar mesmo? E por que deixam os negros serem caçados lá na África e serem trazidos para o Brasil como escravos? Não sei, não, se devo pedir ajuda a esses deuses..."

A primeira missa de que participou foi na igreja do Pilar dos Nobres. Maria Doroteia estava presente, com o seu pessoal, sem o namorado. Pedroco acreditou que o seu compromisso com aquela via sacra de missas já pressagiava um bom começo. Uma coincidência favorável. Quando a missa terminou, ele ficou de pé na frente da igreja, enquanto ela foi saindo com seu pessoal. Num desvio dos olhos, lançou um olhar no rosto dele. O moço estremeceu. Acreditou que a moça descobrira nele a cor indefinível do amor, que o descobrira como alguém que poderia entrar no coração dela. Era outra coincidência positiva. Caminhou para casa com a ilusão fazendo o sentimento pulsar com os impulsos da esperança. Montou na mula, passou em passo lento na frente da casa dela, sem conseguir vê-la mais uma vez. Entretanto, viu pouco depois o doutor Gonzaga.

"Azar. Quero ver uma flor, vejo um espinho."

Sem pressa tocou para a fazenda, pensativo. Quarenta e nove missas em sete igrejas diferentes? Quando iria terminar essa via sacra? Acreditou que enquanto estivesse cumprindo aquele ritual, alguma coisa iria ocorrer para dar fim ao namoro do ouvidor com Maria Doroteia. O delírio da paixão tem o poder de inventar o absurdo dos absurdos. Agora não queria mais se encontrar com Jojó

Juru. Tomara que o Couro de Onça fosse até embora de Vila Rica. Entretanto, depois de participar da segunda missa na mesma igreja, não teve a mesma sorte de ver a moça, mas o azar de encontrar Jojó Juru na rua, esperando por ele.

– Sinhozinho Pedroco, homem de Deus, está querendo virar padre agora? Só por que acha que nunca vai conseguir a Marília?

– Nem vamos falar nisso, Jojó.

– O serviço está quase feito. Ajustei um escravo que prefere morrer a continuar sendo escravo. Vou dar um dinheirinho pra ele matar o namorado dela. Ele disse que mata e some no mundo. Se for pego, não vai ligar porque não se importa mesmo de morrer. Só não quer ser escravo.

– Você está louco, Jojó? Se esse escravo fizer esse serviço e for pego, vai dizer que foi contratado por você e você vai dizer que eu sou o mandante do crime! Eu já lhe pedi pra esquecer esse negócio. E que você pode ficar com o que eu já lhe dei. Você demorou tanto que eu percebi que o crime de paixão traz muito mais azar e que esse azar pode transformar a vida na maior desgraça do destino.

– Então desfaço o negócio com o escravo. E só queria um dinheirinho pra levar uma carninha de porco pra Iaracunhã.

– Certo. Eu te arrumo esse dinheirinho.

– Eu te proponho um outro negócio, sinhozinho. Posso ir a uma encruzilhada na noite de Sexta-Feira da Paixão, que vem chegando, pra um encontro com o diabo. Eu faço um negócio com ele em seu nome. Se você não tem coragem, eu tenho. Pode até me adiantar metade do que eu tenho ainda pra receber. Sem crime de morte, você vai casar com a moça.

– Jojó, vamos fazer de conta que nunca fizemos negócio nenhum. O meu negócio agora é me apegar com Deus.

– Mas você acha que o diabo não é ajudante de Deus? Pois é, sim, senhor. Dizem que Deus manda muita gente pro inferno pra dar serviço ao diabo. Eu já escutei gente da igreja explicando isso. E acredito.

– Isso é besteira.

– Como eu quero te ajudar de verdade, vou, sim, encontrar com o dito-cujo capeta na noite de Sexta-Feira da Paixão e fazer o negócio. Mesmo que você não me autorize, vou desobedecer. Só pra te ver feliz.

– Não autorizo e você não vai fazer isso – Pedroco foi enérgico, mas o Couro de Onça ignorou.

– Vou e vendo a minha alma pro diabo. Quero é ver você feliz com a Marília. Sabe, combino com o diabo pra ir trabalhar no inferno quando eu morrer. Pago a minha dívida com trabalho.

– Vou até embora, Couro de Onça.

– Calma, sinhozinho. O Brasil vai ser nosso e a Marília vai ser sua.

O moço achava que Jojó chamava Maria Doroteia de Marília só para deixá-lo invocado com o crime. Deu-lhe um dinheirinho e foi se afastando, ouvindo:

– Querendo ou não, eu vou fazer o negócio com o diabo. E você vai ver que alguma coisa vai acontecer pra afastar aquele doutor da lei daquela moça, que vai ser sua para o resto da vida.

– Me esqueça.

– Nem vamos beber um conhaquinho juntos?

– Não quero. Não bebo mais.

– Então vai perder uma boa parte da vida.

O apaixonado caminhou alguns passos e olhou para trás. Jojó ia caminhando no sentido oposto. Estava usando uma camisa de couro amarelo, de onça-suçuarana.

"Como é que fui entrar nessa maçaroca? Esse Jojó é o diabo em pessoa."

Durante todo o caminho para casa foi pensando na enrascada em que se encontrava. Será que o Couro de Onça combinara mesmo com um escravo para matar o Doutor Gonzaga? Será que tinha mesmo a coragem para ir a uma encruzilhada para encontrar o diabo e fazer negócio? Qualquer coisa que pudesse fazer o ouvidor se afastar de Maria Doroteia era válida. Entretanto, acreditou que Jojó era um farsante de marca maior e que ele estava nas mãos daquele sagaz embromador. Desde que o Couro de Onça não contasse a ninguém sobre aquele negócio, tinha de suportá-lo.

Sinhá Jovência decidiu não levar um padre para uma missa de bênção para a imagem de Nossa Senhora das Graças. Ela própria ia rezar o terço no Sábado de Aleluia, pelo anoitecer. Convidou a família de Levínia e a do noivo de Maria Rita para a festinha religiosa. Naquele dia iam fazer um almoço caprichado e assar quitandas. Os negros já tinham deixado o forno cheio de lenha. Antes do amanhecer, o fogo estava aceso. Pedroco participara de quatro missas na igreja do Pilar dos Nobres e achava que a vovó lhe dera uma via sacra muito demorada. Ela bem podia ter pedido que ele rezasse quarenta e nove terços na capela da fazenda ou no mato.

– Quanto mais difícil um trabalho realizado, mais intensa é a alegria do bom resultado – ela afirmava.

Antes das duas famílias, quem chegou foi Jojó Juru. Ao ver aquele tipo se aproximando, Pedroco balançou a cabeça negativamente. Mariana interrogou:

– O Pedroco te convidou pra vir rezar hoje aqui, Couro de Onça?

– Não, mas, como eu ouvi dizer que hoje vai ter uma reza aqui na capela da fazenda, pra benzer a imagem de Nossa Senhora, vim rezar também. É que eu sou um devoto da santa. E ela sempre me ajuda. Ninguém precisa pensar que eu vim aqui pra comer. Nem precisam me dar nada de comer ou de beber. Água eu posso beber no córrego. Também gosto de caçar. Por Deus e Jesus Cristo que só vim aqui pra rezar.

Aristarco disse ao farsante que ele podia ficar à vontade na fazenda. Comida não ia faltar para ninguém. E Jojó se deixou ficar folgadamente. Chamou Pedroco para ir ao rancho da vovó.

– Quero pedir a bênção dela, sinhozinho Pedroco. Ela disse que eu devia rezar. Ando rezando muito e tendo mais sorte.

Agora o moço tinha de entreter aquele abelhudo. E foram indo devagar para o ranchinho da vovó. Jojó, com voz de bazófia, informando do negócio que fizera com o diabo na noite de Sexta-Feira da Paixão.

Tinha ido encontrar com o dito demo. Chamara o bicho para uma conversa de negócio. Noite erma. Lá num lugar de solidão aonde o canto do galo não chegava. O vento cochichava nos matos. Na sua prenhez a lua andava só com a metade da barriga por cima dos montes. Levara arma de fogo nenhuma pra não assustar o dito-cujo.

– Você foi mesmo, Jojó? De verdade? Não acredito.

Jurou pela santa da capela da fazenda que estivera com o diabo. Verdade pura. Só queria a felicidade no amor para o moço. E, enquanto esperava o capeta, passou um redemoinho. Ouviu uma voz no vento:

– Já vou indo.

– E você não ficou com medo, Jojó?

Medo coisa nenhuma. O jagunço afirmou que era que nem tamanduá bandeira que abre os braços para abraçar uma onça-pintada. E logo o diabo pinicou uma viola num ponteado de gostosa melodia. Os tinidos da viola de aproximando. Aguentou firme. Sentiu um arrepio na nuca, para dizer a verdade. Uma onda de frio percorreu a espinha. Mas não era medo. Era só emoção. Quando viu o vulto do diabo, os cabelos da cabeça ficaram de pé, esticando como espinhos de luís-cacheiro.

– E você não fugiu, Jojó?

Que fugir, que nada. Nunca. O diabo parado, ali pertinho dele. Não conseguia ver a cara do bicho, mas ouvia sua voz: "Que negócio você quer comigo, homem corajoso?". Respondeu que queria ir trabalhar no inferno depois que morresse, mas queria que o poderoso do mal desse um jeito de arranjar o casamento do moço Pedroco com a jovem Marília. E que o negócio era por conta dele. O moço não tinha nenhuma ligação. Não precisava ir para o inferno.

– Não acredito, homem.

Jojó Juru pediu então que Pedroco esperasse. O tempo ia mostrar tudo. Alguma coisa ia acontecer no destino do doutor Gonzaga, e Maria Doroteia ia ficar sozinha. E iria se apaixonar por ele. Esse arranjo estava já nas mãos do diabo, que fora embora sem mostrar o rosto, dizendo: "Tudo vai estar no meu domínio, homem corajoso. E você vai ser um trabalhador dos nossos. Até um dia".

– Jojó, Couro de Onça... Você é um sujeitinho peralta.

– Sou seu amigo, ioiô Pedroco. Parceiro fiel. Sabe, eu não queria nada visitar a vovó. Só queria trazer você pra longe da sua casa pra te contar sobre o meu negócio com o diabo. A vovó Sabença vê coisas do outro mundo, eu sei. Capaz que ela enxergue o meu encontro com o diabo e vai me renegar.

E mudou de assunto. Queria caçar. Iaracunhã estava grávida, com desejo de comer uma ave do mato num molho e também frita. Podia ser um jaó, um mutum, uma jacutinga, uma perdiz ou mesmo um inhambu. Ora, mulher grávida com o desejo de comer uma coisa, se não comesse, podia perder o bebê. E ele estava ali em busca da satisfação do desejo da companheira. Só que precisava de uma arma de fogo com munição. Depois de matar uma ou duas aves galináceas do mato, iria embora. E ficou esperando o moço buscar um bacamarte.

– Mato um passarinzão e vou embora logo, sinhozinho.

– Vou pedir ao Zaragato pra ir com você, Jojó. Ele tem faro de cachorro[5] atrás de bicho.

---

5. "Cachorro" era uma expressão muito usada entre caçadores para designar um caçador experiente.

Jojó e Zaragato saíram para a caçada. O Couro de Onça contando proezas. Caçava onça como ninguém. De vez em quando ia buscar uma onça pintada para tirar o couro. Já matara uma fera com uma espada dentro de uma gruta. Iaracunhã gostava de fazer camisa de couro de onça para ele.

A família do Olivério, pai da Levínia, chegou à fazenda quase uma hora antes da família do Nilácio, noivo da Maria Rita. Reinava aquele clima de festa. As mulheres com as mãos na massa, principalmente as negras. Sinhá Jovência dava ordens. As moças conversavam muito. Pedroco não queria jogar baralho com os homens. Queria ficar meio sozinho, pensativo. Jojó Juru podia mesmo ter encontrado com o diabo e feito o tal negócio? Será que podia ter conversado com um espírito mau? Que aquele tipo tinha um jeito de feiticeiro, não podia negar.

Pedroco desejava conversar com Levínia a sós. Talvez surgisse uma oportunidade. Alimentava a coragem para fazer perguntas sobre o namoro de Maria Doroteia com o doutor Gonzaga. Assim, num tom de curiosidade apenas. Talvez ouvisse alguma informação positiva para a sua esperança. Achava que Levínia gostava de conversar com ele. E foi na cozinha, quando as irmãs e as outras moças estavam lá perto do forno com biscoitos assando. A filha do Olivério entrou para ir beber água no pote. Ali estava o moço, que recebeu um olhar brilhante e um sorriso. Com a voz aos empurrões, indagou:

– Sua prima Maria Doroteia vai mesmo casar com o doutor ouvidor, Vina?

– Tudo indica que sim. Ela até já exige ser chamada de Marília. É que o doutor Gonzaga escreve poesia pra ela. E nos versos o nome dela é esse.

– E ela gosta mesmo dele ou é por causa da poesia?

– O jeito que mostra é de estar apaixonada num amor sem fim. Por quê? Está com ciúme, Pedroco?

– Eu?

Este "eu" saiu como se viesse de um susto. E ficou pálido. Estava encostado ao fogão e, sem perceber, colocou a mão direita sobre a chapa quente.

Agora ele não sabia o que dizer, encabulado como se tivesse cometido um erro e quisesse sair correndo de vergonha. Levínia parecia ter penetrado no seu sentimento. E, ainda mais atoleimado, disse:

– Vai dizer nada disso pra ela, não, Levínia.

– Vou dizer nada, não, bobinho. Mas o seu olhar não consegue esconder um certo brilho. E a sua voz denuncia alguma coisa oculta no sentimento. Se você quiser disputar a Marília com o Dirceu, tem de escrever versos pra ela.

– Eu? Nem sei escrever versos. Não sou disso.

– Mas você anda mesmo com o coração despedaçado por ela, Pedroco?

– Deus me livre.

– Ah, sei...

– Perguntei por perguntar.

Mariana chamou Levínia para um passeio lá na cascata. Dia de sol derramando luz e calor sobre os montes e os vales. Levínia ainda perguntou a Pedroco se ele não queria ir à cascata com elas. Talvez aparecesse alguma onça ou uma jararacuçu, e elas precisavam de proteção. Não. As moças podiam ir sozinhas, sem medo. Ele ia jogar baralho com os homens. Mas não foi para a mesa do jogo. Rumou para a casinha onde guardavam ferramentas, tralhas dos animais de montaria e outras coisas. Lá também havia um barril de aguardente. Abriu a torneira e pegou um pouco de bebida. Bebeu quatro goles grossos e saiu sem destino. Queria estar arrependido por ter perguntado a Levínia sobre o namoro do doutor Gonzaga com Maria Doroteia, mas também não queria estar. Aquela prosinha fora uma espécie de desabafo. Se Jojó Juru tivesse mesmo feito aquele negócio com o diabo, talvez acontecesse alguma coisa para separar aqueles dois. Mas dava para acreditar naquele sujeitinho traquinas, tratante, sem cumprimento de palavra? Um tipo que nunca vira igual até então.

Naquele instante as moças tomavam banho no poço da cascata, vestidas, gritando e falando alto. Pedroco as ouviu naquela algazarra alegre e foi caminhando por uma trilha no mato. Era melhor ter ido caçar com o Couro de Onça e com Zaragato. Mas também não queria ficar ouvindo as bazófias daquele meio índio, meio negro que dizia ter sangue de branco também. Sentia até uma vontade inexplicável de ir para Vila Rica. Na cidade poderia ver Maria Doroteia naquele fim de semana com festas religiosas. E ver aquela moça era sentir um deslumbramento sem medida. Num descuido, um pensamento atrevido o levou a sussurrar:

– Mato aquele homem.

Olhando para o cachorro Pajé, que estava atrás dele, disse em voz alta:

– Melhor é conversar com você, Pajé. Você me entende.

Caminhou ainda para frente, contemplando os matos verdes, ouvindo os passarinhos com seus diferentes sons. Ouviu um tiro. Era o Couro de Onça, que acabava de derrubar uma jacutinga de um galho de árvore. Zaragato matou um mutum e chamou o companheiro para a volta. Tinha instruções de que não deviam matar muitas aves no mato da fazenda. Ao ver Jojó carregando as duas aves, Pedroco disse:

– Agora você pode ir embora contente, né, Jojó?

– Agora vou.

Mas, ao ficar a sós com o moço, Couro de Onça pediu um dinheirinho. Iaracunhã tinha somente o vestido do corpo. Precisava comprar um tecido para sua amada. Não havia escape. Arrumou o dinheiro e disse:

– Vai com Deus.

Jojó riu seu riso feito de bazófia e expressou:

– Como tem Deus no céu e o diabo no inferno, você vai casar com ela, sinhozinho. E vai ser mais feliz que eu com a minha Iaracunhã. Eu podia até ficar aqui e dormir no paiol da fazenda, mas...

– É melhor você ir levar o mutum e a jacutinga pra Iaracunhã. Se demorar muito, ela pode perder o neném. Você vai ser pai pela primeira vez?

– Isso eu não sei. Já tive caso com mulher índia e negra até na Vila de Goiás. Mas você bem podia me levar a cavalo, Pedroco. Já andei demais hoje. Estou cansado pra burro.

A melhor saída era retirar aquele tipo da fazenda. Arreou um cavalo para Jojó e a mula Cigana para ele. Saíram meio escondidos. Couro de Onça levando as duas aves, contando suas vantagens. Voltou a falar no encontro que tivera com o diabo e que Pedroco podia ficar na espera de um acontecimento que ia separar o ouvidor de Maria Doroteia. Iaracunhã ouviu os cascos dos cavalos chegando ao terreiro da sua casinha e apareceu logo na porta. Na voz dela havia surpresa.

– Voltou logo, Jojó! Pensei que você nem voltava hoje.

– Meu amigo Pedroco me trouxe. Quem tem amigo não morre enforcado.

Pedroco se apressou em voltar para a fazenda. O pai o interrogou com surpresa. Ora, fora levar aquele sujeito a Vila Rica. Não podia deixá-lo na fazenda. Ele podia beber e dizer bobagem.

– Ele diz por aí que é seu amigo, Pedroco. É cada amigo que você arruma que não dá nem pra acreditar.

– Amigo nada, pai. Já conversei com ele. E fui besta de beber algum conhaque com ele. Agora virou uma sarna em cima de mim. Uma urtiga.

O almoço foi servido com fartura, apesar da crise que atingia Vila Rica. Impostos exorbitantes, muita gente devendo ao império português, sem ter como pagar. A expectativa da derrama para massacrar o povo de uma vez. Mas na fazenda Cascata Bela havia abundância de alimentos. Cultivavam os cereais que podiam. E vendiam carne bovina, suína e frangos em Vila Rica. Produziam queijo, rapadura e açúcar moreno. Na certa, Aristarco escolhera outro tipo de vida por causa do pai, que, devido à sua imprudência, fora assassinado pelos soldados da milícia, e vivia com certa segurança, sem se comprometer com as autoridades.

Mais tarde as quitandas começaram a ser retiradas do forno e colocadas em balaios. Biscoitos salgados e doces de polvilho, bolos de polvilho e de mandioca, brevidade. Pedroco sentia uma forte vontade de beber. Olhava para Levínia e recordava Maria Doroteia de maneira mais intensa.

Bartileu Ramalho e Abílio Cedrim chegaram montados nuns cavalos bonitos quando todos já estavam comendo quitandas.

Entraram na comilança, mas queriam também tomar banho no poço da cascata. Pedroco, embaraçado em pensamentos brotados da sua paixão por Maria Doroteia, pegou a acreditar que Jojó Juru teria mesmo tido um encontro com o diabo, e que alguma coisa poderia acontecer para separar o ouvidor daquela moça. Enlevos da paixão podem inventar fantasias fantásticas no sentimento da pessoa apaixonada. Escravizava-se com a ilusão naquela possibilidade.

Pelo anoitecer, sinhá Jovência chamou todo o pessoal para o terço em louvor à imagem da santa. Algumas pessoas ficaram do lado de fora, mas vovó Sabença foi colocada ao lado do altar. O escravo Dongo cantou.

Por Deus, aqui na capela,
a gente pode rezar,
sem medo da escravidão
que faz o negro chorar.

Duas famílias passaram a noite na fazenda, mas Bartileu e Abílio voltaram para Vila Rica, tentando levar Pedroco, sem sucesso.

– Vou só amanhã de manhã pra missa...

– É mesmo – Bartileu ironizou. – Parece que você está virando igrejeiro. Não era assim. Agora, todo domingo está na igreja.

– Deve estar querendo virar padre – Abílio Cedrim disse e soltou uma risada.

Ninguém devia saber que ele estava naquela corrente de quarenta e nove missas em sete igrejas. Sua dedicação à via sacra, instituída pela vovó, podia ajudá-lo de verdade. Estava acreditando naquele auxílio com uma fé avantajada. Para complementar havia o encontro do Jojó com o diabo. Extravagante esperança iludindo o coração. Levantou-se antes de todo mundo, arreou a besta Cigana e tocou para Vila Rica. Maria Doroteia devia estar na igreja Pilar dos Nobres para a missa do Domingo de Páscoa. Talvez o doutor Gonzaga não estivesse. Ficou na expectativa, ali perto da igreja.

Marília e seu pessoal saíram caminhando sem pressa. Doutor Gonzaga foi ao encontro da namorada. Cena que dava desgosto.

Ela parecia mais bela. Talvez por ser domingo. Passou perto dele e até lançou um olhar para o seu lado.

"Acho que não vou entrar na igreja hoje, não."

Acabou se convencendo de que precisava participar de mais uma missa. Quanto antes terminasse aquela via sacra de missas, tanto melhor. Entrou e sentou-se no último banco. Mesmo lá dentro da casa de orações, sentiu um pensamento pecaminoso declarando:

"Eu precisava matar aquele doutor".

Ao se lembrar de que estava num templo de orações, sentiu-se desapontado e ficou ainda mais constrangido quando, na hora do sermão, o padre disse:

– Não devemos pecar nem com o sentimento nem com o pensamento. Muito menos em obras. As ações levam as pessoas para o inferno.

Pedroco sentiu vontade de sair da igreja e voltar para casa, mas resistiu ao impulso. Recebeu a bênção coletiva e foi o primeiro a sair. Não queria conversar com ninguém. Ficou esperando para ver a noiva do ouvidor passar. Para o seu lado ela não olhou, dessa vez. Mostrava uma alegria que fazia o rosto brilhar e sua beleza perturbava o moço fazendeiro, que ficou observando a amada se retirar. Não dava para demorar em Vila Rica. Montou na besta e voltou para a fazenda. Levínia se aproximou dele quando descascava umas espigas de milho para a mula.

– Viu a Marília, Pedroco? – ela interrogou, num tom de galhofa:

– Que Marília, Vina? Fui à missa...

– Se você quiser mandar lembrança pra ela, eu levo.

Será que Levínia vinha observando seu sentimento por conta da prima?

– Brinca não, Vina – achava que não queria continuar o assunto, mas fraquejou. – Só sei que eu queria casar com ela. Mas fala pra ninguém, não. Andei por aí feito um bobo.

– E você acha que eu não percebi? Só que agora é muito tarde. O doutor Gonzaga é poeta. Escreve versos de amor pra ela. Vão se casar. Mas, se você também escrever uns versos de amor pra ela, posso levar. Invente outro nome pra você e pra Marília.

– Eu, Vina? Não sei escrever versos.

– Posso falar que você mandou lembrança de amor pra ela?

– Você está doida?

– Pois eu vou falar.

– Não. Só quando eu criar coragem. Aí vou e declaro rasgadamente...

– Sem medo do doutor Gonzaga?

– Se chegar o tempo certo. Tudo pode acontecer. Mas, por favor, Vina, não vá dizer nada disso por aí.

– Guardo segredo – no olhar dela uma expressão de desdém.

Na solidão, lá perto da cascata, Pedroco sentiu-se mais sentimental que nunca. Extravagantemente ousado. Chegou a achar que devia ter pedido mesmo a Levínia que mandasse um recado de amor à prima. Se estava naquele deslumbramento sofrível de paixão, devia entrar no caso para se arrasar. Sair morto, ferido ou muito vivo. Ficava encabulado sobre como Levínia penetrara no seu sentimento. Já teria lhe confessado alguma coisa a respeito da

noiva do ouvidor? Será que já deixara escapar alguma informação traiçoeira? Ou ela o surpreendera embasbacado num êxtase de paixão olhando para Maria Doroteia?

"Não tenho medo daquele doutor."

No domingo seguinte foi para Vila Rica participar de mais uma missa. Talvez Levínia tivesse mesmo comunicado à prima uma lembrança de amor da sua parte. Aquela moça era meio traquinas.

"Seja tudo levado ao diabo."

Chegou a resmungar na entrada de Vila Rica. E foi desenvolvendo em si uma coragem que não tinha. Paixão pode ter a ousadia para cometer escândalos inconcebíveis. Num clima de paixão desatinada, o coração é um cavalo desembestado correndo morro abaixo, até, certas vezes, cair num abismo. Montado na mula Cigana, Pedroco sentia-se mais macho, mais poderoso, mais elegante. Passou na frente da casa de Maria Doroteia. Se Levínia tivesse mesmo lhe comunicado alguma coisa sobre seu estado sentimental, a moça haveria de olhar para ele com olhos diferentes: talvez interrogativos, fugitivos ou assustados. Não viu a noiva do doutor da lei. Entrou na igreja para cumprir o ritual daquela corrente e viu Levínia sentada na parte das mulheres. Agora estava curioso para ouvir aquela moça. Depois da missa, ela se aproximou e disse:

– Vai lá em casa que eu quero lhe mostrar uma coisa sobre a Marília, Pedroco.

Sentiu-se ainda mais curioso. Talvez Portugal tivesse chamado o ouvidor de volta para terras de além-mar. Alguma coisa tinha de acontecer, ou por causa das missas que estava participando ou por conta do negócio que Jojó Juru fizera com o diabo. Mas o Couro de Onça tivera mesmo um encontro com o diabo para uma negociação a seu favor? Naquele estado ilusório, dava para acreditar em quase tudo. Levínia esperava por ele na entrada da casa. Antes de mostrar-lhe um pedaço de papel com uns versos, interrogou:

– Por que as meninas não vieram, Pedroco?

– Sei, não. Ficaram por lá.

– Olhe só o que eu copiei na casa da Marília. Uns versos do doutor Gonzaga. Quer ler ou quer ouvir?

– Pode ler.

Levínia caprichou na harmonia da voz:

Não sei, Marília, que tenho
Depois que vi teu rosto;
Quando não é Marília
Já não posso ver com gosto.

A prima de Doroteia parecia querer machucá-lo ainda mais. Disse-lhe que sua esperança de se aproximar da musa daquele poeta nunca ia dar fruto. Que já estavam noivos e que o ouvidor só esperava uma autorização da rainha louca para se casar com Marília. E ela, apaixonada por ele, andava em delírios entre nuvens. Às vezes ficavam namorando, ele na janela de sua casa, ela de pé na saída da casa do tio.

– Leve esses versos pra você, Pedroco. Ah, você pode disputar minha prima com o doutor poeta na poesia. Escreva uns versos que eu levo pra ela.

– E você falou de mim pra ela?

– Ainda não, mas posso falar. Tenho sua autorização?

– Sei, não.

– Eu posso falar que existe por aí um moço rico fazendeiro que morre de amor por ela.

– Assim, pode falar. Mas não conte pra ninguém. Pelo amor de Deus.

– Leve esses versos pra você. Quem sabe você arruma inspiração pra escrever poesia ou arranja alguém pra escrever. Invente outro nome pra ela. Eu escrevo uns versinhos.

Pedroco pegou o papel com os versos, contrariado, azedo. Fazer o que da vida, que se tornava cada vez mais sem graça? Despediu-se de Levínia, que ficou observando seu estado lamentável. Caminhou um pouco, sem saber se voltava para a fazenda ou se ficava na cidade. Ouviu a voz do Jojó Juru chamando:

– Sinhozinho Pedroco. Tenho um negócio pra você.

– Você é um pinta-braba, Couro de Onça.

– Já viu a menina hoje?

– Nem quero falar nisso.

– Pois bote esperança na sua espera.

O negócio era que Jojó queria que o moço comprasse um escravo de um português que estava de volta para Portugal. O negro Jomão. Bom de serviço e obediente.

– Já falei com o escravo sobre a sua bondade e ele ficou na esperança que você vai fazer o negócio com o português. E que ele vai morar lá na fazenda. Se você comprar o Jomão, sinhozinho, isso vai lhe dar sorte no amor.

– Couro de Onça, você inventa cada coisa. Lá na nossa fazenda negro não é escravo.

– Assim foi que eu falei pra ele. Vamos ali ver o escravo.

Foi ver o escravo à venda. Era um negro forte, com uma cara de medo, os olhos assustados, preso por uma corrente ligada a um poste meio fino.

– Jomão, aqui o sinhozinho que trata bem os escravos. Se você for lá pra fazenda dele, pode até casar com uma negrinha. Lá é um céu.

O negro arregalou os olhos para o moço, que sentiu pena daquele coitado. Talvez fosse comprado por um senhor durão, cruel.

– Quer ir lá pra minha fazenda, Jomão?

– Sinhozinho, sim. Jojó falou do sinhô. Da sua bondade.

– Se você trabalhar direito lá em casa, é quase que nem um homem livre. Lá a gente não permite maus-tratos com negro.

– Sinhozinho, sim. Eu queria ir pra lá.

Pedroco acabou por comprar o negro, que temia ir para algum lugar onde fosse maltratado.

– Arruma um dinheirinho pra mim, sinhozinho. Pra uma carne de porco – disse Jojó.

– Ou pra pagar o negócio que você fez com o diabo a meu favor?

– Isso, não. Eu é que vou pagar a dívida com o bicho. Trabalhando no inferno.

– Sei lá se você fez esse negócio mesmo. Duvido.

– Fiz de verdade e ainda vou matar o... aquele lá.

– Já falei pra você não fazer mais essa asneira.

– Então vou largar mão. Mas alguma coisa vai acontecer.

– Hein?

– Se você quiser, eu te ajudo a carregar a moça pra longe. A gente carrega aquela sua beleza assim, num roubo de noite. E leva até pra Vila de Goiás, lá nos cafundós. Ou pra Bahia. Ou pra São Paulo.

– Já vem você com mais patacoada.

– Juro que posso ajudar. Nós dois e mais uns dois negros podemos carregar aquela moça pra bem longe daqui.

– E depois ela vai gostar de mim?

– Por que não? O diabo ajuda.

– Couro de Onça, você tem conversa pra enganar até o capeta. Nem pense nisso.

Arrumou um dinheirinho para aquele tagarela e saiu levando o escravo. Tentou conversar com o negro, mas Jomão parecia não querer falar. Mostrava uma expressão medrosa, apesar de algum brilho de esperança. O sinhozinho era um homem de coração bondoso. E foram no passo lento, o negro caminhando e Pedroco montado. Em casa, seu pessoal ouviu a história do escravo e ninguém se opôs à presença de mais um negro na fazenda. Havia muita terra para as roças.

Pedroco leu aqueles versos do poeta Gonzaga muitas vezes. Sentiu-se desapontado, desesperançado, revoltado. Se tivesse jeito para escrever versos, podia até redigir alguns e pedir a Levínia para entregá-los à moça. Ora, podia pedir ao cantador Dongo para inventar uns versos. Aquele homem analfabeto tinha um talento especial para a coisa. Parecia ouvir versos no canto dos passarinhos, no cair das chuvas, no sussurro do vento. Acabou por procurar o cantador e contou-lhe que queria uns versos para enviar a uma moça. O nome dela era Maria Doroteia, mas um rapaz, que escrevia versos, inventara outro nome para ela, Marília, e ele não queria.

– Invente uns versos que eu gosto dela é com esse nome, Dongo. Mas não conte pra ninguém que eu estou te pedindo isso. Ninguém é pra saber.

– Vou tentar inventar uns versinhos, ioiô.

Dongo andou falando sozinho. Quando inventava os versos para a sua cantoria, a coisa chegava meio sem aviso. Começava a cantar e criava sem esperar e sem perceber. Agora ioiô Pedroco queria uns versinhos dizendo que a moça que ele amava não devia trocar o nome. Que ele queria que ela continuasse chamando-se Maria Doroteia, e não Marília. Uns versinhos que deviam ser entregues à moça. E o cantador começou a dizer alto, sozinho:

Teu nome não é Marília,
é Maria Doroteia...

E zanzando foi parar lá perto da cascata. O ruflo do tombo das águas pareceu lhe dar mais inspiração. Ou foi ajudado pelo invisível?

Teu nome não é Marília,
É Maria Doroteia.
Com este nome é que eu te amo;
Que não sai da minha ideia.

Queria usar a palavra "coração", mas não achou jeito. Várias vezes disse para si mesmo esses versinhos. Depois procurou Pedroco.

– Ioiô, achei uns versinhos.

O rapaz ouviu e achou que podia mandá-los a Maria Doroteia. Escreveu-os numa folha de papel e outra vez pediu ao cantador para não contar nada a ninguém sobre o assunto. Não escreveu seu nome junto aos versos. O segredo ainda devia ser mantido. Pensou em Levínia, que devia ser a portadora daquele recado. A prima o recebeu com uma expressão indefinida no rosto. Será que estava com um jeito de ironia com o seu sentimento? Informou-lhe que inventara uns versinhos para a prima dela.

– Leia, Vina. E leve pra ela.

Levínia leu e riu. Ah, ele também escrevia versos? Então podia disputar sentimentalmente a Marília com o Dirceu. Mas tinha de escrever o nome junto aos versos. Ou pelo menos inventar um. Não. Não queria. Nem o nome verdadeiro, nem o apelido, nem um pseudônimo.

– Mas, e se eu escrever Pedroco aqui?

– É por sua conta, Levínia. Mas escreva, não.

– Só que vou falar pra ela quem escreveu: o moço da mula bonita, que gosta de passar na frente da casa dela...

– Fale, não – disse, titubeante.

No fundo parecia deixar Levínia fazer o que quisesse. Começava a decidir que, se estava entrando na chuva daquela paixão, devia molhar-se a não poder mais. Foi participar de mais uma missa e, no meio do sacrifício, expressou com o pensamento:

"Estou levado do diabo mesmo...".

Voltou para a fazenda e foi pedir uma benzedura a vovó Sabença. Mas Pedroco, às vezes, se pegava entre Deus e o diabo, arrependido por ter se envolvido com Jojó Juru. Entretanto, ao mesmo tempo desconfiado do tal negócio que aquele homem podia ter, sim, feito com o diabo. Acreditava e não acreditava que aquele tipo um tanto bizarro podia ter feito traquinagem com o dono do inferno. Achou que no mundo existiam muitas coisas estranhas. Gente de toda espécie. Negros que conversavam com os mortos. Vovó o recebeu com aquela expressão bem materna:

– Pedroquinho, meu menino. Deus te abençoe. Tenho rezado muito pra você. Sua bondade vai te ajudar muito na vida. O escravo Jomão, que você trouxe pra cá, anda feliz que nem passarinho no tempo da manga. Até está andando agora com alpercatas de couro cru. Já viu algum escravo com calçado nos pés?

– Mas eu, vovó, ando queixoso...

– É o tal sentimento de querer a tal moça?

– Sei que é. Por causa disso que ando assim.

– Apegue com Deus. Peça a Ele pra levar essa ilusão da sua alma que nem o vento leva as nuvens pra longe. Pra passar que nem passa a chuva. Que nem passa a enchente que incha o ribeirão. Que nem passa a neblina que encobre os montes.

– Aí é que é difícil, vó. Uma coisa muito forte me pega por

dentro. Incha do peito pra cabeça que nem enchente faz inchar o córrego com a chuva. Me pego só no querer a *moça*. Invento esperança. Será que não vai acontecer um desvio no meu destino? Assim, de poder casar com ela?

– O tal destino, Pedroco, pode ser feito até de um mistério que vem com a pessoa. Mas a pessoa pode mudar o destino pra outro caminho. Se essa moça tiver de casar com outro e você com outra, não cometa crime pra mudar o destino...

– Vovó, a senhora não vê no meu destino que ainda posso casar com *ela*?

– Não tenho esse poder. Só vejo que você ainda vai ser feliz no casamento.

Naquele instante Pedroco sentiu-se levado pelo cérebro, para longe daquela choupana, para Vila Rica, nas asas de pensamentos ilusórios. Lembrou-se de Jojó Juru dizendo que alguma coisa iria acontecer para separar o doutor Gonzaga de Maria Doroteia. E ela haveria de ficar só e de acabar querendo o seu amor. Certas ilusões embriagam demais e a pessoa perde as rédeas do bom senso. No final daquela conversa sobre seu caso sentimental, vovó Sabença interrogou sobre a corrente das quarenta e nove missas.

– Pode diminuir o número, não, vovó?

– Não pode nada, não. Senão você não vai ser feliz no casamento.

– Vovó, não conte pra ninguém que gosto de uma moça numa situação meio impossível. Mas acredito...

– Jesus seja o seu guia pro rumo certo, ioiô.

Agora, quando ia a Vila Rica, não queria encontrar o Couro de Onça. Nessa altura da vida, se maltratasse Jojó Juru com desprezo e arrogância, o sujeito poderia espalhar pela cidade o que havia entre eles e o povo podia acreditar. Será que Levínia entregara à prima os versinhos que o Dongo inventara? Será que tivera a petulância de contar quem era o autor apaixonado?

– Pedroco, trouxe mais versos pra Marília?

– Não.

– Ela leu seus versinhos, riu e falou que ninguém no mundo tem o poder pra separá-la do doutor Gonzaga. Que nem adianta você escrever mais versos.

– Sei. Sei. Oh...

– Mas, se eu fosse você, escrevia, sim.

– É difícil pra mim. Não nasci pra escrever versos.

– Pode escrever recadinhos em prosa que eu levo. Você não pode perder a esperança.

– E você falou que foi eu quem escreveu?

– Falei. E ela sabe que você é o moço da mula bonita. Do cavalo bonito. Pensa que ela não sabe que você passa na frente da casa só pra dar uma olhadinha? Que moça que não percebe que no olhar de um rapaz tem um interesse de amor, Pedroco? Sei que tem rapaz que não percebe no olhar da moça... Não é?

– Hein?

– Se eu fosse você, não desistia. Quando morre a esperança, é que nem árvore que secou. O doutor Gonzaga pode ser chamado de volta a Portugal e a Marília ficar sozinha. Empregado que nem ele precisa de autorização do rei pra casar. Agora é da rainha, a dona Maria I, a Louca. Ouvi dizer que ela é atacada até pelo diabo lá no palácio real. Pode acontecer alguma coisa e a Marília ficar sozinha por aqui, Pedroco.

– Marília. Passei a detestar esse nome.

– Ela adora e é um nome bonito.

Nas tempestades da vida podia acontecer um período de bom tempo? Talvez. Uma nuvem negra, que ameaça uma tempestade, de repente vira uma chuvinha, quase brisa. O exercício era esperar. Namorar Maria Doroteia de longe. Ficar sonhando uma possibilidade. Será que quando vovó Sabença dizia que ele ainda seria feliz no casamento, naquela afirmativa aquela moça não estaria incluída na sua felicidade? Ora, o mundo prega peças das mais variadas artimanhas na vida das pessoas...

Aos poucos, Pedroco ia se encorajando, criando a ousadia do homem verdadeiramente apaixonado, o atrevimento que o coração não consegue esconder. Tocou a mula para passar na frente da casa de Maria Doroteia. Talvez pudesse vê-la. E viu, ao lado de Francisca, a escrava. Deslumbrou-se, mas desconfiou que no olhar dela não havia nenhuma surpresa. Ela rabiscou somente um olhar de descuido. E não sabia que ele era quem mandara aqueles versinhos? Levínia não lhe dera todas as informações? O moço da mula bonita... Queria que ela tivesse olhado com um espanto de admiração. E, para aumentar a decepção, logo na frente encontrou Jojó Juru.

– Fazendeiro Pedroco, sinhozinho, vamos beber um conhaque. Quero te contar uma novidade. Sei das coisas.

Talvez devesse mesmo ouvir o Couro de Onça. Aquele bisbilhoteiro dava notícia de quase tudo. Um tipo extravagante. Debaixo de uma árvore, depois do conhaque, foi que Jojó narrou a novidade em voz baixa:

– Inhozinho Pedroco, vai acontecer uma guerra. Uma revolução. Vai começar aqui em Vila Rica no dia da derrama. E sabe quem é o chefe? O doutor Tomás Antônio Gonzaga. Uma guerra pra libertar o Brasil de Portugal. Eu escutei um padre conversando com outro padre. Sei que a Marília nem sabe disso. Eles fazem reuniões escondidas. Falam até que vão matar o governador Cunha de Meneses. E o doutor ouvidor vai ser o rei do Brasil.

– Jojó, esse ouvidor é até português. Veja lá se vai fazer guerra contra Portugal.

– Mas ele vai ser rei do novo país. O Brasil vai ser dele. E a Marília vai ser a rainha. Mas aí é que eu vejo a sua oportunidade. O diabo vai ajudar e ele vai morrer nessa briga. E a Marília, aliás, Maria Doroteia, vai ficar sozinha. Pra você.

– Você sonhou com isso, Jojó. Ou está inventando tramoia.

– Espere pra ver. Me arrume um dinheirinho pra comprar uma carne de porco.

7

No segredo de uma revolução planejada

Foi Mariana quem interrogou, meio que afirmando, numa voz um pouco jocosa:

– Então você anda apaixonado pela Maria Doroteia? A noiva do ouvidor, o doutor Tomás, Pedroco?

O moço não gostou do atrevimento da irmã naquela invasão do seu sentimento.

– Quem falou isso?

– Anda por aí na voz do vento.

E as outras irmãs também entraram na conversa. Maria Rita exibindo uma expressão de seriedade. Margarida com um risinho. A mãe lançou um olhar interrogativo. Agora não havia mais escape. O único recurso era negar.

– Andam inventando coisas.

A voz da mãe interveio:

– Tem tanta moça bonita por aí. Precisa ficar querendo moça de outro rapaz coisa nenhuma.

Pedroco, encabulado, queria fugir, internar-se na sua solidão, ouvir os passarinhos, contemplar os montes. Foi Levínia quem fofocou sobre o seu segredo sentimental? Outra pessoa? Ao se encontrar com ela em Vila Rica, usou um tom exigente:

– Você andou contando por aí esse meu gostar da sua prima, Levínia?

– Eu? Quem falou isso pra você?

– O pessoal lá em casa está sabendo. E eu não queria.

– Pode ter sido até a Marília quem andou falando por aí que o moço da mula bonita inventou de se apaixonar por ela.

– Será?

Agora estava mesmo naquela maçaroca e não podia mais sair. Achou que não devia mais passar na frente da casa da noiva do doutor Gonzaga. Talvez fosse até aconselhável diminuir suas idas a Vila Rica. E Levínia, com um jeito galhofeiro:

– Ela te mandou um recadinho escrito, Pedroco. Veja a letra redondinha dela. Vou ler. Escute.

– Moço Pedroco, peço que o senhor não se iluda comigo. Eu não escuto adulador nenhum. Sou a noiva do doutor Gonzaga e vamos nos casar. O senhor tem de procurar ilusão de amor com outra moça.

Pedroco sentiu-se mais sem jeito que nunca. Observou a caligrafia no papel.

– Você não inventou isso, não, Vina? Parece um pouco com a sua letra também. Eu já vi muito a sua letra, quando você e minhas irmãs estudavam com o padre Ortigão.

– Então vai perguntar pra Marília. E se eu fosse você, escrevia um bilhete pra ela dizendo que não vai perder a esperança.

– Hein?

– Posso escrever?

– Sei lá.

Levínia escreveu:

Marília, vou continuar sempre apaixonado
por você. Até o fim da vida.
Pedroco

– Que Marília, Vina? Eu não gosto desse nome.

– Então escrevo Maria Doroteia. Posso entregar pra ela?

– E eu sei lá...

– Mandar te matar ela não vai. Pode ficar assim-assim, mas é só. Ah, o doutor Gonzaga está somente esperando a autorização da rainha de Portugal pra casar com a Téia. E se de repente a rainha louca chamar o doutor de volta e não mandar a autorização para o casamento dos dois? Então você não pode perder a esperança.

– É assim?

– É assim, sim.

Com uma vontade danada de ver Maria Doroteia, montou na mula. Passar na frente da casa dela, não devia. Agora queria fugir, esconder-se. Viu o doutor Gonzaga e o doutor Cláudio caminhando lado a lado. Aqueles dois estavam sempre juntos. Pareciam até irmãos inseparáveis. E Pedroco, embaralhado em certas crendices, naquele instante acreditou que Jojó poderia mesmo ter tido uma conversa com o diabo e o bicho pudesse forçar a rainha louca a chamar o doutor Gonzaga de volta a Portugal sem autorizar o seu casamento com Maria Doroteia.

"Será que pode mesmo acontecer uma coisa dessa natureza?"

Pensou também na tal revolução que o Couro de Onça lhe segredara que podia acontecer. Que havia homens se preparando para um ataque à casa do governador e que podiam mesmo assassiná-lo. Ah, Jojó Juru era um inventor de coisas infundadas. Tanto a conversa com o diabo quanto essa tal revolução não passavam de invenções daquele tipo esquisito. Como podia dizer que o doutor ouvidor, um português, poderia ser o chefe de uma revolução contra Portugal?

"Ah, talvez pra casar com Maria Doroteia e ficar por aqui, sendo o rei do Brasil."

Nisso achou algum sentido, mas se pôs a acreditar que o ouvidor pudesse mesmo ser chamado de volta a Portugal, sem receber permissão para casar com a moça. Em Jojó Juru não devia acreditar. Em Levínia? Talvez sim. Naquela Vila Rica cheia de crimes, corrupções e outros pecados, qualquer coisa devia acontecer como sinal de mudança dos tempos. Foi envolvido por esta impressão que observou a placa de madeira: fazenda Cascata Bela, em homenagem a Maria Doroteia, outro segredo. Quando casasse com ela... oh, se casasse, a fazenda iria receber outro nome. O nome dela. Marília, de jeito nenhum. Ou viria a se acostumar com este nome poético? Como a vida sofre alterações no correr dos dias, não sabia direito o que podia acontecer.

Mariana era sempre muito galhofeira:

– Viu a Marília em Vila Rica, Pedroco?

– Vi, não. Não ando atrás disso.

– Já esqueceu essa ilusão?

Margarida se intrometeu na conversa:

– Se você tivesse conquistado a Maria Doroteia antes da chegada do ouvidor, agora podia até casar com ela no mesmo dia do casamento da Maria Rita com o Nilácio, no mês que vem, né, Pê?

– É tanta conversa...

Queria dizer que nem pensava mais em Maria Doroteia, mas embuchou. Às vezes a fala não consegue mentir o que oculta o espírito. Saiu para se esconder na solidão. Caminhou para os lados do monjolo que martelava descascando arroz. A madeira rangendo num tom choroso. Passou por ali e não parou. Foi caminhando rumo a uma cerca de varas que os negros faziam. Ouviu Dongo cantando com aquela melodia na voz que parecia vir da África:

Teu nome não é Marília,
É Maria Doroteia.
Com este nome é que eu te amo,
Que não sai da minha ideia.

Nesta minha solidão,
Onde a tristeza me pega,
Sinto a dor desta paixão
Que pouco a pouco me cega.

Ora! Nossa Virgem Santa! Dongo transformara o seu caso de paixão numa cantiga? Não devia ter ultrajado seu sentimento. Talvez aquele negro, cantador talentoso, tivesse contado aos outros seu problema sentimental. Que ele cantava bonito de emudecer os passarinhos, era ponto de concórdia. De alegrar os ouvidos. Foi se aproximando. Dongo alegrou os olhos para ele:

– Deus seja louvado, sinhozinho Pedroco.

– Louvado seja. Cantando aquilo que eu te pedi pra inventar...

– Foi que me deu na veneta e foi saindo a cantoria. E fui inventando mais coisa. Podia, não? Aí calo a voz do canto.

Pedroco sentiu-se meio embaralhado, mas acabou por pedir que o homem cantasse de novo. A canção ficara bonita. Dava emoção. Dongo desatou a voz naquele tom melodioso que tinha. E o sinhozinho sentiu um enlevo de uma espécie de saudade que não tinha razão em sentir, ou uma lembrança que provocava aquela saudade de uma ilusão pela qual só passara abstratamente. Dava para querer chorar. Disse ao cantador que podia cantar aquela canção, desde que não dissesse os nomes Marília e Maria Doroteia. Que inventasse outra coisa.

— Então não falo esses nomes, ioiô.

Afastou-se. Foi por uma trilha no mato. Por que será que os passarinhos ficavam olhando para o seu rosto com um jeito curioso? A gralha cancã com aqueles olhos arregalados de sempre. Os cogonés espiando com aquele jeitinho desconfiado. A juriti com aqueles olhos de moça arisca. O inhambu, parado ali na frente, esticando o pescoço para logo fugir. Os pássaros pretos calando seus trinados e não demorando para lançar voos em fuga. Os guaxos gritando nas folhas dos coqueiros, entrando e saindo dos seus ninhos dependurados. Os periquitos, esverdeando ainda mais as grimpas das árvores, tagarelando em sua prosa de aves inquietas. Meio filosófico, Pedroco disse com o pensamento:

"Deixa estar assim mesmo. Continuar. Dizem que a vida é um rio que tem de chegar a alguma saída. A algum ponto no mar. Vou ficar esperando. Até quando, não sei".

Achou que seria melhor viajar. Conhecer o Rio de Janeiro. Tomar banho nas águas salgadas do oceano. Talvez pudesse mesmo conhecer outra moça, capaz de desviar a tormenta constante daquela paixão. Oh, mas isso não queria. Desejava, sim, continuar envolvido por aquela atmosfera de encantamento que o machucava. Perderia a motivação que sustenta a vida se ficasse sem aquela emoção que iludia o sentimento com uma beleza de sublime contemplação, ao mesmo tempo de conquista aparentemente inalcançável.

"Vou esperando pra ver no que vai dar."

No domingo foi participar de mais uma das quarenta e nove missas da corrente que a vovó lhe prescrevera. Era a de número trinta e três. Agora estava numa igreja que Maria Doroteia não frequentava, afastada um pouco da praça, e isso não parecia interessante. Depois da missa, queria voltar para a fazenda sem encontrar nenhum amigo e muito menos Jojó Juru ou o doutor Gonzaga. Sentia aquela vontade de ver Maria Doroteia, mas parecia falta de decoro? Levínia podia ter alguma novidade. Uma vontade de conversar com a prima da moça ferroava o coração. Não dava para retornar à fazenda sem ouvir alguma coisa... Num descuido do caminho, apareceu Jojó Juru, que o procurava. Sentiu-se meio desapontado, mas talvez o Couro de Onça tivesse alguma novidade interessante.

– Sinhozinho Pedroco, eu tenho uma botija de dois litros de aguardente que veio de um alambique lá do Arraial do Tejuco pra você. Coisa fina. Um presente.

– Alguma novidade de Portugal, do Rio de Janeiro ou daqui de Vila Rica?

Jojó achou que deveria colorir um pouco a história dos acontecimentos daqueles dias. Não ouvira nada mais sobre a revolução que aconteceria por ocasião da derrama, o que não o impediu de inventar:

– O preparo da guerra pra libertar o Brasil de Portugal vai no caladinho, mas sei das coisas. Sei que andam amontoando armas. E sei que tem de arranjar muita pólvora e muito chumbo. Essa guerra vai estourar logo, Pedroco, e eu vou entrar nela pra sair só morto. E você, não vai entrar também?

– Se algum pessoal por aí estiver mesmo preparando uma revolução contra Portugal, não é nem bom ficar falando nisso nas ruas de Vila Rica, Jojó. Você está doido? O governador pode prender você e torturar pra que conte quem são os cabeças. Fica dando com a língua na fuxicaria por aí feito cachorro latindo sem razão na rua e logo vai ser preso.

– Eu sei, ioiô. Não facilito. Só falo nisso com você e peço segredo.

– Eu acredito é que você está inventando essa tal de revolução.

– Juro que ouvi prosa proibida sobre o assunto.

– Jura por quem?

– Por Deus, por Jesus, por Nossa Senhora.

– E jura até pelo diabo?

– Até pelo diabo juro também. E por falar no bicho, ele vai, sim, te ajudar. Alguma coisa vai acontecer... E juro por minha filha que nasceu. A Iaracunhã ganhou uma menininha. E sabe que nome eu dei pra ela?

– Hã?

– Marília. E vai ser bonita como a sua Marília. Só que vai ser mais morena.

– Você inventa muita coisa, Jojó. Não dá pra acreditar.

– Que não nasceu minha neném? Vamos lá na minha casinha pra você ver! Agora virei um homem de mais responsabilidade. Sou pai. Não vou mais ser vagabundo. Daí você vai mandar um presente pra minha Mariliazinha? Hein?

– Vou dar um jeito.

– E é pra ir ver a minha neném. Você é fazendeiro rico, mas é diferente de dono de escravo orgulhoso. E a minha proposta de te ajudar a carregar a sua Marília pra longe daqui continua firme.

– Você agora não é um homem de responsabilidade? Não tem uma filha pra criar?

– Eu sei disso. Mas ajudo você a "roubar" a sua amada, levo pra longe e volto pra cá como se não tivesse acontecido nada.

– Pra fazer uma coisa dessas, só se eu ficar louco.

– Paixão deixa homem louco, sinhozinho. Você é que é assim meio sereno. Não pode me dar uma ajudazinha pra comprar uma carne de porco?

– Você só come carne de porco?

– É a mais gostosa.

Com que tipo de homem fora negociar! Arranjou-lhe um dinheirinho e foi parar na casa de Levínia, que o recebeu com ares sérios. Uns olhos misteriosos. Ela sabia que ele queria ouvir sobre a prima, entretanto ficou em silêncio. Perguntou pelas irmãs. Maria Rita ia casar com Nilácio no próximo sábado.

– E vai ser lá na capela da fazenda mesmo, Pedroco?

– Vai.

– E vai ser mesmo o padre Ortigão, o nosso professor, que vai fazer o casamento?

– Certo.

Dona Marcila se aproximou e disse, com velada ironia:

– Se o destino tivesse ajudado, você podia estar casando com a Maria Doroteia lá na capela de Nossa Senhora das Graças também, não é, Pedroco?

O rapaz deixou escapar um sorriso da cor do desencanto e Levínia emendou:

– Coitado, mãe. O Pedroco já anda na amargura da perda da ilusão e a senhora vem pôr mais azeite na fogueira de dor do coração dele?

– Brincadeira, Pedroco. Conheço você desde neném. Quero é a sua felicidade. Uma hora você vai achar a razão do amor noutra moça, que pode nem estar longe...

– Dona Marcila. Eu, sei não... Nem queria que ninguém soubesse disso. É que a Marília entrou assim na minha cabeça...

Levínia explodiu, num tom sarrista:

– Marília! Você falou Marília! E disse que detestava esse nome.

Pedroco se pegou numa cena de embaraço total. Precisava sair logo daquela situação. Não tinha recursos em palavras para tentar se livrar daquela maçaroca. Em vez de receber alguma informação sobre Maria Doroteia, fora levado a um momento de constrangedora humilhação.

Despediu-se de dona Marcila, e Levínia o acompanhou para o terreiro. Já estavam perto da mula quando a moça interrogou se ele não tinha nenhum recado para Maria Doroteia.

– E eu vou mandar mais recado pra ela, Levínia?

– Sei que se não tivesse chegado o doutor Gonzaga por aqui, ela poderia até vir a gostar de você...

– Ela deu a entender isso?

– Percebi que sim. Mas agora é tarde.

– Já deixei esse caso de lado.

– É a melhor coisa que você pode fazer.

– Mas você pode levar lembrança minha pra ela.

– Só lembrança? Não quer mandar um bilhetinho? Eu escrevo...

– Sei lá. Vou embora.

Agora não havia mais aquela seriedade no rosto de Levínia, que exibia um certo ar irônico.

– Até logo, Vina.

– Vou escrever pra ela no seu nome.

Ele balançou a cabeça negativamente e, sem dizer mais nada, tocou a mula. Estava convencido de que não devia, mas assim mesmo passou, no passo lento da mula, na frente da casa de sua amada, sem conseguir vê-la. Ah, ela fora à bica apanhar água ao lado de duas escravas e os mais novos da casa. Sentiu-se encabulado num encantamento. Pensava se deveria tocar a mula, passar perto dela e ir-se embora.

– Cigana.

Tocou o animal e em sentido contrário foi na direção daquela turminha. Marília carregava uma pequena botija com uns dois litros de água.

– Bom dia, pessoal.

Ele não ouviu a voz dela, mas viu seus lábios mexendo. Ouviu com mais nitidez a voz das escravas. Os menores não disseram nada. Também observou os olhos dela dirigidos para ele. Um olhar rápido, como num descuido. Como os olhos que piscam automaticamente. E ele queria dizer mais alguma coisa. Queria virar a mula nos cascos e dizer que podia levar a botija para ela. Mas não fez nada disso. Tocou em frente, mesmo não sendo o seu caminho. Desceu e subiu ladeiras. Tocou para a fazenda sentindo alguma compensação, depois dos pontos negativos daquele dia.

"Talvez... Jojó fala que pode acontecer alguma coisa. Talvez..."

Ficou imaginando que Levínia bem poderia levar a prima para a festa do casamento da Maria Rita na fazenda. Mas sem o doutor Gonzaga. Acontecimento quase impossível. Marília estava ligada ao noivo como um diamante pregado numa pedra maior no fundo de um rio. Assim comentavam em Vila Rica.

Num sábado de sol, padre Delmano chegou à fazenda Cascata Bela para fazer o casamento de Maria Rita com Nilácio. Pedroco nutria uma esperança infantilesca, ilusória, de que Maria Doroteia poderia aparecer para a festa. Fora convidada pela irmã. Talvez chegasse na companhia da prima Levínia. Mas foi só ilusão que a esperança inventa para enganar corações apaixonados.

"Ora, talvez um dia ela venha para cá..."

Até queria perguntar por ela, no entanto sentia uma pedra na língua, um engasgo na fala. Levínia se aproximou. Exibia uma beleza misteriosa.

– Eu quase consegui trazer a minha prima, Pedroco – disse, num tom consolador.

– Hein? Quem?

– Esqueceu a Marília Maria Doroteia?

– Foi que não pensei...

– Sem o doutor Gonzaga ela não quer ir a festa nenhuma.

– Larga mão disso...

– Eu estou aqui pra gente dançar... Tantas moças aqui hoje...

Bom mesmo seria se Maria Doroteia tivesse comparecido à festa, mas sem o noivo. Talvez ele bebesse um pouco e lhe dissesse astros e estrelas da sua paixão. Que os dias fossem levando sua vida ao soprar dos ventos por direções que o destino indicasse. Dançou com Levínia e com outras moças. Fingiu estar sereno e contente, mas seu espírito voava por sobre os montes de Vila Rica e aterrissava contemplando o rosto da noiva do ouvidor. Abílio Cedrim, um pouco zonzo, interrogou com voz meio galhofeira:

– E você acha que toma a noiva do ouvidor Gonzaga, Pedro Sião Alcantil?

– Acho que vou é pegar uma onça-pintada parida pra beber o leite dela...

Bartileu Ramalho, ali ao lado, soltou uma gargalhada alcoolizada e perguntou:

– Simpatia pra tomar a noiva do doutor Gonzaga?

– É o raio que parta a sua cabeça, Bartileu...

Os dois amigos riram. Cedrim insistiu:

– Então explica pra que esse tipo de simpatia.

– Simpatia que o quê? Entendam o que quiserem.

Ficaram em silêncio por alguns segundos. Mudaram o tema do assunto. A sanfona convidou para a dança. Dançando com Levínia, ouviu:

– Ficou meio jururu por que ela não veio, Pedroco?

– Que nada...

– Está com um jeito de passarinho com frio.

– Eu ando é alegrão que nem cobra que pega um passarinho.

– Você bebeu um pouquinho. É pra esquecer?

– Sei lá. Sei lá.

– Ou você nem lembra que deve esquecer?

– Quero é não lembrar que devo lembrar.

– Dizem que quem domina o coração é herói de si mesmo.

– Te dou é um beijo, Vina, se você continuar com esse enxerimento.

– Beijo de sentimento revoltado não vale.

– Larga mão de me ferroar.

Levínia sorriu. Um sorriso de alegria festiva. Pintado pela noite daquela festa, que só acabou com o pestanejar do dia. Maria Rita foi embora com Nilácio para Vila Rica, conforme o destino vai separando os irmãos.

Ao lado dos currais, Pedroco viu o pai conversando com um homem que não lhe pareceu estranho. Aquele homem já estivera por ali antes, extraindo até dentes podres de escravos.

– Que homem é aquele com o papai, mãe?

– Aquele é o Tiradentes, Pedroco – Mariana foi quem respondeu.

A mãe fez uma observação:

– O nome dele é Joaquim José da Silva Xavier. Esse povo tem a mania de botar apelido em todo mundo que é uma língua solta.

– Por aí todo mundo chama aquele homem de Tiradentes, mãe.

– E ele acha certo, Pedroco? Esse apelido parece até como se fosse um homem que anda roubando dente de ouro das pessoas...

Mariana disse, num tom brincalhão:

– Ouvi dizer é que ele põe dente de ouro na boca das pessoas. E muita gente gostaria, mesmo, pra se sentir mais rica.

Aristarco Sião chamou o filho, sem convidar o visitante para entrar em sua casa. Tiradentes queria uma conversa particular só com os dois homens e sugeriu que fizessem uma pequena caminhada para poder conversar de maneira descontraída. Pararam atrás da casinha do monjolo, que naquele instante trabalhava descascando arroz. Tiradentes alisou a barba e, com uma voz empolada, entrou no assunto:

– O negócio, brasileiros, é que vai acontecer uma guerra pra libertar o Brasil de Portugal. Não vai ser uma revoluçãozinha de alguns dias. Vai ser uma guerra pra alastrar por todas as partes da colônia. Por isso é que eu estou aqui falando somente com os homens. As mulheres também vão ajudar na hora da luta, é claro, mas, como por enquanto a conversa ainda anda em segredo, somente os homens devem saber. E eu vim aqui pra pedir o engajamento de vocês dois. Não vamos colocar os nomes de vocês na lista dos revolucionários, mas eu só queria saber se podemos contar com os dois para a luta quando a guerra começar. Hein, brasileiros?

O pai olhou para o filho, que olhou para o pai. Tiradentes observando. Pedroco lembrou-se de que ouvira Jojó Juru falando mesmo nessa tal de guerra. Só podia ser verdade que o Couro de Onça escutara padres falando sobre esse assunto. Aristarco Sião interrogou, num tom de desconfiança:

– Mas como vai ser essa guerra, senhor Tiradentes?

– Deve começar no dia da derrama. Quando o governador declarar a derrama, que vai ser uma cobrança cruel em cima do povo sacrificado, a nossa turma vai invadir o palácio e prender o governador. Se ele não quiser lutar do nosso lado, vai ser morto.

– O Cunha de Meneses?

– E o vice-rei lá no Rio de Janeiro também.

– Se o vice-rei morrer enforcado, vai nadando em dinheiro pro inferno. Já roubou até não poder mais – expressou Pedroco.

– Ele está ajudando Portugal. E as autoridades do reino estão acusando o povo aqui de Vila Rica de roubar e esconder ouro em potes debaixo da terra por aí – retomou Tiradentes. – Isso já aconteceu mesmo. E ainda acontece. Mas Vila Rica não pode ser responsável pelo pagamento das dívidas de Portugal. Já levaram ouro daqui pra Inglaterra encher castelo. E o nosso minério já escasseou, mas insistem no recebimento das mesmas arrobas que levavam no passado. É injustiça atrás de injustiça. Não podemos criar certos produtos no Brasil. Tudo chega aqui na colônia com impostos exorbitantes. E do Rio de Janeiro aqui pra Vila Rica os impostos aumentam mais. Enfiam a faca sem piedade. Vejam só o preço do sal que o Brasil é proibido de explorar.

Pedroco interveio, em tom de galhofa:

– O papagaio daqui de casa até foi ensinado a falar: "Sal tá caro".

Tiradentes deixou escapar um risinho de garganta, sem mexer os lábios e prosseguiu:

– O sal, um produto tão fácil de ser retirado do mar, mas proibido pra nós. E as ferramentas chegam aqui em Vila Rica num absurdo de preço. O povo está todo endividado. Hoje o Brasil já é terra para brasileiros. Não é mais escavação de minas de ouro e diamante de Portugal. Tem que ser uma nação livre. Já chegou a hora, ou então somos uns covardes, pisados e humilhados. Pela nossa liberdade devemos morrer.

– O senhor é o chefe para essa luta, senhor Tiradentes? – Aristarco interrogou.

– Não. O chefe é o doutor Tomás Gonzaga.

Pedroco ficou estarrecido. O doutor Gonzaga, chefe dessa guerra que estavam preparando? Mas isso não era uma incoerência? Aquele ouvidor era português e trabalhava para Portugal! Nem parecia ser verdade.

– Mas aquele doutor da lei não é português e trabalha para o rei? – indagou.

– Para o rei, não, para a rainha, a dona Maria I, a Louca. Rainha Louca. Mas ele cresceu na Bahia, estudou em Salvador e se sente brasileiro. A alma dele é brasileira. Um homem com um espírito para o progresso, que tem piedade dos escravos. Inclusive, nas leis que estamos já planejando, a libertação dos escravos está incluída. Sei que aqui na fazenda de vocês os escravos são bem tratados. E desse tratamento muita gente até não gosta por aí.

– Aqui a gente acha que negro é gente que nem a gente.

– Você pensa assim, moço Pedroco, mas muita gente branca ainda vive no tempo em que saíam para guerrear povos vizinhos para transformá-los em escravos, como no Egito antigo, no Império Romano. Só que Jesus Cristo ensinou que perante Deus as pessoas são iguais, não importa a cor, nem a riqueza. Ainda falam que negro não tem alma.

Pedroco começou a ser invadido por pensamentos num turbilhão. O chefe dessa guerra que devia acontecer era o doutor Gonzaga? Verdade? Então o ouvidor queria se tornar o primeiro rei do Brasil e transformar Maria Doroteia Joaquina de Seixas Brandão, a sua Marília, na primeira rainha. Ora, o doutor Gonzaga podia morrer durante a luta e Maria Doroteia ficar sem o noivo. E o destino haveria de levá-la para os seus braços. Parecia mesmo que o Couro de Onça tinha algum poder sobrenatural ao dizer que alguma coisa ia acontecer. Uma guerra contra o reino lusitano para salvar seu conflito sentimental?

– Moço Pedro Sião Alcantil, está disposto a participar da nossa guerra?

Tiradentes interrogou, mas Pedroco parecia estar enxergando Maria Doroteia caminhando em sua direção, dizendo palavras carinhosas e sorrindo. Um êxtase de imaginado colóquio. A audição viajando longe. O pai o alertou:

– Responde ao senhor Joaquim José, Pedroco.

O moço voltou à realidade do momento:

– Hã?

Tiradentes repetiu a pergunta. Ah, sim... Pedroco afirmou que entraria na luta para libertar o Brasil de Portugal. O pai confirmou. Só não queriam seus nomes em lista nenhuma. Quando a guerra tivesse começado, se realmente viesse a começar, aí nada mais importaria.

– Eu só queria saber da coragem patriótica de vocês e da decisão de participar da luta. E de ajudar em tudo o que for possível.

Aristarco não vacilou:

– Nisso o senhor pode contar com a gente, senhor Xavier. E o doutor Gonzaga vai ser o rei se o Brasil ficar livre de Portugal?

– Não vai ser rei. Vai ser o presidente. O Brasil não vai ser império com um rei a vida inteira, mas uma república com eleição do povo para os governantes.

– Disso eu não entendo muito bem.

– Já ouviu falar num país da América do Norte que chamam Estados Unidos?

– Mais ou menos. Já ouvi um mascate espanhol falando nisso. O Pedroco é quem sabe dessas coisas. Não é, filho?

Pedroco estava de novo com aqueles pensamentos sobre Maria Doroteia turbilhonando do cérebro para o coração. O pai o cutucou:

– O que, pai?

– Não ouviu a pergunta do senhor Joaquim?

Tiradentes teve de repetir a pergunta. Ah, sim, já ouvira falar sobre a revolução na América do Norte. Uma colônia que se libertara da Inglaterra e era agora um país livre. Uma república. Fonte de inspiração para o Brasil se tornar livre também. E Tiradentes todo entusiasmado, explicando como seria a guerra. Tinham de criar uma fábrica de pólvora. E todo mundo iria participar da luta. Índios e mulheres. Escravos que seriam libertos para a participação direta na luta.

– Mas vão mesmo matar o governador? – Aristarco interrogou. Sentia receio ou piedade?

– Guerra é guerra, senhor Aristarco. Não se faz uma revolução sem morte. Temos que estar preparados para tudo. Matar o governador de Vila Rica, o vice-rei lá no Rio de Janeiro e até a rainha louca, se ela vier comandar o exército de Portugal aqui. Vamos juntar tropas em São Paulo, Rio de Janeiro, Salvador, Vila de Goiás, de todos os lugares. Alguns acham que o governador deve ser apenas preso. Outros, que ele deve ser morto. E o vice-rei também. Ouvimos falar que o Cunha de Meneses vai ser substituído, mas não sabemos direito. Se for substituído logo, o outro é que vai ser preso e julgado. Vamos tomar os portos na tentativa de impedir o desembarque de milícia portuguesa que vier do reino. Vai ser uma luta longa, sofrida. Os portugueses que estão morando aqui vão ser convidados para a libertação do Brasil. Se aceitarem e nos ajudarem, vão se transformar em brasileiros, naturalmente. E vamos pedir ajuda à França, o que não vai ser fácil. Ouvi dizer que por lá está estourando uma revolução civil. Esperamos que o novo país lá da América do Norte nos ajude.

– Mas, senhor alferes, será que Portugal não prende todo mundo logo no início da guerra e a rainha manda matar todos?

– Moço Pedroco, isso Portugal não vai conseguir. Quando estourar a guerra, vão aparecer exércitos de guerreiros em vários lugares, espalhados pelos matos, no litoral. E temos certeza que o entusiasmo vai tomar conta do Brasil inteiro. Os padres daqui de Vila Rica, do Arraial do Tejuco, de Mariana estão do nosso lado, prontos para a guerra.

– Mas padre pode participar de guerra?

– Padre é guerreiro também, senhor Aristarco. É um pecador com suas fraquezas como um homem qualquer.

Pedroco interveio com sarcasmo:

– Lá no Tejuco, e por aí também, o padre Rolim tem mais filhos que qualquer homem que tem cinco mulheres. É com escrava, com índia, com branca.

– O padre Rolim é um dos mais entusiasmados. Fala muito em nossas reuniões secretas.

– E dos conhecidos, quem mais está no preparo da guerra?

– Muita gente, Pedroco. O doutor Cláudio Manuel da Costa, o Alvarenga Peixoto, que vai aliciando gente lá para as bandas de São João del Rei. Mas não comentem com ninguém sobre o preparo da nossa guerra e nem falem nesses nomes.

Pedroco sentiu uma ferroada de curiosidade naquele momento. Queria perguntar se Maria Doroteia sabia que o doutor Gonzaga estava envolvido naquela guerra ainda em preparação, mas foi tolhido por um bloqueio de timidez. Será que nem a noiva do líder da planejada revolução sabia de alguma coisa?

– Estamos conversados, brasileiros?

– Estamos – pai e filho disseram ao mesmo tempo.

– Agora, segredo. E fiquem esperando o grito de guerra. Daí reúnam seus homens e mãos às armas.

– Vamos tomar um leite com biscoito, senhor Joaquim José?

– Pode ser.

Após o lanche, o revolucionário não demorou. Pai e filho o acompanharam até o cavalo. Enforquilhado na sela do animal, Tiradentes ainda disse:

– Coragem, brasileiros. Com medo não se faz de uma colônia explorada uma pátria afortunada. Deus e Jesus estejam do nosso lado – acenou com a mão direita e se foi.

Pai e filho ficaram conversando. Será que aconteceria mesmo essa guerra? Aristarco Sião mostrou dúvida na expressão do rosto e na fala. Pedroco expressou sua crença em tudo que Tiradentes dissera. Pelo seu desejo sentimental de paixão por Maria Doroteia, naquele instante foi sacudido por outro desejo: que o doutor Gonzaga morresse durante a revolução e ela ficasse viúva antes do casamento, até que se tornasse sua mulher. Era uma esperança que também devia ficar em segredo. Tomara que realmente a revolta estourasse. E logo. Poderia, sim, participar da luta, mas com muito cuidado para não morrer. Não sem ter sido marido de Maria Doroteia. Se, para o entusiasmo patriótico de Tiradentes e dos outros já engajados no plano, a projetada guerra representava a esperança de libertação da colônia brasileira do domínio português, para Pedroco era o impulso da esperança para um dia ter Maria Doroteia como esposa.

Sentiu até a impressão boba de que as missas de que estava participando estavam ajudando sua busca sentimental. A tela do seu cérebro começou a exibir cenas em paisagens futuras. Uma luta encarniçada. Os portugueses sendo derrotados. Doutor Gonzaga morto. Maria Doroteia Joaquina de Seixas Brandão de luto. Um choro sentido, mas transitório. O Brasil como um novo país nas terras da América do Sul. E ele como um dos heróis da guerra. Então teria a oportunidade de se aproximar da moça. Seria um homem sem timidez. Fortalecido pela revolução. Aos poucos iria ocupando o coração daquela que teria se enviuvado noiva. E se casaria com ela. E a fazenda Cascata Bela teria outro nome: Cascata Bela Maria Doroteia. A moça deveria esquecer que, poeticamente, já fora chamada Marília. Deveria esquecer o passado. Águas passadas nutriram as plantações por um determinado tempo, mas é sempre preciso novas chuvas para a continuação da vida.

– O que é que aquele Tiradentes veio fazer aqui, Aristarco?

– Veio ver se a gente tinha algum diamante pra vender, Jovência.

– Mas ele não sabe que aqui na fazenda não existe garimpo?

– Sabe, mas achou que a gente podia ter algum de sobra.

– E precisava conversar em segredo?

– Cada homem tem a sua mania...

Na expectativa de que a guerra estourasse logo, Pedroco foi envolvido por uma constante ansiedade. Queria ouvir sobre o início da revolução a qualquer momento. Não era homem de guerra, conforme vovó Sabença já lhe dissera. Entretanto, queria aquela batalha. Achava também que o Brasil devia se tornar um país livre de Portugal e se inventava num certo patriotismo. Decidiu ir conversar com Vovó Sabença. Será que podia dizer alguma coisa sobre essa projetada guerra? Depois do escurecer de uma sexta-feira, chegou à choupana da idosa:

– Vovó Sá, a bênção.

– Deus te abençoe, ioiozinho Pedroco. Menino de Jesus e de Nossa Senhora.

Pedroco sentou no banco que era feito de uma tábua colocada sobre dois tocos na cozinha.

– Anda ainda com aquela ilusão de moça na gruta do peito e no escondido da cabeça, menino?

– Sei não, vó.

– Sabe, sim. Sentimento de paixão leva tempo sem data pra ser arrastado pela enchente do rio ou pelas tempestades de vento. Preciso fazer uma benzedura de reza forte na sua cabeça.

– Vó, será que pode acontecer uma guerra do Brasil contra Portugal, começando aqui em Vila Rica?

– Andou escutando prosa falando nisso?

– Só desconfio...

– Com o passar do tempo, tudo vai modificando.

– A senhora pode ver uma guerra?

– Sei que uma guerra vai amadurecendo aqui no Brasil. Em Vila Rica vejo sonho de guerra. Assim, feito uma fruta madura que está na hora de despencar do galho. Também quase um estouro, escuto. A guerra acontece por causa da crueldade dos homens. Deus não manda guerra pra ninguém. Os homens é que têm a liberdade de levar a vida como querem no mundo. A responsabilidade é de cada um. Mas as leis de Deus cobram.

– A senhora pode ver a briga, vó?

– Vejo um tempo difícil, feito de noites sofridas.

– Muita gente morrendo nessa guerra?

– Dou conta, não, de ver guerra direito. Nem me falam em guerra. Falam sobre a aspereza de um tempo difícil, nevoento, que nem as névoas frias cobrindo os montes dos arredores de Vila Rica.

– Não dá pra saber se o Brasil vai ficar livre de Portugal?

– Vai chegar o tempo. Isso ninguém vai impedir. O que tem que acontecer na vida de uma pessoa ou numa terra, chega na hora que tem que acontecer. É que nem uma fruta que não amadurece antes do tempo. A água do córrego não fica suja sempre depois da tempestade; chega o tempo em que ela clareia. Não adianta sofrer de ansiedade por isso ou por aquilo. Ânsia só maltrata a esperança.

– Mas então eu posso continuar com a minha esperança calma?

– Agora entendo que você fala na moça da paixão. Ninguém pode enterrar a sua paixão, mas é melhor continuar rezando.

– Não parei e nem vou parar de fazer aquela corrente de simpatia das missas.

– E você ainda vai ser feliz no casamento. Guardo o seu segredo...

– Mas pode falar, vó, se é com a moça. Quero ouvir.

– Só sei o que todo mundo sabe. É com uma mulher.

Pedroco sentiu-se desapontado. Mudou de assunto. Interrogou se ele devia entrar na guerra para libertar o Brasil de Portugal, caso realmente ocorresse o conflito. Vovó voltou a dizer que ele não nascera para matar ninguém no curso normal da vida, mas, quando os homens lutavam numa guerra, estavam sob a obrigação patriótica imposta por uma decisão superior, por uma necessidade, principalmente quando defendiam seu país. Se houvesse mesmo uma guerra buscando a liberdade para o Brasil, para a formação da nação brasileira, ele devia participar, sim. E lutar até morrer para que um novo país nascesse no mundo. Pensou em confidenciar que Tiradentes estivera na fazenda falando sobre o projeto da revolução para libertar o Brasil do domínio português, mas firmou as rédeas da fala.

– Vou indo, vó. Bênção.

A noite parecia um ermo, povoada de segredos, de cenas que se preparavam para acontecimentos futuros. Que viesse a guerra, que viessem mortes. Naquela noite com grilos cricrilando nas paredes da cabana da vovó e um ventinho derramando afagos nas árvores, Pedroco experimentou um estranho constrangimento ao imaginar que o doutor Gonzaga podia e devia morrer durante a revolução para a liberdade do Brasil. Chegou a achar que não devia pensar naquilo, pois tal esperança devia trazer mau agouro ao seu destino. Talvez o céu não aprovasse aquele seu desejo de morte para um homem, que, sendo português, estava preparando uma guerra para libertar o Brasil do país da sua nacionalidade. Parecia um atrevimento maldoso demais do seu estado sentimental, mas ele não conseguia tirar esse desejo forte da cabeça, e uma constante lembrança de que isso podia acontecer o acompanhava, onde quer que fosse.

No dia seguinte, montou na besta Cigana e tocou para Vila Rica. Ouvindo os cascos da mula na sua marcha, cavalgou imaginando que a revolução já podia ter começado. Que o palácio do governo já estaria ocupado pelo doutor Gonzaga com seus companheiros de luta. Encontrou Vila Rica com a mesma cara, na mesma atmosfera. Não devia sentir ansiedade para ver Maria Doroteia. Vovó Sabença dizia que o que tinha de acontecer, fatalmente aconteceria. Ou o destino podia mudar o curso da história de uma vida?

"Viver pode ser ilusão de estrada não muito certa no projeto da esperança."

Queria ouvir sobre a revolução, sem perguntar nada a ninguém. Talvez o Couro de Onça tivesse alguma novidade, embora nem quisesse encontrar com aquele tipo tagarela. Foi ao encontro de Abílio Cedrim, que ajudava o pai na selaria, já muito bom no trabalho com couro. Interrogou sobre a derrama. Havia alguma data marcada para o governador estalar o chicote da cobrança no lombo do povo?

– O governo só vem adiando o dia dessa derrama – respondeu Cedrim. – Nem sei por quê. O que a gente ouviu falar por aí é que vem um novo governador.

O pai do Abílio criticou:

– O Cunha de Meneses vai sair do governo mais rico que o palácio real da rainha dona Maria I.

– Acho que ele vai comprar o Rio de Janeiro, ou Lisboa, e mandar fazer uma carruagem de ouro, tralha banhada de ouro para os cavalos e roupas também banhadas de ouro. Acho que esse foi o que mais roubou aí nesse palácio – completou Abílio Cedrim, entre a zombaria e a revolta.

Pedroco aproveitou o assunto para puxar o fio da conversa em outra direção, tentando ouvir alguma coisa sobre a guerra da qual falara Tiradentes.

– O povo devia é fazer uma revolução, não é?

O pai de Abílio parou a mão direita segurando uma agulha comprida e disse:

– Falando em voz baixa: se estourasse uma revolução pra libertar o Brasil de Portugal, eu ia pegar o meu trabuco e brigar até morrer. Mas quem vai começar uma revolução aqui?

É, não estavam sabendo daquela guerra. Deixou a selaria dos Cedrim e começou a achar que devia se encontrar com Jojó Juru. O Couro de Onça, bisbilhoteiro por vocação, talvez tivesse novidades sobre a revolução. Sentia um desejo instigante de passar na frente da casa de Maria Doroteia, mas não o fez. Encontrou Jojó Juru em casa, com a filhinha no colo. O tagarela sentiu-se orgulhoso com a chegada do fazendeiro. Quem podia dizer que ele não tinha um amigo importante?

– Ioiô Pedroco, filho de Deus!

Entregou a filhinha a Iaracunhã e foi apertar a mão do moço, ainda na sela da mula.

– Disapeia, amigo. Você já conhece a minha casinha.

– Queria conversar com você em particular.

Jojó apontou para uma paineira barriguda florida. Podiam conversar debaixo dela. Caminhou ao lado da mula dizendo-se feliz com a visita do moço. Talvez Pedroco tivesse decidido sequestrar Maria Doroteia Marília e quisesse a sua ajuda. Já debaixo da paineira, interrogou:

– Resolveu roubar a moça pra carregar pra longe, ioiô Pedroco?

– Deus me livre de uma besteira desse quilate. E daí ela ia ficar com raiva de mim pro resto da vida.

– Nada, moço. Mulher é que nem potra braba. Depois de um tempo de doma com carinho, fica mansa que nem uma ovelha.

– Pare de dizer bobagem, Couro de Onça. Amor é sentimento de gente.

– Será que só isso? Cachorro chega a gostar da gente mais que uma pessoa.

– Eu queria ouvir mesmo sobre aquela tal de guerra que você ouviu falar.

Jojó escutara mais nada, mas se pôs a inventar informações:

– No caladinho das noites nas igrejas já escutara prosa em segredo. Padres combinando a prisão do governador. E a morte dele.

– Padres, Couro de Onça? Mas padre não pode matar gente!

– Ora, padre é só um homem com uma cruz dependurada no peito. Algum padre é quem ia comandar o exército dos revolucionários. Cada padre com um trabuco nas mãos. E padre Rolim, que sempre estava por ali, um religioso danado, devia ser o chefe. E na certa ia se tornar o rei do Brasil.

– Um padre virando rei do Brasil, Jojó?

Moço Pedroco que entendesse, mas existia padre que era ajudado pelo diabo também, que roubava ouro e diamante.

– Você está pecando com acusação falsa, Couro de Onça.

Jojó Juru afirmava que só estava com léria de lero-lero. Acusando ninguém não estava. Falava assim-assim no geral da história que tinha ouvido da língua do povo. Tinha até certeza que os padres da região, aqueles que planejavam a guerra, estavam sendo ajudados por Deus e Nosso Senhor Jesus. E Pedroco, estava preparado para entrar na luta com uma espada, ou até mesmo com um punhal?

– Se acontecer mesmo, Jojó, não posso ser um covarde.

– Se acontecer, não, a guerra vai acontecer com toda certeza. E todo mundo vai participar. Até mulheres e meninos. Ninguém vai conseguir pagar o que devia. A viver humilhado, quase todo mundo prefere a morte na guerra – então, mudou o tom de voz – Me arruma um dinheirinho pra comprar uma carninha de porco, ioiô Pedroco.

– Eu devia ter trazido de casa. Matamos dois porcos bem gordos ontem. Mas me esqueci.

– Já viu a menina hoje?

– Larga mão disso, Jojó. Ando longe...

– Longe, mas com ela no coração. Rá-rá. Ela ainda vai ser sua. Por Deus ou pelo diabo. Você sabe que eu conversei com o “bicho”, e ele garantiu que você vai conseguir aquela moça. Ouvi dizer que a rainha louca vai chamar o doutor Gonzaga de volta pra Portugal e não vai dar permissão pra ele casar.

– Ouviu isso de quem, Jojó?

– Aí por aí, por acolá.

O melhor era dar um dinheirinho ao traquinas tagarela e ir embora. Tinha quase certeza de que o bisbilhoteiro inventara aquelas patacoadas. Montou na mula, e uma vontade de ver Maria Doroteia, não Marília, começou a apertar o peito num desatino. Levínia poderia ter ouvido alguma coisa sobre a planejada revolução? Talvez o doutor Gonzaga pudesse ter segredado alguma coisa à noiva, e esta passado alguma informação à prima. Maria Doroteia no parapeito da janela, espiando a rua. Pedroco firmou os olhos. Sentiu o encantamento de um homem apaixonado. Foi se aproximando. Ela virou o rosto para o seu lado. Um olhar arisco:

"O moço da mula bonita...".

E fugiu. Foi se esconder. O moço viu a solidão entrando pela janela.

"Tomara que venha mesmo a guerra. Sem ela, acho que até seria melhor morrer num entrevero de luta pela liberdade do Brasil."

Agora não queria mais encontrar com Levínia, nem com mais ninguém. Queria voltar para a fazenda, onde devia esperar pelo estouro da guerra.

8

Era uma vez o sonho da revolução

De vez em quando, Pedroco e o pai, lá na fazenda, sem que ninguém ouvisse, falavam sobre a guerra noticiada por Tiradentes. O moço escondia a sua ansiedade pelo estouro do conflito e desejava que o estado vigente virasse mesmo pelo avesso. Estranho sentimento que nutria a esperança de trazer-lhe a felicidade no amor por meio de uma guerra. Se tal conflito não viesse mesmo a ocorrer, onde, como e quando poderia encontrar a possibilidade de ganhar Maria Doroteia? Ouviu sobre a chegada do novo governador de Vila Rica, o visconde de Barbacena, sobrinho do vice-rei, autoridade maior da colônia. Conforme conselho de vovó Sabença, tentou impor em si uma tranquilidade calada, fingida resignação até sobre sua paixão por Maria Doroteia. Jurou a si mesmo que não iria mais falar com ninguém sobre aquela moça. Entretanto, Levínia sempre o envolvia naquele assunto, com seu jeito meio regateiro, mas parecendo esconder uma pontinha de ciúme.

– Parece que agora, com o novo governador, o casamento do doutor Gonzaga com a Marília vai sair de verdade, Pedroco. Está com ciúme?

– Larga mão dessa bobagem, Levínia.

– Vão mesmo morar na Bahia.

– Quero saber disso, não.

– A coitada anda numa ansiedade que Deus me livre. Nervosa pra falar chega. O casamento vai sendo adiado e adiado.

– Eu quero saber é sobre a derrama. Você não ouviu falar se ela já tem data pra acontecer?

— Sei lá. Isso aí é mais assunto de homem. Ouvi falar é que o povo pode até se revoltar e brigar no dia da tal derrama.

— Quem fala isso?

— Isso é conversa de pinguço nos bares. Aqui em Vila Rica o que não falta é fuxico. Existe língua tão venenosa por aí que é capaz de dizer que a Marília já espera um filho do doutor Gonzaga. Que a ordem para o casamento deles está demorando tanto a chegar do reino que eles já se casaram na igreja do Escondido.

Era uma conversa acontecendo na casa daquela moça. Pedroco se encabulou e se entalou com qualquer coisa que poderia querer dizer. Tentou engolir secura que a língua não conseguiu empurrar pela passagem da garganta. Lutou para não se mostrar constrangido. Levínia, brincalhona:

— Se aparecer um Gonzaguinha por aí, espero que a igreja perdoe e o rei, aliás, a rainha louca, dê ordem para o casamento dos dois.

Dona Marcila interveio na conversa da filha:

— Isso é assunto pra conversar com o Pedroco, Levínia? Que falta de propósito.

— O Pedroco é adulto, mãe.

— Isso é fofoca de mulheres sem cuidado com a língua. Deve ser pura invenção da bisbilhotice sem freio de Vila Rica.

— Eu só ouvi prosa, mãe. Perguntar para a Téia, eu não vou. O futuro é que pode mostrar a verdade. Ela pode até esconder debaixo de vestido com armação elevada, mas...

— Levínia, você está conversando demais. O Pedroco pergunta sobre a derrama e você sai com outro assunto! Pare com isso.

— É que o moço da mula bonita... Sabe como é, mãe. Você não tem vontade de mudar pro Rio de Janeiro, Pedroco?

— Não. Só de conhecer. Quero ver o mar. Gosto mesmo é da fazenda. Dos animais.

Naquele instante, o que não queria mesmo era mais conversa. Despediu-se. Não queria nem pernoitar na casa que possuíam em Vila Rica. O impulso era de fugir. Esconder-se na fazenda. Num trecho mais plano da estrada tocou a mula num galope. Depois do galope deixou o animal ir no passo lento. Soltou um grito longo. Se Maria Doroteia estivesse mesmo grávida do doutor Gonzaga... Experimentou um certo arrependimento por não ter encorajado Jojó Juru a assassinar o ouvidor:

"Você não nasceu para matar ninguém".

Vovó Sabença podia ter razão, mas bem que podia ter nascido para contratar alguém que pudesse matar um obstáculo prejudicial à sua vida. Já quase chegando em casa achou que devia ficar em Vila Rica só para passar a noite bebendo. O pai o observou com o rosto transtornado e perguntou:

– Já estourou a guerra, Pedroco?

– Ainda não, pai. Ninguém fala em guerra nenhuma em Vila Rica.

– Eu notei um jeito assustado no seu rosto.

– Nada, não.

O cachorro Pajé levantou as patas na sua frente e ele as segurou. Afagou a cabeça do cão amigo e foi soltar a mula. Sentia ter perdido alguma coisa que não sabia direito o que era. Faltava-lhe alguma parte do corpo? Do espírito? Achou que a vida era uma viagem decepcionante demais, e uma jornada muito longa para se suportar o choque das decepções. Julgou-se o mais desprezado e o mais decepcionado dos homens. E de repente julgou-se também o mais bobo. A missão de viver não devia se envolver com certas ilusões arriscadas. No terreno das possibilidades era mais aconselhável não plantar árvores de raízes profundas, pois, se tivesse de arrancá-las, o trabalho podia machucar demais. A sabedoria da vida ensina que é muito mais vantajoso plantar árvores de raízes menos profundas. E se a planejada guerra estourasse logo, se o doutor Gonzaga morresse e Maria Doroteia ficasse grávida?

"Só espero que essa guerra comece em poucos dias."

Será que vovó Sabença podia saber se Maria Doroteia estava mesmo esperando um filho do doutor Tomás Antônio Gonzaga? Será que se lhe dissesse o nome completo daquela moça, poderia ouvir alguma coisa referente ao assunto? Também chegou a desconfiar que Levínia poderia até estar inventando aquela história só para atormentá-lo. Entretanto, preparou-se para uma consulta com a vovó.

E foi que naqueles dias estourou aquela notícia que fez estremecer Vila Rica: Tiradentes fora preso no Rio de Janeiro. E o doutor Gonzaga, também preso, fora levado para a capital da colônia. Outros inimigos do reino, revolucionários que preparavam uma revolução para libertar o Brasil de Portugal, também estavam sendo presos.

Quem chegou com a notícia na fazenda Cascata Bela foi Jojó Juru, na certa até esperando alguma recompensa. Primeiramente conversou com Pedroco em particular:

– Eu não falei que ia acontecer alguma coisa? O doutor Gonzaga nunca mais vai voltar a Vila Rica, Pedroco. Vai ser enforcado. Tenho certeza. Um português traindo Portugal. Tenho certeza que muita gente vai ser enforcada. A Marília vai ficar só. E você vai ter a sua vez com ela, ioiô. Não falei? Não falei?

Pedroco se embaralhou em pensamentos confusos. Será que Jojó estava realmente dizendo a verdade? Não acontecera o estouro da revolução, mas o noivo de Maria Doroteia fora preso por estar planejando a revolução noticiada por Tiradentes? Confusão na cabeça do moço. Estava ainda surpreso, num estado de basbaque, quando o pai foi chegando de Vila Rica, e, antes de pular do cavalo, informou sobre aqueles acontecimentos. Verdade pura. Nem tinham conseguido iniciar a revolução.

Se estavam prendendo os envolvidos na planejada revolução, Pedroco sentiu dúvida sobre como ficaria a situação dele e do pai. Tiradentes poderia ter colocado seus nomes na lista dos revolucionários, se houvesse tal lista. Sua vontade era de montar na besta Cigana e cavalgar para Vila Rica. Queria sentir a atmosfera daqueles acontecimentos na cidade. Mas, e se fosse preso? Sentiu-se numa situação arriscada.

– Ioiô, não tem um pedaço de carne de porco pra mim, não?

– Vou arranjar.

Sem falar com a mãe, o rapaz pegou um pedaço de pernil que secava ao sol, numa vara, e deu ao tagarela às ocultas. Ainda ouviu:

– O negócio que eu fiz com o diabo pra te ajudar começa a dar certo, sinhozinho Pedroco. A moça vai ficar sozinha. Só pra você.

– Fale em Deus, Couro de Onça.

– Então fique com Deus, que eu já vou indo.

O moço começou a se preparar para ir a Vila Rica. Mas não queria alcançar Jojó Juru. Precisava também conversar com o pai sobre a situação deles. Corriam algum risco de prisão? O pai acreditava que não. Tiradentes não devia ter falado sobre eles com ninguém. Será que não estavam em perigo?

– Vou pra Vila Rica ouvir conversa, pai.

– O povo está com medo. Se a milícia estiver prendendo gente simples, volte logo.

Antes de montar na mula, o rapaz ainda ouviu da mãe:

– Você nem devia ir pra cidade, Pedro. De repente pode começar uma guerra. Prenderam alguns, mas, e os que ficaram?

– Vou e volto logo, mãe. Quero saber das coisas.

Mariana disse com alguma apreensão:

– Não vai entrar em briga nenhuma, Pedroco.

Montou na mula e tocou. Aristarco esteve a ponto de dizer à esposa que Tiradentes fizera aquela visita à fazenda para falar sobre a planejada revolução. Mas calou-se. O conflito ainda podia estourar. Pedroco chegou a Vila Rica pelo anoitecer. Havia mais milicianos nas ruas. Sentiu um clima desfavorável. Nem era bom ir à praça principal, muito menos chegar perto do palácio do governo. Foi se encontrar com Abílio Cedrim.

– O negócio aqui não está de brincadeira, Abílio.

– Estão prendendo quem for denunciado. Até quem não tem nada com a revolução que o doutor Gonzaga e o Tiradentes pretendiam fazer. Nem é bom ficar andando por aí.

– Vou voltar pra fazenda é agora.

Queria saber como estava Maria Doroteia. Ver seu rosto. Na certa a marca do sofrimento. Decepção pela vida. O noivo levado para uma prisão no Rio de Janeiro, à noite, sem nem um aceno de despedida. Talvez devesse ter pena dela, mas sentiu na magia da esperança que ela poderia ser sua, sobrar para ele.

"Doutor Antônio Tomás Gonzaga levado para Portugal, condenado à morte para morrer longe do Brasil. Ou ser enforcado no Rio de Janeiro."

Sob as estrelas de uma noite meio clara tocou a mula de volta para a fazenda. Pensativo. Na caminhada lenta do animal sentia-se numa condição mais favorável para pensar.

"Marília, que Marília coisa nenhuma, Maria Doroteia, deixada para ele. Baralhamento de impressões. De ideias. Uma esperança sentimental florida. Mas e se, de repente, aparecessem milicianos atrás dele e do pai, na fazenda? A vida tem golpes do inesperado. Imprevistos inventados pela má sorte? Ou arranjados pelo destino previamente predestinado?"

O pessoal já dormia em casa, mas o pai acordou com a sua chegada e perguntou pelos últimos acontecimentos. O estado vigente das coisas tinha uma atmosfera pesada de medo e ódio. Milicianos agressivos afastando as pessoas das imediações do palácio do governo. O pai se levantou e foi conversar com o filho em voz baixa.

– Não desconfiou de nada sobre nós, Pedro?

– Conversei só com o Abílio. Existe perigo no ar... Sei não.

– Acho que é bom a gente não ir a Vila Rica por alguns dias.

– Pode ser.

– Mas também a gente corre o risco de ver milicianos chegando aqui...

– Também.

– Aquela vinda do Tiradentes aqui na fazenda foi nada boa.

– Não foi. Agora a gente tem que ficar com a pulga atrás da orelha.

Aquele segredo continuou entre os dois, num estado de alerta. Se vissem milicianos se aproximando, deviam fugir para o mato. Dias de apreensão num sempre alerta. Pedroco nutrindo aquele desejo de conversar com vovó Sabença sobre os acontecimentos. Será que a vovó podia clarear alguma coisa? Andava com aquela vontade quando a família de Levínia chegou à fazenda. A moça com um olhar interrogativo para o seu rosto.

– Você sumiu de Vila Rica, Pedroco. Aliás, vocês. Estão com medo de alguma guerra?

– É melhor evitar aqueles milicianos. Ouvi dizer que o governador manda prender qualquer um que for denunciado. Sei lá.

– Prenderam meu tio Alvarenga lá na fazenda do Covão. Abusaram da tia Bárbara Heliodora. A Maria Ifigênia, minha prima, está sofrendo como nunca imaginou. Dizem que os milicianos prendem, agridem e ainda roubam as coisas de valor das pessoas. Está um deus nos acuda.

E Maria Doroteia, como estaria? Talvez Levínia até estivesse esperando que Pedroco perguntasse pela prima – e ele esperando que ela dissesse alguma coisa. O moço fingia não estar curioso.

– É mesmo que prenderam padres, Vina?

– E estão prendendo ainda. Estão atrás do padre Rolim. Falam que ele fugiu pra Vila de Goiás, lá pro sertãozão.

– E o doutor Gonzaga já está no Rio de Janeiro, Vina?

Mariana interrogou e Pedroco gostou da pergunta.

– Acho que sim. Ou viajando pra lá.

– E a Maria Doroteia, a Marília dele, a musa?

– Coitada da minha prima. O noivo dela foi preso e levado pro Rio de noite e nem um aceno dele. Está amuada dentro de casa, mas não perdeu a esperança. Nem à igreja tem vontade de ir, mas vai rezar. Só que afirma que é forte e vai ficar esperando a liberdade do noivo. E que vai lutar por ele. Não sei como. O povo diz que o doutor Gonzaga será levado pra Portugal, preso para o resto da vida, ou será enforcado, ou mandado pra África. O povo conversa demais.

Mariana continuou:

– Se ele for mandado pra África, a Marília pode ir casar com ele por lá.

– Sei, não. Só sei que a situação dela é de penúria.

Pedroco sentiu vontade de se afastar daquela conversa, mas não sem antes ouvir da outra irmã:

– Então, se a Maria Doroteia ficar sozinha, pode ficar para o Pedroco – e riu.

– Pare de dizer besteira, Margarida – o rapaz expressou num tom de contrariedade, mas no fundo achou conveniente a observação da irmã.

Levínia disse:

– O futuro é quem sabe da vida... Só que é um tempo oculto no tempo sem fim...

O rapaz foi se afastando devagarzinho daquele colóquio. Por que o destino não poderia estar preparando Maria Doroteia para ser sua esposa? Na certa o doutor Gonzaga nunca mais poria os pés em Vila Rica. E talvez fosse mesmo enforcado.

Depois do anoitecer de uma sexta-feira, foi ter uma consulta com vovó Sabença, com quem falou sobre os acontecimentos da planejada e frustrada revolução, embora quisesse saber mesmo sobre a noiva do doutor Gonzaga.

– Vovó, quero falar pra senhora o nome da moça com quem eu queria casar. É que com esse negócio de revolução, ela ficou sozinha.

O rapaz pensou que podia dar o nome da moça, embora talvez vovó Sabença pudesse não dizer nada do que ele esperava.

– O nome dela é Maria Doroteia Joaquina de Seixas Brandão, também com apelido de Marília. Será que ainda caso com ela?

Vovó Sabença não sabia. Não tinha recursos para afirmar tal acontecimento. Só podia dizer que ele ia casar, ser feliz e ter muitos filhos. E a simpatia da corrente das quarenta e nove missas?

– Ah, eu já terminei.

Então, que colocasse a esperança na felicidade do amor. Só queria viver até o dia de vê-lo se casando... Mas o tempo dela agora era como aquele da última manga madura prestes a cair da mangueira. No mundo a criatura humana tinha o seu tempo para viver. Com muito sofrimento, ou com sofrimento mais brando, quando chegava a velhice, cada pessoa podia perceber e observar que a fração do tempo era bem curta.

– A senhora não tem outra simpatia pra mim, vovó?

Tinha uns conselhos. Que acreditasse em Deus, em Jesus e Nossa Senhora. Que nunca fizesse mal a ninguém. Depois da morte é que a pessoa entendia um pouco sobre a vida eterna porque da verdade do tempo da vida no mundo ninguém podia fugir. Todo aquele que fazia mal ao próximo na Terra ia chorar muito com o impacto da verdade nua, crua e cruel. Que o mais correto da vida era o preparo para a morte.

Pedroco desconfiou que vovó Sabença podia estar caducando, vendo cenas da morte. Pediu a bênção e se afastou da cabana da anciã levando alguma decepção. Que a antiga escrava Sabina vivesse até vê-lo casando com... Ah, com Maria Doroteia. E ele chamaria sua amada de Téia, naquela bem carinhosa linguagem de um marido apaixonado.

No dia seguinte levaram um susto: alguns milicianos apareceram galopando nuns cavalos fortes. Pedroco fugiu para o mato, mas o pai foi cercado repentinamente. Estremeceu. Será que os nomes dele e do filho estavam em alguma lista dos chamados inconfidentes? Ou podiam ter sido denunciados? Aquele que parecia ser o chefe interrogou ao fazendeiro se por ali não passara nenhum homem com jeito de fugitivo da revolução que o ouvidor Tomás Gonzaga, Tiradentes e outros estavam planejando contra o reino de Portugal. Não foi sem tremura na voz que Aristarco respondeu:

– Não passou ninguém desse jeito por aqui. Nenhum estranho.

– A milícia foi informada que ele pode ter fugido por estas bandas.

Não demoraram. Mas Pedroco tardou um pouco mais no mato, até ser procurado pelo pai. Os milicianos estavam atrás de um denunciado fugitivo. O rapaz voltou para casa, mas numa atmosfera de desconfiança.

Como devia estar Maria Doroteia em Vila Rica? Numa tristeza de luto sentimental? Tomara que o doutor Gonzaga nunca mais voltasse. E que ela se renovasse como a natureza, que se reverdeja e floresce depois de uma tempestade destruidora. Aos poucos foi acreditando que não haveria perigo em passear pelas ruas de Vila Rica. O perigo já devia ter passado. Montou na besta Cigana e foi ver a cara da cidade. Ela poderia vê-lo e exclamar:

– O moço da mula bonita!

E aos poucos podia esquecer o noivo preso e começar a sentir um embrião de querer de amor brotando no sentimento. Passou na frente da casa dela. Talvez estivesse escondida, curtindo a melancolia que um golpe sentimental deixa no coração.

Podia também estar numa igreja, rezando para que nada de pior viesse a acontecer com o noivo. Talvez na igreja Pilar dos Nobres, a que normalmente frequentava. Empurrado por essa impressão, tocou a besta naquele rumo. Viu que havia gente dentro da igreja. Desceu do animal, amarrou-o num poste de lampião e foi parar na porta do templo. Maria Doroteia estava realmente rezando lá perto do altar, na primeira fila de bancos. Logo atrás estava a escrava Francisca. Que impressão era aquela que o fizera adivinhar que a moça andava naquela igreja? Acreditou ser a mesma que sentia na esperança de que iria se casar com ela. Ali, naquele instante, sentiu-se encabulado. Preparara-se para dizer à moça palavras de consolo, mas tinha lá intimidade com ela para entrar naquele assunto? Sentiu mesmo foi o embaraço da timidez. Percebeu que a ousadia praticada pela intenção não seria capaz de funcionar na hora H. Estava ali meio abobalhado. Um tanto ameninado ou um moço de coragem sentimental imatura. Entrar na igreja pareceu inconveniente. Um disparate. Aquele não era um lugar apropriado para dizer coisas de uma paixão incrustada no escondido do peito. E nem chegara o tempo apropriado. Ora, se adivinhara que ela estava naquela igreja, aquele acontecimento só podia ser um indicativo de que Maria Doroteia seria sua no futuro. Afastou-se e foi montar na mula. Levínia podia ter novidades. Talvez o doutor Gonzaga já tivesse sido levado para Portugal.

– O moço da mula bonita.

Foi assim que Levínia o saudou. E enquanto ele deixava escapar um sorriso, ela continuou:

– O moço bonito da mula bonita.

Ele balançou a cabeça de forma negativa, mas achando bom. Pulou no chão, e o irmão da moça, um menino de doze anos, pediu:

– Deixe eu dar uma voltinha na Cigana, Pedroco?

– Pode ir, mas firme. Ela é muito esperta.

Outra vez o rapaz queria ouvir Levínia falando sobre a prima Doroteia, sem, entretanto, entrar no assunto. A moça informou que acontecera um crime para deixar a cidade do ouro mais triste ainda. Tinham matado enforcado o doutor Cláudio Manuel da Costa, e o pessoal do governo afirmava que ele se enforcara. O médico que examinara as condições da morte do poeta afirmara que ele fora enforcado. Um documento com declaração falsa fora forjado e o médico, silenciado. Mas Levínia ouvira do próprio médico a verdade sobre aquela morte.

– Ele não pode dizer a verdade sobre o crime, Vina?

– Vai ser bobo? Pra morrer assassinado por aí?

– E o resto do pessoal?

– Prenderam todos ou quase todos. Sei lá se alguém fugiu pra longe. Quem deu mais trabalho foi o padre Rolim. Dizem que ele tentou fugir lá das bandas do Tejuco pro sertão, com seus companheiros, escravos e índios. Um padre valente. Decepcionado porque a revolução não deu certo. Mas já está preso e vai ser levado pro Rio de Janeiro. O pessoal fala que todos os envolvidos vão morrer enforcados. E que o doutor Gonzaga vai morrer enforcado em Portugal. O povo conversa muito.

"Então Maria Doroteia estaria livre..."

E Levínia com a fertilidade da sua prosa.

– E alguns presos aqui em Vila Rica também. Sabe que eu queria que tivesse mesmo acontecido essa guerra, Pedroco?

– Verdade?

– Verdade pura. Se deixassem, até eu ia dar tiro em maroto pra ver esse pessoal explorador indo embora pra Portugal.

A mãe da moça interveio:

– Pare de dizer patacoada, Levínia. Daqui a pouco o governador manda miliciano aqui atrás de você.

– Juro que ia ajudar na guerra, mãe. Podia trabalhar de enfermeira, cuidando de soldado ferido, trabalhando como cozinheira. Ainda vou viver pra ver a liberdade do Brasil. E você, Pedroco, não ia entrar na guerra, se ela tivesse acontecido?

– Eu sou brasileiro, mas é melhor a gente não ficar dizendo certas coisas por aí...

– Eu e a Téia íamos entrar nessa guerra. Já conversamos sobre isso. E a tia Bárbara Heliodora chamou o tio Alvarenga e o resto de frouxos e covardes. Ficaram esperando e esperando a declaração da derrama. O povo acha que o governador desconfiou que podia acontecer uma revolta e foi adiando e adiando. E os revolucionários foram traídos. Alguém denunciou. Falam que um tal Silvério dos Reis contou tudo ao governador, que por sua vez contou ao vice-rei lá no Rio de Janeiro. O Tiradentes foi comprar armas de fogo por lá. E ele falava demais. Foi falando na revolução pelo caminho e, chegando lá, acabou preso. A tia Bárbara Heliodora queria que os homens daqui iniciassem a revolução sem mais demora. E agora o tio Alvarenga está preso no Rio e sei lá o que vai acontecer. Falam que o reino de Portugal não perdoa esse tipo de revolta. O pessoal não conta que aqui em 1720 Felipe dos Santos foi morto e arrastado por quatro cavalos por causa de revolta?

– A vovó Sabença viu esse acontecimento. Era mocinha escrava naquele tempo.

Pedroco queria ouvir informações sobre o estado de alma de Maria Doroteia. Não informou que observara a moça rezando na igreja Pilar dos Nobres. Podia estar rezando para que nada de muito mal se passasse com o doutor Gonzaga. Não queria interrogar, mas descuidou do nó bambo que dera na língua:

– E a Marília, Vina?

Levínia soltou uma gargalhada:

– Rá-rá. Você disse que nunca ia chamar a Téia de Marília.

– Chamei?

– E não chamou?

– Então foi sem querer.

– A Téia anda naquela tristeza de dar dó. Rezando muito, sem perder a esperança. Declamando os versos que o doutor escreveu pra ela. Acho que já decorou quase todos os poemas.

Dona Marcila expressou:

– Agora você podia tentar alguma coisa com ela, né, Pedroco?

Levínia não permitiu que o rapaz dissesse alguma coisa:

– Que nada. O coração da Téia está fechado e trancado. Ela é muito forte e determinada. E não perdeu a esperança.

A mãe interveio mais uma vez:

– Esperança de casar com alguém que deve ser enforcado?

Na rua, Jojó Juru viu o irmão de Levínia montado na besta Cigana. Perguntou pelo dono do animal e acompanhou o menino. Pedroco não gostou de ver aquele tagarela chegando atrás da mula.

– Por que aquele Camisa de Onça está andando atrás da sua mula? – Levínia interrogou.

– Couro de Onça é o apelido dele, Vina. Vai ver quer algum trocado para beber pinga.

Despediu-se do pessoal de Levínia e saiu puxando a mula, sem antes apertar a mão de Jojó, que se sentiu orgulhoso. A conversa entre os dois não podia ser ouvida por ninguém. O Couro de Onça podia estalar a língua com o chicote da fuxicaria.

– Ouvi dizer que a sua Doroteia vai viajar pra São João del Rei – Jojó Juru desatou o assunto.

– Como você sabe disso, se nem os parentes dela me disseram nada sobre tal viagem?

– Sei das coisas antes de todos, sinhozinho. Tenho informantes do mundo invisível...

– Lá vem você com suas artimanhas diabólicas...

– Eu tenho manhas e manhas de sabedoria, ioiô Pedroco. Eu só lhe digo que essa é a hora certa de você carregar a sua noiva pra longe. Pra São Paulo ou pra Goiás. Ouvi até falar de um lugar nesse fundão chamado São Domingos dos Araxás. Por lá garimpam diamantes. Arranje uns escravos bons e eu vou junto chefiando a turma. Sou capataz de autoridade. Leve a Doroteia pra muito longe pra ser a sua esposa, homem. Pode levar até pra Bahia. O doutor Tomás não vai voltar mais nunca. A sua Doroteia vai consolar a esposa do doutor Alvarenga Peixoto em São João del Rei. É o momento certo, Pedroco. Você não vai deixar escapulir essa oportunidade.

O moço deixou o traquinas falar o que quisesse:

– Você pode até me adiantar a segunda parte do nosso negócio.

– Nosso negócio já acabou faz tempo, Jojó – respondeu meio intrigado. – Por favor, nem fale nisso mais. E eu vou raptar uma moça com quem eu queria casar? Agora chegou a hora de eu conquistar a Doroteia com palavras de carinho, com juramento de amor. Se eu sequestro aquela criatura agora, ela pode me odiar para o resto da vida.

– Odeia nada. Logo esquece. Mulher é que nem papagaio, que a gente tira do ninho e, quando cresce, quer ficar sempre empoleirado no nosso ombro. Ela pode ficar braba com você no início, mas depois vai ser que nem doce de leite, que vai derretendo na boca da gente.

– Pare com sua traquinagem pro meu lado, Couro de Onça. Se eu puder conquistar o coração dela com minhas palavras, aí acredito no amor.

– E então por que não viaja pra São João del Rei pra ir tentando? Estou escutando aqui que isso pode dar certo.

– Escutando de quem, Jojó?

– Do invisível. Eu escuto vozes do invisível, você sabe.

– E eu sei lá disso. E você tem pacto com o diabo?

– Assim-assim... Mais ou menos. Fui lá conversar com ele daquela vez pra te ajudar e consegui ajuda. Tudo vai dando certo. A noiva do doutor Gonzaga agora é sua. Vai pra São João del Rei atrás dela, ioiô Pedroco. Posso ir com você. Lá naquela região você aproveita pra dar o bote da lábia da conquista. Mulher é que nem juruti: entra debaixo da arapuca pra comer a ilusão do milho e lá fica presa.

– Andei com a cabeça no topo dos montes por causa daquela moça, mas não sou louco.

– É porque você sabe que agora ela vai ficar sozinha e vai acabar sendo sua. Então me arranje um dinheirinho pra comprar carne de porco pras minhas duas: a Iaracunhã e a minha Marília, a filhinha.

Deu umas moedas ao tagarela, montou na mula e ainda ouviu:

– Se precisar da minha ajuda pro tal negócio, eu sou mais eu que mais ninguém.

Pedroco tocou a besta no passo lento, pensativo. Maria Doroteia estava mesmo indo a São João del Rei? Por que Levínia não dissera nada sobre isso? Será que Jojó Juru adivinhava as coisas ou quase sempre inventava? Tocou a mula e passou na frente da casa da amada. Viu ninguém. Voltou pelo mesmo percurso. Uma vontade de avistá-la inchava em seu desejo. Amarrou a mula um pouco longe e tornou a passar por ali mais duas vezes. Viu ninguém.

"Meu destino é quem sabe da minha sorte..."

Podia pernoitar em Vila Rica. Ir construindo sua esperança com material mais resistente. Agora Maria Doroteia estava sozinha. Seu noivo nunca mais passaria por Vila Rica. O tempo tem o poder natural para alterar a vida e mudar a paisagem nas mãos dos homens. Achou que não precisava ser envolvido pelos espinhos da ansiedade, que deveria esperar mais algum tempo. Voltou para a fazenda, mas, chegando lá, já queria retornar a Vila Rica. Talvez ela estivesse mesmo de viagem para São João del Rei e seria reconfortante vê-la antes que partisse. Aguentou ficar na fazenda por três dias, sempre pensativo.

"Sequetrar Maria Doroteia? Levá-la para bem longe? Daí transformá-la em sua esposa?" Jojó Juru tinha ideia extravagante. Ideia de pirata. Se fosse doido como aquele meio índio meio negro, seria mesmo capaz de fazer uma loucura daquela intensidade. E depois da extravagância criminosa da paixão, Maria Doroteia seria capaz de entender a ousadia extravagante do seu querer de amor e de amá-lo? Talvez. Se nesse talvez houvesse mais certeza que dúvida, ele até poderia realizar tal façanha... Por enquanto, não.

"Nada de pressa. Poderia o Couro de Onça estar meio certo?"

Depois de três dias na fazenda, tocou a mula para Vila Rica. Um desejo de conversar com Doroteia, dizer-lhe palavras de consolo, falar do seu sentimento. Na cidade ainda reinava o assunto sobre a revolução gorada. O governador Visconde de Barbacena era uma cascavel que não errava o bote. Todos os participantes seriam enforcados. Pedroco ouviu essa afirmativa em quase todos os lugares. Daí ficava pensativo e, mesmo tentando não desejar mal a ninguém, achava muito oportuna a aspiração de que o doutor Gonzaga fosse deveras enforcado. Maria Doroteia aprenderia e aceitaria viver sem o seu poeta e um dia iria aceitá-lo como seu amado.

Não queria encontrar Jojó Juru na cidade, embora ele pudesse lhe dar notícias interessantes. Ora, quem podia saber mais sobre Marília Doroteia que a prima dela? Encontrou Levínia com um sorriso enfeitiçado no desenho sorridente dos lábios.

– Boa tarde, moço da mula bonita.

– De todo jeito você brinca comigo, né, Vina? Só por que a Téia fala assim, não é?

– A *Téia* que você fala é a *Marília,* não é?

– Que Marília, que nada.

– Se você veio aqui pra ver aquela infeliz, chegou tarde. Ela foi embora de Vila Rica.

– Foi embora pra onde?

– Pra São João del Rei.

– Mudou pra lá?

– Mudou de mala, cuia e baú.

A mãe de Levínia interveio:

– Não mudou definitivamente. Foi passar uns tempos com a Bárbara Heliodora e com Maria Ifigênia, que estão sofrendo muito com a prisão do Alvarenga.

– Mas será que ela volta pra cá, mãe? Na minha opinião Vila Rica se tornou uma cidade maldita para ela... Sem o doutor Gonzaga – Levínia disse com um olhar investigativo no rosto do rapaz.

Pedroco sentiu-se encabulado. E para aumentar seu desajeito, dona Marcila perguntou:

– E você, vai atrás dela em São João del Rei, Pedroco?

– Eu?

E Levínia, galhofeira:

– Se for, vai perder tempo. Vai atolar com a mula no brejo.

Agora Vila Rica parecia vazia demais, melancólica como aquelas noites frias de junho ou julho, triste como aquelas tardes nevoentas afogando os montes e os vales. Quem sabe houvesse mesmo alguma razão em viajar para São João del Rei a fim de tentar alguma coisa com Maria Doroteia, antes que outro atrevido pudesse conquistá-la. Raptá-la e levá-la para muito longe? Jojó Juru, o Couro de Onça, como a fera mais finória da mata brasileira... Talvez aquele tipo estrambótico tivesse alguma razão...

9

Razão, ainda que tardia

Viajar para São João del Rei para ficar perto de Maria Doroteia? Ir se aproximando aos pouquinhos? O coração começou a sentir esse conflito. Uma pulsação perturbando. Mas, raptá-la, de jeito nenhum. Ou até poderia ser? Levá-la para esse lugar chamado São Domingos dos Araxás... E se no meio da viagem ela já se acostumasse com ele no toque do carinho do amor? Mas, de repente, uma pontada de um espinho invisível trazido pela lembrança. Recordou a viagem em que pela primeira vez viu o doutor Tomás declamando um poema para a moça. E ela na alegria da expressão do querer bem. Entrou em sua cabeça então até a possibilidade de vê-la iniciando um romance com outro rapaz. Lembrança maldita! Haveria lógica em supor tal acontecimento? Decidiu que não. Entretanto, optou por esperar a volta da moça. E se ela não regressasse mais a Vila Rica? Ora, era esperar algum tempo, saber notícias da vida dela em São João del Rei e inventar uma viagem? Quem sabe... Encontrar o Couro de Onça não queria mais. Homenzinho de ideias extravagantes.

"Por que fui me enrolar com aquela peste?"

Ou Jojó, bem misterioso no seu jeito de ser, poderia ter feito mesmo alguma coisa para afastar o ouvidor Gonzaga de Vila Rica?

"Sou um bobo de pensar assim. Aquele traste não passa de um peralta. Nem quero encontrar mais aquele tipo."

Com Abílio Cedrim e Bartileu Ramalho bebeu algum conhaque. Abílio o ferroou com uma afirmativa intrigante:

– A musa do doutor Gonzaga agora é a sua musa, Pedroco.

O rapaz se mexeu na cadeira e deixou escapar um sorriso descolorido. Bartileu foi quem expressou:

– Agora é só aproveitar a ocasião, Pedroco. Não aconteceu a revolução, e assim você aproveita a ocasião. Hein?

– Hã, sei não...

Cedrim buliu com seu sentimento:

– Agora que o poeta foi preso e, na certa, vai ser enforcado, você afogou a paixão pela Maria Doroteia, menino?

– Ando mais pra lá do que pra cá, mais confuso que barata levada num redemoinho.

Bartileu voltou a intrigar:

– Sua hora chegou. Dizem que quando chega a hora de acontecer o amor, explode que nem um vulcão no momento da erupção. Como anda seu coração escondido nessa caverna?

Pedroco soltou uma gargalhada. Cedrim sugeriu:

– Ela está em São João del Rei. Por que você não vai atrás dela, molenga?

Finalmente se saiu com uma explicação:

– Ela está de luto, conforme falam os parentes dela. Nem vai querer me escutar.

Cedrim continuou:

– Pois bem, o tempo desenluta a negrura de qualquer sentimento enlutado por um golpe de amor que o destino inventa. Vai chegar a sua hora.

Pedroco sorveu um gole graúdo de conhaque naquele instante. Podia mesmo chegar a sua hora com Maria Doroteia. Se tivesse veia para escrever versos, iria rabiscar palavras de amor em alguma poesia para fazer daquela filha do capitão João Mayrink também a sua musa. Para que ela esquecesse o poeta preso na Ilha das Cobras. E passasse a sentir por ele um grande amor num novo alento. Levantou-se da cadeira:

– É, vou tocar pra fazenda.

Bartileu voltou a bulir com ele:

– Devia é tocar para São João del Rei e voltar de lá casado com a Marília.

Cedrim limpou os lábios com o dorso da mão direita e expressou:

– Também aí já é demais, Barto. Era preciso que o Pedroco fosse um mago na linguagem do amor.

– É mesmo. E ele é quase um santo perto de uma mulher.

– A gozação de vocês está demais. Vou embora.

– Que ir embora que nada, menino. A gente está bebendo um pouquinho aqui pra ir lá em Catas Altas. Chegaram umas mulheres do Rio de Janeiro. Umas italianas que andavam num navio de piratas. Umas louras que embaçam até o sol. E você vai nos decepcionar, meninão da Cascata Bela?

– Hoje vou não, Cedrim. Ando sem palpite...

Bartileu fez mais gozação:

– Ele está com palpite de ir pra fazenda e ficar lá feito um ermitão pensando na Marília, uivando feito lobo-guará solitário.

– Fala o nome de Marília, não, Barto. Ele não gosta. Você tem de falar Doroteia.

– Hoje vocês estão uma sarna com veneno de urtiga. Até mais, tagarelas.

Foi se afastando, confuso da vida, enquanto Cedrim dizia que logo iria à Cascata Bela para uma caçada de porcos do mato e para tirar mel. Bartileu informou que também iria.

– Fico esperando vocês lá.

Montou na mula Cigana e tocou, não para a fazenda, mas para a casa de Levínia. A moça mostrou uma expressão meio irônica e brincou:

– O moço da mula bonita – e riu seu riso que parecia querer enfeitiçar o moço. Continuou num tom meio galhofeiro – Se veio aqui atrás de notícias dela, só tenho notícias minhas...

– Só vim visitar vocês... Mas você não tem notícias dela?

– Desconfiei que você podia mesmo perguntar pela Marília.

– Por essa aí, não. Por Maria Doroteia.

– Quem veio de lá diz que ela está de luto. Que pode morrer de mágoa. Uma saudade do poeta preso que é mais forte que escravo que morre de banzo. Eu acho que ela vai acabar morrendo de saudade do doutor Gonzaga.

– Larga mão de dizer patacoada.

– Patacoada é você ir morrendo aos poucos por ela.

– Eu, Levínia? Sou mais forte que o monte Itacolomi, que resiste a qualquer ventania.

– Sei, não. Está que nem árvore fina que curva ao vento...

– Isso é invenção sua.

– Se você fosse forte mesmo, teria ido atrás dela. Mas não vai porque sabe que vai dar com a cara nas pedras da montanha.

Julgou estar com praga de urubu naquele dia. Ouvindo gozação deixara os amigos e encontrara Levínia ardida na ironia. A razão da paz de espírito dizia que a melhor saída era voltar para casa.

Às vezes Pedroco julgava que aqueles dias pareciam bobos, mas continuava fertilizando a esperança de um dia ter Maria Doroteia. A ilusão da juventude é forte como árvore que tomba ao vento, mas faz brotar outra de suas raízes. Talvez não quisesse outra conversa com vovó Sabença sobre aquele assunto, mas, ao vê-la no banco perto da porta da cozinha, foi chegando.

– Bênção, vovó Sá – E logo interrogou se o destino não podia ser mudado.

– Cada criatura humana tem uma estrada para percorrer, mas tem a liberdade de seguir pelos desvios que quiser.

– E alguém vem para seguir a estrada do mal, vó?

Não. Sabença explicou que ninguém era mandado para esse mundo para percorrer a estrada das más ações, uma trilha seguida por quem não tinha sabedoria espiritual e andava sem Deus. E esse procedimento era o gerador de dores sem remédio. Por acaso ioiô Pedroco já esquecera a moça do seu sofrimento de amor?

– Ando longe, vovó...

Ela respondeu que ele podia estar tentando andar longe, mas a tal moça ainda morava em seu sentimento. Entretanto, o amor podia estar perto.

Saiu daquele encontro meio consolado, mas também ainda bem iludido, achando que a chuva da esperança caía no terreno daquela ilusão de amor com benesses para a ventura sentimental.

O tempo que fez levantar aqueles montes de Vila Rica também inventou de criar montes de ilusão esperançosa no coração de Pedroco, que se colocou em ansiedade para ver Maria Doroteia de volta à cidade. Um dia não gostou de ver Jojó Juru chegando à fazenda com aquele olhar travesso.

– Ioiô Pedroco, a sua noiva voltou pra Vila Rica.

– Eu já sei. Que minha noiva, Jojó? Que linguagem é essa? – Ele não sabia do retorno de Maria Doroteia, mas decidiu não demonstrar.

– Posso levar um recado seu pra ela. Na escrita ou na fala.

– Couro de Onça, já me desliguei desse assunto. Nem penso mais naquela moça. Isso é água de uma enchente que passou por aqui e já chegou ao mar.

– Esqueceu a Maria Doroteia?

– Já esqueci. Acabou.

– Ela está mais bonita que antes.

– Nem quero saber. Nem quero ver.

– Oh, que pena.

– E você, está querendo um pedaço de carne de porco?

– Isso é bom.

– Vou arrumar.

Jojó Juru voltou para a cidade com um pedaço de carne suína, frustrado com a conduta do moço. Pelo tom de sua voz, parecia mesmo ter vencido aquela paixão.

"Aquele Pedroco é um bobo. Agora que chegou a hora de agir, abandona a empreitada", pensou.

No passo de marcha da mula Cigana, entrou em Vila Rica, que parecia machucada, com um clima negativo, muitos cavaleiros milicianos do Rio de Janeiro vigiando o palácio do governo. Como estaria Maria Doroteia? Queria vê-la. Investigar no rosto dela uma desolação que devia ser apagada com a esponja do tempo.

"Acho que eu devia ficar por aqui para ir me aproximando..."

Procurou não se encontrar com Levínia e até mesmo tentou evitar encontros com os amigos. Na tarde ensolarada, viu a moça caminhando para a igreja de São Francisco de Assis, acompanhada por Francisca, a escrava que sempre cuidava dela. Achou que bebendo uma dose de conhaque, botaria um pouco de fogo em sua coragem. Tomou duas doses. Entrou na igreja. Viu a moça ajoelhada na frente do altar, a escrava encostada num banco. Decidiu sentar-se perto da porta de saída. A cabeça girava um pouco. Nervoso, suava. Quando Maria Doroteia se levantou, depois do sinal da cruz, a escrava também se pôs de pé. Pedroco permaneceu sentado. As duas caminharam pelo corredor em busca da saída. O rapaz, ainda sentado, declarou num tom meio dramático:

– Maria Doroteia, eu é que devo casar com você.

A moça olhou para ele com uma expressão de susto e reprovação. Pedroco se ergueu, segurando o chapéu com as duas mãos. Ouviu:

– Pelo menos respeite o meu luto, moço.

A escrava parecia encabulada. As duas foram caminhando e Pedroco se mostrou embasbacado, meio trêmulo, o coração disparado. Segurou o chapéu só com a mão direita e alisou o queixo com a esquerda. Parecia até ter esquecido de sair da igreja. Sentou-se novamente.

"Pelo menos declarei..."

Quando deixou o local, não viu mais as duas mulheres. Sentiu as pernas meio cansadas, ou era bambeza?

"Vou perseguir..."

Talvez fosse bom morar em Vila Rica de agora em diante. Ir se aproximando dela de mansinho, como um galante conquistador, sem pressa. Já pelo escurecer decidiu passar na frente da casa dela. Estava na janela, onde, às vezes, ficava para namorar o noivo Gonzaga em sua casa. Naquele momento flertava com a casa vazia. E lá vinha o moço da mula bonita. Aquele que lhe dissera um galanteio na igreja. Pedroco flechou um olhar contra ela, que se afastou e fugiu.

"Vou me aproximando. Agora vou. O ouvidor vai ser enforcado e ela não vai ficar a vida inteira sozinha."

Maria Doroteia, na sua desolação, quase não queria sair de casa. Nunca mais teria aqueles saraus com música e declamação de poesia com o noivo e o doutor Cláudio Manuel da Costa. Sua esperança agora vestia uma indumentária de melancolia. Entretanto, esperava que o reino de Portugal perdoasse Dirceu e que um dia se casassem. Por enquanto, a solidão era um vazio machucador. Buscava algum consolo nas igrejas e nos versos que o poeta escrevera para ela. Às vezes declamava em voz alta e o pessoal da casa ficava ouvindo.

– Téia, leia aquele que fala no rosto – era um priminho pedindo.

E a voz dela, com a graça da poesia:

Não sei, Marília, que tenho
Depois que vi teu rosto;
Quando não é Marília
Já não posso ver com gosto.

Terminou com a voz meio embargada. Sentiu o coração machucado demais.

– Chorando por quê, Téia? – o priminho interrogou.

– Ah, ora, pela vida...

– Acho bonito você ler.

Tia Gertrudes e Francisca também lacrimejavam, tentando virar o rosto para que as pessoas não notassem.

Pedroco sabia que outros galanteadores andavam com olhos de namoro na direção de Maria Doroteia, mas se julgava o legítimo pretendente daquela moça. Durante anos vinha fertilizando sua paixão com a esperança de que ocorresse algo para separá-la do noivo. E o destino providenciara aquele golpe. Agora que ela estava só, nenhum abelhudo tinha o direito sentimental de se apossar daquela moça.

Às vezes Maria Doroteia queria ficar escondida em casa por muito tempo, mas não aguentava. Tinha de sair para buscar nas igrejas algum fortalecimento, algum alívio para a alma entristecida. Como estava seu noivo, na prisão da Ilha das Cobras? Praticamente incomunicável. Uma saudade sufocante a atormentava o tempo inteiro. Sonhava com ele declamando versos, cantando, tocando a sanfoninha. As noites pareciam mais longas e mais melancólicas. Os dias pesavam como os montes de Vila Rica.

"Mas tenho esperança... Em Deus..."

Ao vê-la sair com Francisca e os irmãos menores, Pedroco, com jeito galante, tocou a mula para se aproximar. Ouviu um dos irmãos menores da moça:

– O moço da mula bonita.

O moço, com uma dose de conhaque trabalhando ousadia no coração, declarou:

– Vou casar com a sua irmã, a Téia. Você deixa?

– Respeite a minha dor. Nunca te mandei nem um olhar, moço.

Francisca ralhou com sua protegida:

– Sinhazinha Joaquina, não dê trela pra esse moço.

Pedroco já com a mula parada:

– Francisca, não posso casar com ela?

– Deixa a Téia em paz, moço. O doutor Gonzaga vai voltar e vai casar com ela.

– Sei, não...

Maria Doroteia olhou para o moço com um olhar reprovador, nervoso. Pedroco declarou que era fazendeiro, que podiam se casar e morar numa casa boa em Vila Rica. Que ela precisava conhecê-lo, mas ouviu:

– Já te conheço. Não me interessa.

– Vou te esperar a vida inteira, Téia.

– E eu vou ficar esperando o meu noivo o resto da vida.

Francisca voltou a ralhar com a moça.

– Sinhá Maria Doroteia, deixe esse moço ficar falando sozinho.

Pedroco insistiu, representando uma cena forte.

– Francisca, se você me deixar casar com ela, vai morar com a gente em liberdade.

Maria Doroteia sentiu-se encabulada e Francisca, topetuda:

– Vai caçar o que fazer na sua fazenda, moço. Eu sei que o seu apelido é Pedroco. Vai caçar pedra de diamante nos rios.

Maria Doroteia não queria mais conversar com o moço. E nem olhar para ele. Começou a encher uma bilha de água no chafariz da praça.

– Posso levar a sua botija de água, Téia.

Ela rabiscou um olhar de negação contra ele e não disse nada. Pedroco ficou sem saber se tocava a mula acompanhando o pequeno grupo ou não. Com cara apalermada, ficou imóvel na sela do animal, esperando que sua amada olhasse para trás. E, realmente, ela relampejou um olhar que o deixou mais abobalhado ainda. Depois tocou a mula e foi para a casa da cidade, onde ficou sozinho. Bebeu mais do que devia.

"Jogo com o baralho da sorte que ela ainda vai ser minha".

Dormiu e amanheceu sem vontade de voltar para a fazenda. Até quando Maria Doroteia resistiria esperando a volta do doutor Gonzaga? Não haveria de continuar abobalhada por muito tempo. A lógica da esperança dizia que não. Tomara os inconfidentes fossem julgados logo e enforcados. Não, só Gonzaga devia morrer. A notícia corrente em Vila Rica era de que seriam enforcados. Perdoados, não. Diziam que nesse tipo de questão, a rainha dona Maria I, a Louca, era implacável como um crocodilo quando agarra uma zebra pelo pescoço num rio africano. Assim, a razão do coração, que tantas vezes não tem razão, insistia que ele devia ficar em Vila Rica, preparando seu caminho para se aproximar da moça. A igreja era um bom lugar para conversar com ela.

Num dia de vento meio frio, Maria Doroteia e Francisca saíram e foram para a igreja de Santa Ifigênia dos Negros. A moça ia com mais frequência à igreja Pilar dos Nobres. Daquela vez, decidiu variar. Muitos brancos diziam que negro não tinha alma, mas ela duvidava disso. Muitos eram tão bons que emocionavam. Francisca era sua serva, mas também uma amiga, meio irmã.

Pedroco andava pelas espreitas. Foi também para a igreja. Na entrada, vacilou. Não sabia se entrava ou se ficava esperando a saída das mulheres. Decidiu entrar, empurrado pela ousadia que uns goles de cachaça provocavam. Meio abestalhado. Ela rezava ao lado da serva, que também estava de joelhos. E o moço outra vez segurando o chapéu com as duas mãos, de pé, olhando para o cabelo da moça. Com a voz meio trêmula, usou o nome que jamais queria usar, em meio a um tropeço da língua:

– Marília.

Ela se assustou, interrompeu a reza e virou o rosto. Lá estava o moço da mula bonita com uma expressão de basbaque no rosto.

– Moço, pelo amor de Deus! Deixe de me perseguir. Se eu não puder casar com o doutor Gonzaga, não vou me casar com mais ninguém. Será que não pode me respeitar nem aqui dentro da casa de Deus?

– Eu queria só uma prosinha.

Francisca se tornou agressiva:

– Prosinha coisa nenhuma. A Téia vai falar pra turma dos milicianos pra dar um jeito no senhor. Isso é desrespeito.

– Que desrespeito, Francisca? Só falo palavras de amor.

– Vai caçar amor com outra. A Téia anda no luto.

Maria Doroteia não queria dizer mais nada, mas disse:

– Me deixe rezar em paz. Não venha cometer pecado dentro da igreja. Parece que o senhor ficou bobo.

– Eu vou, mas vou ficar esperando...

Saiu da igreja, abobalhado pra cachorro. Resolveu ir para a fazenda, onde a mãe o interrogou se estava querendo morar de vez em Vila Rica, se não gostava mais da fazenda.

– É que o doutor Gonzaga está preso no Rio de Janeiro e ele está tentando conquistar a Maria Doroteia, mãe. A Marília – antecipou-se Margarida.

– E acha que vai conseguir, Pedroco? – a mãe interrogou com voz suave.

– Ah, mãe, ora...

O pai, fumando naquele instante, expressou:

– Aí é preciso dar tempo. Na certa até mesmo morar em Vila Rica.

Pedroco apressou em se afastar daquele colóquio. Caminhou para a casinha do monjolo, acompanhado pelo cachorro Pajé. Sentou-se num toco que servia de banco, perto do monjolo que martelava descascando arroz, e afagou a cabeça do cão. Brincou com as orelhas do animal e perguntou:

– Será que consigo, Pajé?

Encontrou Dongo, o negro cantador, e pediu que ele cantasse:

Seu nome não é Marília,
mas Maria Doroteia...

– O ioiô anda de amor despeitado? – o negro interrogou, com um olhar investigativo.

– Quem falou isso, Dongo?

– Fuxicaria do pessoal.

– Ando assim nada...

– Se estiver nessa andança do coração, é bom pedir uma benzedura pra vovó Sá. Ela sabe cura de alívio.

Ficou em silêncio. Lugar de encantamento era Vila Rica, onde podia ver Maria Doroteia. Onde agora o coração sentia viver com uma emoção de esperança, mas numa alegria meio temerosa. Marília fugia da sua prosa de amor. Até quando? Insistir sem trégua era o que ensinava a macheza dos homens. Talvez um dia tivesse a ousadia de ir à sua casa.

– Até que enfim você veio me visitar, Pedroco – Levínia disse ao vê-lo chegando a pé.

– Ando por aí...

– Correndo atrás de um diamante que vai rolando no fundo de um rio de águas correntes, indo para o mar.

– Hein?

Aproveitou que a mãe estava longe, na casa de uma vizinha:

– E eu aqui esperando que você desista da minha prima e olhe pra mim...

– Vina, ora, sei lá... Você...

– Sabe de nada mesmo. A Marília não vai casar com mais ninguém. Nunca.

– Mas eu acho que vai...

– Então corra atrás. Nunca sentiu que quem gosta de você sou eu?

– Uai, eu?

Levínia o deixou naquele silêncio encabulado. Queria sair da frente daquela moça, ir-se embora, mas foi ficando. Mas, se era assim, por que ela até escrevera bilhetes a Maria Doroteia como se fosse ele? A moça respondera de verdade?

– Eu, Pedroco?

– O bilhete dela. Hein? – será que ocorrera uma farsa?

– Não quero falar sobre isso. Você quer um suco de tamarindo?

– Não. Preciso ir. Chorando, Vina?

– Eu, não. Sei lá... Não sei por que fui desabafar. Você é um bobo...

– Uma hora a gente conversa.

– Depois do seu casamento com a Marília?

– Se eu tivesse que me casar, era com a Maria Doroteia.

– Então vai correr atrás dela até morrer.

– Vou indo.

Não se despediu. Não olhou para trás. Levínia de prosa galhofeira, de riso meio irônico. Já observara em seus olhares lampejos buscando sua atenção. Percebia alguma coisa. Fingia não perceber. Fugia. Só por que havia no seu caminho de homem a prima dela? A escultura da atração para o seu desejo.

Jojó Juru andava atrás do sinhozinho Pedroco. Ao encontrá-lo, disse-lhe a verdade: o sinhozinho não esquecera Maria Doroteia coisa nenhuma. Até o observara entrando na igreja Pilar dos Nobres perseguindo a moça, tentando conquistá-la.

– Você anda me investigando, Couro de Onça?

– Pra ajudar, ioiô.

– Larga mão disso, homem.

– Sem o ioiô perceber, vou ajudar.

Não queria a ajuda daquele trapaceiro coisa nenhuma. Nunca mais. Estava proibido de intrometer em sua vida.

– Mas, ioiô...

– Não temos mais negócio faz tempo.

O trambiqueiro ficou observando o moço caminhar sem pressa rumo à casa de Vila Rica. Jojó não se deu por vencido. Planejou um encontro com Maria Doroteia. Uma conversa. Uma tentativa de convencê-la a amar Pedroco.

Na casa da cidade, sozinho, o rapaz preparou uma janta. Comeu e começou a achar sua vida feita de uma ilusão confusa. Levínia determinando que ele a amasse, Maria Doroteia o desprezando, fugindo dele para o resto da vida. Ficar preso a uma ilusão que não floresce e pode nunca dar frutos é esperar uma colheita que a seca vai destruindo aos poucos. De repente queria voltar para a fazenda, mas não era aconselhável. Havia notícia de que uns salteadores estavam atacando gente pelos arredores de Vila Rica à noite. O dia clareava quando voltou para a fazenda.

Jojó Juru esperou Marília na porta da igreja do Pilar dos Nobres. Ela rezou longamente, de joelhos. Por algum tempo Francisca rezou ajoelhada, mas depois sentou-se. Jojó reclamou num resmungo para dentro:

"Parece que reza mais que padre".

O trapaceiro sentou-se no cimento. Armado com suas palavras, ficou esperando. Quando Marília e Francisca foram saindo, levantou-se.

– Sinhá Marília, por favor.

Marília, sempre solícita e humilde, lançou um olhar para aquele tipo conhecido das ruas de Vila Rica.

– Eu sou amigo do ioiô Pedroco. Ele é doido de amor de coração inteiro pela sinhá. Vim saber se ele pode ficar esperando a sinhá pra casar com ele quando for o tempo justo.

– Ele mandou você me perguntar isso?

– Sim. Ele mesmo, sinhá.

– Diga pra ele que ele vai ficar me esperando até morrer. E morrer sozinho.

– Mas o coitado gosta da sinhá pra falar chega. Tem uma fazenda muito boa. Gado.

– Couro de Onça, vai caçar serviço na roça e deixe de atormentar a iaiá Téia – Francisca interveio.

– Mas eu falo na verdade pura. E se o doutor Gonzaga não voltar mais nunca, sinhá Marília, o ioiô Pedroco não pode ter esperança?

– Índio, fala pra ele não ter esperança nenhuma. Eu já disse pra ele que se eu não casar com o meu noivo, o doutor Tomás Gonzaga, não vou casar com mais ninguém.

– Mas o doutor Gonzaga vai morrer na forca e com o tempo.

Francisca enfureceu.

– Vai caçar sapo no brejo, índio comedor de carne de onça. Eu vou ali no palácio do governo chamar os milicianos pra te dar uma surra por desrespeito a uma sinhazinha moça de família.

– Vai mesmo, Francisca. Agora – Marília disse num tom nervoso.

– Já vou indo. Vão com Deus. Ioiô Pedroco te ama de verdade, sinhazinha. Esqueça disso, não. Palavra de homem.

Couro de Onça deu alguns passos e parou. Ficou observando as mulheres caminhando no rumo de casa. Julgara conseguir algum sucesso com aquele encontro, mas aceitou que a tarefa do moço fazendeiro ia ser muito difícil. Talvez, alguns anos depois do enforcamento do poeta Tomás Antônio Gonzaga, Marília pudesse se conformar com a sorte, enjoar da solidão e querer se casar com o apaixonado Pedroco. Deveria contar ao moço que tivera aquele encontro? Não era aconselhável. Se Maria Doroteia tivesse aceito o diálogo e deixado um fio de esperança, ele iria pedir a alguém para escrever um bilhete no nome do moço. Aparecer outra vez na frente da moça para ir aos poucos tentando convencê-la de que ela podia vir a amar aquele moço? Será que podia ser preso, acusado de estar perturbando a sinhazinha?

Pedroco viu Levínia chegar à fazenda com a família. Os olhos dela com solicitação de amor. Entretanto, o encantamento mágico de Maria Doroteia parecia embaçar a figura bonita daquela moça. Não devia ficar perto dela. Não queria. Mas Levínia era atrevida:

– Quer saber notícias dela, Pedroco?

– Eu? Sei lá, não... Agora ando meio longe de Vila Rica, cuidando do gado.

– Ela continua a mesma. Quer saber de uma coisa?

– Hein?

– Ela está se preparando pra viajar pra Portugal. Eu nem devia te contar.

– Pra Portugal? Pra quê?

– Conversar com a rainha...

– Será que o doutor Gonzaga vai ser levado pra Portugal?

– Acho que sim...

– E vai ser enforcado lá?

– Sei lá disso, não...

– Será que a Téia vai pra Portugal só pra ver o enforcamento dele?

– Só sei que ela está tendo ajuda do Aleijadinho, que tem a consideração do governador Visconde de Barbacena e do ministro Dom Rodrigo de Sousa Coutinho.

Pedroco ficou em silêncio, sem lançar um olhar para Levínia, julgando que a moça poderia estar inventando aquela história. Bem, Maria Doroteia parecia um diamante bruto esperando que o doutor Gonzaga, e só ele, lapidasse. Quando Levínia se despediu, de volta para Vila Rica, seu olhar sobre ele parecia ter uma interrogação muito séria. E ele exigiu de si uma semana sem ir à cidade, sem acreditar naquela história de Maria Doroteia estar de viagem para Portugal. Depois de sete dias, montou na mula Cigana e tocou para Vila Rica. Talvez Jojó Juru soubesse de alguma coisa... O Couro de Onça costumava dar notícia de quase tudo. Mexericava em todos os cantos. Nem queria conversar com aquele trapaceiro, mas uma prosinha com ele podia ser esclarecedora. Tentou ser meio brincalhão:

– Couro de Onça, como vai a carne de porco?

– É a preferida da minha Iaracunhã. E minha também. Mas o ioiô já sabe? Está sabendo de tudo?

– De tudo o quê?

– Que a sinhazinha Marília viajou pra Portugal com a tia dela, a Gertrudes.

– Não sabia, não.

– Pois foi embora. Ouvi dizer que o doutor Gonzaga vai ser levado pra Portugal, se já não foi. Parece que lá ele vai ganhar o perdão da rainha, ou do rei. Falam que a rainha dona Maria I anda bem louca e o filho dela, D. João VI, é que anda reinando. Aquele doutor é um maroto de nascimento. Você acha que a rainha ia mandar enforcar o ouvidor? É claro que não. Ele vai é casar com a Marília lá em Lisboa. E o ioiô podia ter levado ela pra São Paulo. Se quisesse, a gente teria carregado aquela moça de corpo inteiro. Agora é tarde.

Enforquilhado na sela da mula, Pedroco sentia o desencanto de perdidas emoções previamente preparadas. Vila Rica exibia uma cara melancólica. Uma cidade vazia. Sua motivação sentimental se fora. Tinha ido por água abaixo sua ilusão de anos.

"Mas Levínia está por aqui..."

Sentiu um lampejo no pensamento. Podia até visitar aquela moça depois da prosa com Jojó. Olhar para ela com interesse.

"O que o destino leva pra longe é que não está na sorte da gente. Se a gente não consegue agarrar o que busca é que não deve nos pertencer."

Voltou para a fazenda. Sentiu que tinha vontade de chorar. Andou pelo mato na companhia do cachorro Pajé. Vovó Sabença, na sua sabedoria, podia ter algum consolo. Ela estava sentada no banco do terreiro da cozinha observando o tempo passar no voo dos pássaros, no sussurro das folhas afagadas pelo vento. Pediu-lhe a bênção e perguntou:

– Vovô, o que a gente não consegue é por que não está no nosso destino?

– Ioiô, aquilo que a criatura consegue nesse mundo, e só por algum tempo, é posse de direito por empréstimo.

– E o amor que o homem busca?

– Ilusão de encantamento que, se ele não consegue, é porque não deve conseguir por direito do coração. Aí só resta ficar conformado. A tal dor do amor martiriza, mas o tempo cura. Entre em quarentena, ioiô Pedroco. Ela não foi embora com outro?

– Aconteceu meio assim-assim.

– Sente aqui. Vou fazer uma benzedura na sua cabeça. Daí vem o esquecimento. Quando eu morrer, vou te proteger mais ainda.

Recebeu a benzedura e tentou se sentir mais resignado:

"A Vina está lá em Vila Rica. Ela tem um jeito assim..."

Levínia se pôs a esperar, alimentando o coração com a certeza de ganhar o apaixonado pela prima. E num daqueles dias ele entrou na casa dela com alguma alegria no rosto.

– O moço da mula bonita – ela expressou, num tom nada galhofeiro.

– Vina, a moça do rosto bonito.

Ela sorriu com um jeito ousado. Caminhou para ele.

– Hein?

– É mesmo, Vina.

Ela o abraçou e tascou um beijo nos lábios, demorado, com jeito de declaração de amor. Ele não fugiu. Correspondeu. Ela se afastou dois passos.

– Ainda gosta dela? Responde.

– Hã-hã. Ela foi embora...

– E foi casar com ele em Portugal...

– Aquele Couro de Onça que sabe de tudo falou isso mesmo.

– E não é verdade? E você, não vai casar comigo?

– Uai, Vina. Você está aqui...

– Vou ser mais amorosa que ela. E posso morar na fazenda.

E foi assim que começou o namoro entre ioiô Pedroco e Levínia, para alegria das duas famílias. Namoro de tempo curto. Casaram em três meses. A cerimônia religiosa e a festa dos comes e bebes foram realizadas na fazenda.

A história conta que Maria Doroteia Joaquina de Seixas Brandão Marília foi a Portugal na tentativa de conversar com a rainha dona Maria I, a Louca, e de mulher para mulher conseguir o perdão para os inconfidentes e a liberdade deles. Conseguiu uma entrevista com a majestade, que apenas perdoou o enforcamento. Em vez da morte na forca, seriam exilados por dez anos na África, menos o tal de Tiradentes, que era considerado o cabeça da planejada revolução e até dizia que somente ele devia morrer, por ter seduzido os outros ao nefando golpe contra o reino de Portugal. A musa do poeta Gonzaga voltou frustrada ao Brasil.

Quando Marília chegou de volta a Vila Rica, Levínia Maria Alcantil já estava grávida do primeiro filho. Sinhozinho Pedroco achou que não devia mais continuar alimentando aquele encantamento, mas ouviu:

– Você sabe que ela voltou, não é, Pedro?

Na voz dela havia uma conotação de ciúme.

– Ouvi falar, Vina...

– E como anda aquele encantamento seu por ela?

– Chuva que já passou. Nem quero passar perto...

Porém, o coração podia até estar dizendo que ele fora precipitado... Podia ter esperado mais. Fora enganado por uma notícia falsa.

– O doutor Gonzaga vai ser exilado na África e a Téia vai casar com ele por lá. – Na certa a esposa podia perceber que ainda restava algum delírio de paixão na lembrança do marido.

– Vai com Deus. – Aquela ilusão agora era uma nuvem que não ia chover.

No dia 13 de abril de 1793 ocorreram dois fatos marcantes na fazenda Cascata Bela: nasceu o primeiro filho de Pedroco e Levínia, e morreu vovó Sabença. O pai saiu para o terreiro e disparou um tiro de trabuco para saudar o nascimento. O menino recebeu o nome de Pedro Sião Alcantil Filho, com o apelido familiar de Pedrito, um futuro aventureiro com a vocação do bisavô Ramiro Sião Alcantil.

Pedroco e o pai só desenterraram o pote com barras de ouro e diamante em 1810, quando Dom João VI e a família real já estavam morando no Rio de Janeiro fazia dois anos e as condições para o comércio eram muito mais favoráveis.

– Vamos vendendo aos poucos, né, pai?

– Certo. A fazenda Jacarandá vai ser nossa.

– E eu vou mudar pra lá.

– É claro. É sua. Vai ser no seu nome.

Pedroco e Levínia tiveram dez filhos: sete meninos e três meninas. Pedroco, sempre de longe, observou *Marília* amadurecer e envelhecer na sua solidão. Evitava sempre dizer alguma coisa sobre aquela paixão, mas lá no escondido mais profundo da sua alma havia ainda aquele encantamento calado, coberto pelas noites do tempo.

O Autor

© Larissa Vitória

Meu nome completo é Jair Geraldo Vitória. Nasci num lugar que era considerado sertão naquele tempo, 1943, no município do Prata, Minas Gerais. Meus pais eram sertanejos e não frequentaram escola. Meu pai, Ernestino Rodrigues Vitória, era domador de cavalos e burros redomãos e trabalhador de qualquer serviço da roça. Com força de vontade aprendeu a arranhar alguma leitura e a fazer contas. Minha mãe, Omária Vitória, aprendeu a ler nos livros da igreja e chegou a ler algumas histórias que escrevi. No Triângulo Mineiro morei nalgumas fazendas onde meu pai trabalhava e guiei bois de carro a partir dos 5 anos. Com 7 anos de idade mudamos para uma vila ao norte de São Paulo, chamada Vila do Veadinho do Porto, hoje Riolândia, que já foi capital do algodão. Comecei o curso primário, mas tive de interrompê-lo, por duas vezes, para trabalhar na roça. Ali aprendi a gostar de ler e a sentir encantamento pela leitura. Aos 12 anos, mudei com minha família para o município do Cardoso, próximo a Riolândia. Moramos numa fazenda selvagem, de roça de todo, e a escolinha da roça fechou quando passei para o terceiro ano primário. Somente aos 15 anos entrei no terceiro ano em Cardoso, onde terminei o primário. Nessa época, ler era uma paixão. Estudei um pouco por correspondência. Quando aconteceu o fato extraordinário da fundação do ginásio em Cardoso, aproveitei a oportunidade, já pelos 19 anos, e cursei o que se chama hoje de oitavo e nono anos do ensino fundamental II. Ao terminar, fui para a capital trabalhar como datilógrafo e fazer o segundo grau à noite. Estudei Letras (Português-Inglês) na Universidade de São Paulo porque já gostava de lecionar e também para viver no mundo da literatura. Meus primeiros contos e algum romance escrevi quando ainda estava cursando o segundo grau. Consegui publicar meu primeiro livrinho, *Cuma-João*, de contos, em 1976. Em 1978, mudei para Brasília e ingressei na Fundação Educacional como professor de inglês num Centro de Línguas, onde me aposentei. Em 2006 e 2008, venci o Concurso Nacional de Contos Machado de Assis, do Sesc-DF. Moro atualmente num pomarzinho na cidade de Tupaciguara, no Triângulo Mineiro. Além de continuar escrevendo, cuido de galinhas, de árvores frutíferas e planto algum milho e mandioca, até como fisioterapia.

Jair Vitória

Entrevista

O outro apaixonado por Marília de Dirceu é um romance histórico que narra a saga de Pedroco para conquistar o amor de Maria Doroteia em plena Inconfidência Mineira (1789). Na conversa a seguir, o autor Jair Vitória conta um pouco de seu processo criativo.

COMO SURGIU A IDEIA DE ESCREVER ESTE LIVRO?

• Um dia, na Praça Tiradentes, em Ouro Preto, senti como que num lampejo, em meu cérebro, o título de uma história que eu deveria escrever: *O outro apaixonado por Marília de Dirceu*. Entretanto, deixei de lado e disse a mim mesmo que não ia escrever. Passaram-se vários anos. Uma noite, sonhei que estava sentado a uma mesa, sozinho, num lugar meio indefinido, quando vi uma jovem caminhar na minha direção. Parecia conhecida e estranha ao mesmo tempo. Aproximou o rosto da minha face esquerda e disse num tom meio conselheiro, meio exigente: "Escreva *O outro apaixonado por Marília de Dirceu*". Acordei e quis começar naquela madrugada. Dominei o impulso e comecei a escrever no dia seguinte. E assim nasceu essa história.

EM QUE MOMENTO DA VIDA VOCÊ LEU *MARÍLIA DE DIRCEU*, DE TOMÁS ANTÔNIO GONZAGA?

• Li quando era ainda estudante do segundo grau, depois de uma visita a Ouro Preto.

De que forma a história de *Marília de Dirceu* o marcou, a ponto de lhe fazer escrever um livro baseado nela?

• Quando ainda morava no interior de São Paulo, na cidade de Cardoso, onde tenho raízes, pois lá terminei o primário e fiz o ginásio, li um livro chamado *E eles verão a Deus*, que marcou o início do meu interesse pela história de Vila Rica.

O livro mistura à ficção personagens e fatos históricos do Brasil e de Portugal. Qual a importância dos romances históricos no universo escolar e também fora dele?

• Penso que a importância está no despertar o interesse pela história nos alunos e também nas pessoas para um conhecimento melhor sobre fatos históricos do Brasil.

Os conselhos que Vovó Sabença dá a Pedroco são quase sempre alegóricos. A personagem é baseada em alguém que também costumava expor pensamentos de modo figurado?

• Não, propriamente, embora quando menino eu tenha conhecido um negro muito velho, surdo até, que contava histórias do tempo do Império e eu ficava ouvindo. Vovó Sabença é uma personagem que entrou na minha imaginação como um ser humano meio fantástico.

ENTRE LINHAS SOCIEDADE

O outro apaixonado por Marília de Dirceu

Jair Vitória

Suplemento de leitura

Pedro Sião Alcantil, o Pedroco, um rico domador de cavalo, nutria um amor platônico por Maria Doroteia e planejava declarar-se a ela. Mas a chegada de um ouvidor e poeta português, o doutor Gonzaga, a Vila Rica atrapalhou todos os seus planos.

Maria Doroteia não resistiu e se apaixonou por aquele que sabia fazer versos, que em sua poesia a chamava de Marília, enquanto ele era o seu Dirceu.

Desesperado, sem conseguir tirar Maria Doroteia da cabeça, o que era amor virou obsessão. Pedroco queria vingança.

Chegou a armar um plano para destruir aquele homem que acabara com sua felicidade. Pediu ajuda à vovó Sabença, que via almas do outro mundo. Até na revolução política acreditava ver uma solução para o seu caso. Tudo para ter a chance de conquistar o amor de Maria Doroteia.

Atividades complementares

(Sugestões para História, Geografia e Artes)

11. *O sal era normalmente o produto mais caro consumido na época. Portugal não permitia que o povo extraísse aquele produto do mar e assim esfaqueava a colônia com a cobrança de impostos exorbitantes.* (pp. 80-81)

A partir deste trecho, que retrata uma realidade no Brasil Colônia, pesquise sobre como eram as condições comerciais naquela época.

12. Nas igrejas de Vila Rica, atual Ouro Preto, há esculturas de um dos maiores artistas do Brasil Colônia, Antônio Francisco Lisboa, o Aleijadinho. Faça uma pesquisa sobre a vida e a obra desse artista, e procure compreendê-la em relação ao Barroco brasileiro.

Atual Editora

Produção de textos

10. A sugestão de produção de texto é escrever uma poesia.

Com a orientação do professor, seria importante iniciar o trabalho refletindo um pouco sobre o gênero poético e, depois, fazendo um levantamento conjunto de suas principais características. Leia um trecho da poesia de Tomás Antônio Gonzaga e procure, a partir dela, levantar suas impressões.

Lira I
Eu, Marília, não sou algum vaqueiro,
Que viva de guardar alheio gado;
De tosco trato, d' expressões grosseiro,
Dos frios gelos, e dos sóis queimado.
Tenho próprio casal, e nele assisto;
Dá-me vinho, legume, fruta, azeite;
Das brancas ovelhinhas tiro o leite,
E mais as finas lãs, de que me visto.
Graças, Marília bela,
Graças à minha Estrela!

(Tomás Antônio Gonzaga, Marília de Dirceu, Parte I, lira I)

Sugerimos três assuntos para nortear a inspiração desse trabalho: Amor, Preconceito e Revolução. Escolha um desses temas e escreva a sua poesia. Troque o seu texto com um colega e faça uma revisão compartilhada. Ao final, todos poderão ler em voz alta a poesia que escreveram.

Por dentro do texto

Enredo

1. Ramiro Sião Alcantil é pai de Aristarco e avô de Pedroco. Antes de morrer, ele revelou ao filho Ari um segredo, que deveria ser guardado e transmitido aos filhos homens mais velhos até que "o sinal dos tempos mudassem" no Brasil, quando poderiam então usufruir livremente daquilo que estavam escondendo.

   a) Quando Pedroco completa 15 anos de idade, seu pai lhe conta o segredo revelado por Ramiro. Que segredo é esse?

   b) O que ocorre a Ramiro para que Aristarco prefira lidar com roças e animais, em vez de seguir o caminho do pai?

   c) Qual "sinal de mudança" eles esperavam ver no Brasil?

2. Pedroco estava determinado a conquistar Maria Doroteia, "por Deus ou pelo diabo". Para isso, requer os serviços e conselhos de duas pessoas.

   a) Quem são elas?

b) Como representam a ajuda de Deus e do Diabo a Pedroco?

3. O destino do rival amoroso de Pedroco acaba com um desfecho infeliz, mas favorável ao rapaz, devido aos acontecimentos políticos e econômicos que envolvem a vida dos brasileiros, mais especificamente, dos moradores de Vila Rica, que procuram se rebelar contra o sistema vigente.

a) Que acontecimentos são esses?

b) Como os acontecimentos influenciam no destino do doutor Gonzaga?

4. O destino de Pedroco vislumbrado por vovó Sabença, de que ele seria feliz no casamento, se cumpre? Ele consegue conquistar o amor de Maria Doroteia?

a) A língua oral se constitui a partir de diferentes aspectos, como o ambiente cultural e a situação econômica e política da qual o falante faz parte. Como podemos caracterizar a fala de vovó Sabença?

b) Podemos dizer que os conselhos de vovó Sabença são um bom exemplo de alegoria. Defina o que é alegoria. Cite um exemplo do texto que justifique essa afirmação.

9. Leia o trecho abaixo:

"– E esse cavalo?

– Animal fino de raça e resistência, garimpeiro. O nome dele é **Maroto.**

– Caramba! Com esse nome eu não posso chamar esse cavalo por aí. Principalmente em Vila Rica. Se alguma autoridade portuguesa me ouvir chamando um cavalo assim, vai querer até me enforcar(...)" (p. 64)

O termo "maroto" refere-se ao nome do cavalo, mas é empregado ao longo de toda a obra, e por Pedroco, em especial, para se referir a seu rival amoroso. O que significa esse termo?

(3) Escravos, índios e mestiços:

(4) Artistas:

Tempo e espaço

7. *O outro apaixonado por Marília de Dirceu* se caracteriza como um romance histórico, pois mistura história e ficção. A partir dessa constatação, responda:

a) Em que época e local o romance está situado?

b) Localize no texto, com seus colegas, alguns dos costumes da sociedade próprios à época em questão. Em grupo, converse e compare como esses costumes se alteraram ao longo do tempo.

Linguagem

8. Sabina, chamada por quase todos de vovó Sabença, é conhecida por se comunicar com almas do outro mundo. É também contadora de "causos", por isso seus conselhos são permeados por uma linguagem figurada, nem sempre compreendida pelas pessoas.

Personagens

5. Qual é a personagem central da disputa amorosa de *O outro apaixonado por Marília de Dirceu?* Caracterize-a e discorra sobre o seu final. Levante dados biográficos da personagem que a originou.

6. Em *O outro apaixonado por Marília de Dirceu*, o autor mistura personagens da vida real com personagens de ficção, responsáveis por dar vida aos conflitos e causos narrados na história. Com seus colegas, faça um levantamento desses personagens, a partir da função que desempenharam na trama, identificando os reais e os fictícios:

(1) Relações amorosas:

(2) Revolucionários: